青春是本太仓促的书,我们含着泪,一读再读。

——席慕蓉

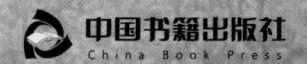

一半是快乐
一半是忧伤

秋灵 著

中国书籍出版社
China Book Press

图书在版编目（CIP）数据

一半是快乐 一半是忧伤/秋灵著.--北京：中国书籍出版社，2022.1

ISBN 978-7-5068-8891-2

Ⅰ.①一… Ⅱ.①秋… Ⅲ.①长篇小说－中国－当代 Ⅳ.①I247.5

中国版本图书馆CIP数据核字(2022)第017901号

一半是快乐 一半是忧伤

秋灵 著

责任编辑	李国永
责任印制	孙马飞　马　芝
封面设计	王　冰
出版发行	中国书籍出版社
地　　址	北京市丰台区三路居路97号（邮编：100073）
电　　话	（010）52257143（总编）　　（010）52257140（发行部）
电子邮箱	eo@chinabp.com.cn
经　　销	全国新华书店
印　　刷	天津市永盈印刷有限公司
开　　本	889毫米×1194毫米　1/16
字　　数	240千字
印　　张	9.5
版　　次	2022年2月第1版　　2022年2月第1次印刷
书　　号	ISBN 978-7-5068-8891-2
定　　价	39.00元

版权所有　翻印必究

目录

上部 ……… 1

中部 ……… 111

下部 ……… 249

一半是快乐 一半是忧伤

上部

1

走进烤鸭店时,还不到下午五点,店里几乎没什么食客。身穿红色工装的服务员正站成一排,接受领班的班前训诫及工作安排。见我进来,一个服务员立即迎了上来。

"您好,女士!很高兴能为您服务。"她双手在胸前一端,深深地弯腰。不知什么时候开始,北京的各大餐饮业都重视起了服务的礼仪。

我微笑着点了点头,选择了大堂里靠角落的一个临窗的位子坐下,然后开始点餐。我在脑子里迅速回想着她在饮食上的喜好,除了烤鸭,尽量多点一些她喜欢吃的菜肴。

点完菜,我便静静地坐在座位上,等待着她的到来。

我将目光移向窗外,窗外,是一个很小的停车场,陆陆续续有车辆进来,一个汗流浃背的保安正跑前跑后指挥着司机停车。停车场外是一条街道,街边有一个公交车站,不断有公交车停靠,形形色色的乘客从长长的公交车前、中、后门下来、上去。我紧紧盯着那个车站及其附近过往的行人，生怕错过了她的出现。

时值七月下旬，天气异常炎热。早上出门前，我曾打开电视看天气预报，预报白天有小到中雨，局部地区有大雨，可整整一天了，却没见一滴雨下来，天一直就这么阴沉着，无比闷热。

这时，一个满头卷发，身穿吊带背心、超短裙的妙龄少女从车上下来，走在人群里异常扎眼，我的脑子里顿时出现了初见她时的情景。

那是上大学的第一天，我在同学的帮助下，冒着雨，扛着行李，找到自己的宿舍。一九八一年的秋天雨水特别多，开学那几天，更是阴雨绵绵。

将行李放下后，我就按照报到须知上的流程去宿舍区大门口那栋办公楼办理入学手续。因为是报到的第一天，校园里到处都是新生和新生的家长，雨水落下来，打在梧桐树上那肥嘟嘟的叶子上，也打在每张掩饰不住兴奋的脸上。

一个女生打着伞从前面的人群里迎面走来，她是那么的醒目，如暗夜里天上的星星。这醒目肯定与她的身高无关，她那一米五左右的身高，在人群里只是时隐时现。这醒目也与她的穿戴无关，那半新半旧白底蓝花的的确良衬衫和深蓝色的卡布裤子看上去一点也不起眼。那是什么？是她那头与众不同的卷发？亭亭玉立的身材？似乎都不是。

她用一只胳膊搂抱着一摞书，高昂着头，满面春风地走过来。大约发现了我正盯着她看，经过我时，她友善地冲我抿嘴一笑。我一时竟有些慌乱，忙点头回应，然后，就傻傻地站在原地，目送她走远。

我突然明白那吸引我的东西是什么了，是她的神采，那种充满自信、青春飞扬的神采。

当晚，我就想方设法打听到了她的底细。她叫杨柳，分在六班，与我们五班同属一大班，以后，解剖、组织胚胎、医学英语等课程的大课都会在同一个教室上。她来自一个小县城，父亲在县供销社工作，母亲是家属，有一个妹妹、一个弟弟。她高考成绩名列全县榜首，曾胸戴红花，站在一辆卡车上，被学校敲锣打鼓拉着在县城里转了一圈。她立志要学医，高考志愿表的所有栏目里都填了医学院。至于那头卷发，是爹娘给的，自来卷。她的宿舍就在我们宿舍的斜对面……

当时的她对我而言简直就是神一样的存在，我在内心里仰视着她，对她的一切都充满好奇。我暗暗模仿她的穿戴，模仿她走路的样子，模仿她说话的神态。

但很快我就发现，我和她根本就无法相提并论。她每天早上都会早起半小时，站在操场的东南角背诵《新概念英语》；每天晚自习后，她都会绕着操场的跑道跑步，锻炼身体；每晚临睡前，她都会低声哼着歌，去水房里洗漱；每个周末，她都会坐在解北教室靠窗的位子上静静地看书。她总是看一会儿书就抬起头看一会儿黑板或是窗外，然后再看一会儿书，我知道，她是在背书。而那时的我却陷入一种困顿与迷茫中，痛苦不堪。我满以为大学生活会是一种十分轻松愉快、充满浪漫色彩的生活。谁承想，每天面对的仍是上不完的课，做不完的作业，背不完的书。最不能接受的是解剖课，不仅要记大量的名称，还要拿着人的各种骨头去辨识上面的每个窟窿、凸起和凹陷。这些要记的东西单调而乏味，毫无规律可循。这对于记忆力极差、胆小如鼠却又偏偏联想丰富的我来说，简直就是精神和肉体的双重折磨。

我永远也忘不了那堂解剖小课。老师在教室前面的课桌旁摆上那个用铁丝将全身各个部分的骨头串起来的骷髅架，然后说："同学们，咱们今天学习颅骨。"他停顿了一下，用他那双天然呈微笑状态的眼睛扫视了整个教室一眼，接着说，"在开始学习前，我想先给大家讲个故事。"

教室里顿时鸦雀无声。于是，他给我们讲了那个他对每届学生都要讲的故事。

某年某届的学生在学习颅骨时，一个顽劣成性的男生趁老师不注意，将手里的颅骨悄悄系到坐在前排、留着长辫子的那个女生的辫梢上。下课时，那女生刚要从座位上站起来往外走，却发现辫子被什么东西拽住了，回头一看，竟是一个骷髅头，吓得她顿时变脸失色。那女生大喊着往外跑，不跑还好，一跑就更加不得了了，骷髅头死死地吊在她的辫梢上，跟着她跑，怎么也甩不掉，女生顿时被吓得晕死过去。

"……讲这个故事的目的，是想提醒你们，不要随便开玩笑，搞一些恶作剧。一方面，咱们要尊重捐献遗体给我们做标本的人，另一方面，大家刚学医，对人体标本还不适应，不要弄出什么类似的意外来。"

说罢，他便带着我们十八个学生上到楼上的标本室，让我们在木架上整齐堆放在一起的颅骨里每人拿一个，然后回到楼下教室里自己的座位上，识别上面的结构。

我战战兢兢从标本架上取颅骨，不料，手一抖，碰到了旁边的颅骨,只听噼里啪啦一阵乱响,十几个颅骨从架子上滚落下来。我全身的汗毛瞬间都竖了起来,接着就一阵恶心欲吐。

我捂着嘴,迅速跑到楼下的院子里,然后,蹲在道边的冬青树旁喘粗气。那一刻,我强烈意识到,自己根本就不是学医的那块料。

2

"现在上菜吗?"刚才的那个服务员在我身旁问到。

我转过脸,一脸茫然,脑子仍停留在解剖楼的标本室和满地的颅骨上,半天才反应过来,忙说:"噢,不用,不用——等我的朋友来了再上。"

服务员离开后,我掉过头,继续望着窗外,继续盯着那个公交车站。

从那天起,我就在书包里放进了高中数、理、化课本,无论是上课还是自习,都悄悄拿出来复习,准备随时回家复读,来年重新考一所非医学院的大学上。我把自己内心里的那份怀才不遇、那种苦闷全部宣泄在纸上,写了几篇文章,投给《丑小鸭》杂志社,却都被退了回来。就在我心灰意冷到极点的时候她走进了我的生活。

那是一个周六的晚饭后,她突然来到我的宿舍,约我一起去看电影。她敲门进来时，宿舍里不只有我，还有另外两个同学，我正把书包里的《解剖学》和《高等数学》拿出来，把高中《数学》和《物理》装进去，准备去教学区的图书馆看书。

"冬月，我是杨柳——咱们一起去看电影《追捕》如何？听说特别好看。"她端直朝着我，笑眯眯地说。这是开学两个多月来，她第一次与我说话。那时每遇周末，我们两个宿舍里本市的几个同学都会回家，留下我们几个外地的留守同学，总会在水房或者楼道里相遇，但不是一个班，彼此并不怎么说话。

我没想到她会主动来找我，更没想到她竟能叫出我的名字，而且还不带姓，好似我们已经是很多年的老朋友。

"好呀，好呀！"我慌忙回答，放下书包，跟着她就往外走。

走到楼下我才发现，并不只她和我，楼下，还有她们宿舍的另一个留守同学——张红梅。也就是说，她并不是因为没有伴，才来约我。

红梅五官漂亮，性格开朗，为人热情，也十分健谈。我们走出大门，一路往距离学校大约两站路的电影院走，红梅一会儿走到我这边，一会儿又走到杨柳那边，有说有笑，与我完全没有陌生感。她是学生会干部，接触的人多，脑子里装满了学校里的趣闻趣事。红梅的开朗，让我的拘谨迅速消失。看完电影回来的路上，我已开始与她俩讨论起电影里的情节了。

天已经很冷了，杨柳紧紧挽着我和红梅，我们迎着寒冷的风一路说笑着回到宿舍。

那个夜晚，我久久不能入睡。清冷的月光从窗帘的缝隙投射到我的床铺上,我抚摸着月光,脑子里全是杜丘带着真由美骑在马背上奔驰的样子,全是"啦呀啦,呀哒啥……"那首《杜丘之歌》的旋律。我的脑子里还有一个挥之不去的笑脸和身影,那就是杨柳,她让我无端地感到了一种温暖、一种幸福。开学这么久以来,我一直都活在孤独、苦闷与失落中,是杨柳,让我拥有了一个美好难忘的夜晚,让我在苦闷的日子里感到了一丝温情。

红梅经常要去参加学生会的活动,留下我和杨柳,成了真正形影不离、无话不说的朋友。我们会在同一个阶梯教室里上晚自习,会在下晚自习后,绕着操场散步聊天。聊刚上完的课,聊刚读过的小说,聊小说里的爱情,也聊自己的爱情观。

那时,校园里正流行琼瑶和三毛的书,杨柳却在每晚临睡前抱着一本《简·爱》爱不释手。月光下,她兴奋地给我讲简与罗切斯特的故事。她说,她不喜欢那种才子佳人、卿卿我我的爱情,而是渴望轰轰烈烈地爱一场,就像简与罗切斯特。

"罗切斯特?一个瞎了双眼,瘸了腿的男人?"我问。

"对呀!"她亮着双眼,十分认真地点了点头。

不知怎么,我突然感到有些失落。

在与杨柳的相处中,我努力寻找和弥补与她的差距:她那么弱小都能做到不害怕人体标本,我为什么做不到?!

在一次次与自己的挑战中,我渐渐忘却了对人体器官的恐惧。

因为杨柳,我放弃了回家复读的念头。

有次下晚自习后,我们在操场上走,我突然问杨柳:"那天,怎么就想起了约我去看电影?"

她的回答让我有些吃惊,她说:"看见你的第一眼,我就觉得我们之间一定会有故事,这故事总该有个开头不是?!"

她顽皮一笑,往前跑去,我一愣怔,站住脚,望着她的背影呆呆地站了许久。

后来,我总会想起她的这句话。

3

等了一天的雨终于落了下来。起初,只是豆大的雨滴,啪、啪、啪打在窗玻璃上,很快,就成了瓢泼大雨,铺天盖地下了起来。雨水连成一张水幕,罩住了整个窗子,公交车站的一切顿时模糊不清,能隐约看见从公交车上下来的人,迅速跑离车站,钻进道旁的商店去避雨。

望着窗外迅速变得湿漉漉的世界,我的心也潮湿起来。都说造化弄人,要不是那场雨,或许她的命运就不会是现在这个样子。那场雨,让她遇见了他。遇见了他,她一生的命运就发生了变化。

他,叫杨长生。

说来也怪,那场雨说来就来,说停就停,好像专为着她与他在这一世的相识。

那是一九八二年暑假即将结束的一天，我、杨柳和红梅一起去爬华山。当我们手脚并用爬至千尺幢近顶端的时候，突然电闪雷鸣，大雨如注。杨柳的脚下一滑，便连人带包顺着石阶滑下去。跟在她后面的我，听到她的一声惊叫便下意识地伸手去抓她。可失去重心的我不但没抓住她，还险些将自己掉了下去。

千尺幢是一条峭壁上的大裂缝，陷在两旁的巨石之间，坡度极陡，每级台阶的宽度不足三分之一脚掌那么宽，因此，往上爬时，必须身子贴近着石阶，双手紧紧抓住峭壁两边的铁链，否则，就会掉下去。如若不慎掉下去了，就如同跌进一口深不见底的枯井，其后果可想而知。

就在这千钧一发之际，只见尾随在我身后的一个小伙子迅速伸出一只腿，将滑落下来的杨柳挡住，同时用一只手紧紧抓住了杨柳的衣服，这才使杨柳幸免于难。小伙子果断沉稳而干练的举动让回头看杨柳的我十分震惊、感动。那小伙子就是杨长生。

当惊魂未定的杨柳重新抓住铁链，贴着峭壁站在石阶上时，她的双腿已像筛糠一样不住地颤抖，软得几乎无法站立。她拖着哭腔央求停在上面的红梅和我："别爬了，往回走吧！"

"雨这么大，不好下去呀！"没等红梅和我回答，就听见杨长生说，"这里离上面比下面近，不如跟着我们，一起爬上去，然后，找个地方避雨，待雨停了，你们再下去。"

杨长生的语气低沉、坚定，让我们无法抗拒。与杨长生同行的还有两个小伙子，我们仨在他们仨的帮助、保护下，终于爬到了山顶。

雨终于停了，太阳慢慢地从云层中钻了出来。我们面向太阳而立，让身上的衣服尽快晒干。这时，我们才知道了彼此的姓名和所在的学校。杨长生是陆军步兵学校的学生，比我们高一级，另外两个是他的同班同学和"死党"，分别叫周安峰和刘英伟，他们在学校自誉为"三剑客"。

那年，杨长生二十岁，杨柳十九岁。

晒干了衣服，杨长生建议我们在山上过夜，次日和他们一起看日出。杨长生的建议很有诱惑，于是，我们仨就留了下来。

傍晚，我们紧跟在他们身后，在附近的几个山峰上游玩，不知不觉间，我们都忘了恐惧，有了笑声。周安峰还请别的游客用他的那台海鸥牌相机为我们六个照了合影。

夜幕降临，山上异常寒冷。去山顶的客栈登记住处，客栈已客满。我们只好挤在客栈的廊檐下，全身冻得瑟瑟发抖。后来，杨长生从客栈里租来六件棉大衣，我们六人裹在棉大衣里，在客栈的廊檐下度过了一夜。

那夜，天上有数不清的星星，我们在星空下漫无边际地聊天。我们给他们讲医学院里的趣闻趣事，告诉他们人体总共有二百零六块骨头，六百三十九块肌肉……而他们则给我们讲常见枪支总共有多少种，每种枪都是哪个国家制造，射程多远。

一直都是周安峰和刘英伟在说，杨长生显得有些沉默，只在周安峰和刘英伟出现口误时，才适时纠正一下。周安峰说，杨长生是他们三个的老大，也是他们学员队的名人，各项军事科目的成绩都无人能比,枪法极准。

现在想来,杨柳应该就是在那个时候爱上了杨长生,因为她的话也突然少了下来。

"快看,太阳出来了!"天蒙蒙亮时,红梅突然大叫道。我们往东边望去,果然,有一丝橘红的光线出现在东边的天边。那光线一层层跳跃着出来,眼见得在东边的地平线上一点点变宽、变长,最后呈现出火红的一轮,染红了整个东面的天。那时候,我们都很激动,每个人的眼睛里都映着亮亮的橘红的光。我在杨柳与杨长生对视的目光中,看见了一种不一样的东西,那东西让我隐隐觉得有些难过。多年以后,回想起在山上的那个日出的时刻,我才明白,那时的我,心里装的,满满的,全是杨柳,而在杨柳的心里,显然已经装进了另一个人——杨长生,刹那之间,杨长生几乎全部替代了我。

4

十字路口有一片低洼地,此刻已溢满了雨水,过往的自行车不得不绕道而行,公交车不断地鸣着长笛。突然,一辆由东向西行驶的出租车与一辆自北往东转弯的小轿车相撞,两车上的司机都从车上下来查看,然后互相指着鼻子嚷嚷。

从山上下来后的第二天,学校就收假了。

一切似乎又回到了过去,我和杨柳又像往常一样形影不离,无话不说。她习惯挽着我的胳膊走路,我喜欢在她不挽我的胳膊时,把一只胳膊绕过她的颈,搂住她的肩,好像唯有这样与她腻在一起,心里才会踏实。

我俩像往常一样,端着盆子一起去学校的公共浴室洗澡。我给她搓背,她给我搓背。搓完背,我又像往常一样把她拉到水龙头底下,让她第一个用水冲洗。她冲水的时候,我会用手帮她在背上胡撸。红梅看见了,问我:"冬月,你为什么不给我胡撸?"

"你自己能冲干净,杨柳不行!"我说。

"你对杨柳,就像她妈。"红梅低声说。

"那我就做她妈好了!"我开玩笑说。

这话却被白色气雾里的杨柳听见,她翻我一个白眼,嗔怪道:"啥?做我妈?……也不嫌害臊!"

她的话,让我感到很甜蜜。

一天中午,我和杨柳背着书包从教学区往生活区走,准备去食堂吃午饭。路过教学区大门时,看见放在门房窗口的黑板上写着杨柳的名字,后面是一个电话号码。

"哎,是王振海吧?"我用胳膊捅了捅杨柳,说。

王振海是杨柳从小学到高中的同班同学,杨柳考入我们医学院时,他考上了同在这个城市的交大。杨柳曾给我讲过她和王振海之间的故事。

上小学时，杨柳因为学习好，又长着一头毛茸茸的卷发，看上去像个洋娃娃，经常会被班上俏皮的男同学"欺负"。他们给杨柳起了许多外号，以引起杨柳的注意。阿尔巴尼亚电影《伏击战》在学校放映后，因为电影里的女演员都有一头卷发，王振海就给杨柳起了个"阿尔巴尼亚"外号，气得杨柳从此不理了王振海。

初中二年级时，恰逢招生制度改革，可以通过参加高考上大学了。王振海的父母都是中学老师，开始给王振海恶补功课，经常给他"吃小灶"。

那时，如果考上大学，就意味着你将会拥有一个永远都打不碎的铁饭碗，生活从此就有了保障，因而所有学生都拼命学习，目标直指大学。学校也很重视学生的学习成绩，每次考试结束，都会将成绩在校园的黑板报上张榜公布。红纸黑字，写着全年级每个同学的名字、成绩和排名。王振海与杨柳的成绩总是不相上下，这次王振海第一，杨柳第二，下次就杨柳第一，王振海第二，跟商量好了似的。偶尔，俩人的成绩会并列第一，名字并排着出现在成绩榜上。于是，同学们就拿他俩开玩笑。有几个好事的男同学，还将杨柳的书悄悄放进王振海的书包里。当杨柳走进教室时，他们就起哄喊王振海的名字，而当王振海走进教室时，他们又会喊杨柳的名字。

对于这样的恶作剧，杨柳早已见怪不怪，根本不放在心上，更不会想入非非。因为在她心里，考上大学，走出那个小县城，成为名医才是最重要的事情。而且，在学习方面，王振海一直都是她最大的竞争对手，都是她假想的敌人，哪有喜欢自己敌人的道理。但王振海的父母却不这么想。他们不允许有任何干扰王振海学习的事情发生。王振海的母亲找到杨柳和王振海的班主任，让好好管教那些好事的同学，还让班主任老师劝杨柳，要把心思放在学习上，不要总想着那些卿卿我我不健康的事情。

听了班主任老师拐弯抹角的劝诫，杨柳顿时气得脸色发白，觉得这简直是对自己的奇耻大辱。她想骂人，理智却告诉她不能那样，她只好攥紧两个拳头，咬着嘴唇，气愤地瞪着班主任。班主任忙解释，不是他的意思，在他心里，杨柳根本就不会是那样的人，是王振海的父母想多了。

杨柳大哭一场，转身跑到教室里质问王振海："谁跟你卿卿我我了？"

面对杨柳的质问王振海哑口无言，围观的同学却趁机起哄。王振海满脸通红，百口莫辩。

放学回到家，王振海把气全撒在母亲身上，死活不愿再去上学，说，除非母亲去给杨柳当面道歉。无奈，王振海的母亲只好灰头土脸地在杨柳他们班主任老师的办公室给杨柳当面解释、道歉。

此事迅速在全校传开，说什么的都有，弄得王振海的父母十分难堪，杨柳也从此将王振海恨到了骨子里。

可是，上大学没多久的一个周末，王振海就到我们学校来找杨柳了。杨柳兴冲冲拉开宿舍门，一看找她的人是王振海，顿时就变了脸，一句话没说，就将门关了，爬回到架子床上，任凭宿舍里的人怎么劝，就是不出去。

杨柳不近人情的态度并没有让王振海灰心，因为这一切都在他的意料之中。

回学校后，王振海就不断地给杨柳写信，几乎每天一封。他向杨柳解释他母亲的行为并不是要伤害杨柳，只是出于一个母亲对儿子的关爱；他诉说让杨柳受了委屈后自己曾有多痛苦；他告诉杨柳自己从小学开始就喜欢上了杨柳。他说，他们青梅竹马，两小无猜，他说，他们志同道合，前程似锦……在每封信的后面，他都要抄一段舒婷或北岛的诗，以抒发自己的情怀。

但这些信杨柳一封也没打开，全部原封不动地退了回去。那时学校里严禁谈恋爱，一些谈恋爱的同学都是在私下里秘密进行。我们学校大三的一对恋人，在学校一个废弃的防空洞里谈恋爱，被人检举揭发，保卫科的人打着手电筒去查看，结果在防空洞里将他们两个抓了现行。据说，防空洞里不仅有铺在地上的草，还有他们的一些生活用品。而且，那女生已经怀了孕。这对恋人很快就被学校双双开除，回了老家。

因此，对于杨柳拒绝王振海的行为，红梅一直认为是杨柳怕违反校规，怕在校期间谈恋爱而因小失大。我则认为，杨柳心里，有我就装不进王振海。

可是，无论杨柳如何对待王振海，王振海仍是一如既往地给杨柳写信，寻找一切机会接近杨柳，讨好杨柳。

面对身高一米八二、肤色白净、不胖不瘦、学业优秀的王振海的一片痴情和不懈努力，杨柳的防线渐渐出现了缝隙。她开始拆看王振海的信，也给王振海回信。王振海来我们学校，她也会把他带到她们宿舍里。偶尔，王振海约她去看电影，她也不拒绝，但每次看电影，她都会带上我或者红梅。

我并没有因为杨柳与王振海之间出现的松动而感到不悦，在我看来，那只是杨柳的一点虚荣心。

可就在这时，杨长生出现了。

5

从山上回来的那几天里，在看似一切都很正常的外表下，杨柳其实隐藏了一个巨大秘密——杨长生总会在不经意间闯入她的脑海。杨长生那果敢、持重、忘我的举动，那不多但却十分温暖的话，那略黑的颜面上镶嵌着的一对明亮的眸子，还有那两排洁白的牙齿都让她痴迷，无法忘记。她的这点心思不可能不写在脸上，我也不可能没有任何觉察，只是我不愿意多想这件事，拒绝相信这件事。

"赶紧回电话去！"我见杨柳站在那里发呆，就将她往门房的窗口推了推。

当天晚上，王振海突然赶来我们学校找杨柳。那时，我和杨柳正在解剖楼一楼实验室的人体标本上辨认肱二头肌和肱三头肌。昏暗的灯光下，我拿着解剖书给杨柳逐字逐句念肱二头肌和肱三头肌的起止，她撸起袖子,按照书本上的描述找到这两块肌肉,然后边重复我的话,边在这两块肌肉上比划。

解剖实验室靠门口的地方并排放着三个水泥台,每个台子上都摆放着一具人体标本。那晚,我们几个人守着最外面的一具学习,另外两具被朱红色的油布罩着。

就在我们全神贯注地在人体标本上辨认肌肉的时候,两个男老师突然进来。他们什么也没说,打开实验室靠里面的两个灯,直奔过去。那地方空空荡荡,没有水泥台,也没放别的东西。我正纳闷这两个老师到底要干什么时,就见他俩用墙角的铁钎将地上的水泥板一块块撬开,移开。

我吃惊地发现,在我们的脚下,竟是一个巨大的福尔马林池子,里面泡着许多白花花的尸体,每个尸体的身上都挂有编号牌。

我们几个同学顿时都被吓坏了,但又抑制不住内心里的好奇,就都呆呆地站在原处一动不动地看着两位老师。只见一位老师用铁钩扒拉着尸体,找到了他要的那具后,就钩住尸体身上的铁环,将尸体钩了上来。他俩将钩上来的尸体移到一边,然后,将刚才揭起的那几块水泥板又一块一块盖回原处。

就在我们被眼前的这一幕吓得大气不敢喘一声的时候,一个同学突然推门进来,愣头愣脑地问:"谁看见六班的杨柳了?有人找。"突如其来的这一声,吓得我们顿时一激灵。

"是我!"杨柳冲着门口说。

我和杨柳急忙去洗手池边洗手,准备往外走。这时,里面的一个老师却说:"你们谁过来一下,帮忙把这副标本抬到隔壁实验室去。"

大家都原地站着没动,你看看我,我看看你。已经走到洗手池边的杨柳,迟疑了一下,走了过去。我想拉住她,可为时已晚。

见杨柳过去,另外两个男同学对视了一眼,才不好意思、磨磨蹭蹭地跟了过去。我的胃又在翻江倒海,不得不扔下杨柳,捂着嘴往外跑。我在厕所里吐完后来到楼外,楼外的冷空气让我的胃舒服了许多。

在楼门口,我遇见了王振海。站在院子里和王振海一起等杨柳的时候,我仍惊魂未定,说话时上下牙齿仍在打颤,声音已经不像自己的声音。

等了半天,迟迟不见杨柳出来,我便硬着头皮进去找,经过厕所门口时,听见有人在里面大声呕吐,进去看,果然是杨柳。

事后我问杨柳,那晚她为什么要打肿脸装胖子去搬"标本",杨柳说,连"标本"都不敢面对,将来还怎么做医生!

记得一次上生理实验课,老师拎来一个筐子,里面装了十几只外表极其丑陋令人恶心的蟾蜍,让大家每人选一只,然后用探针将蟾蜍的脊髓捣碎,再剥掉蟾蜍的皮,将一个电极插在蟾蜍的腿上做肌电图。面对蟾蜍那一身疙疙瘩瘩、皱巴巴的土色皮肤和突出在外的一对眼睛,以及松弛着随着呼吸一鼓一鼓活动着的下巴,所有女生都不敢多看一眼,更不用说抓到手里用探针捣其脊髓了。

大蟾蜍的肌肉发达,做出来的肌电图漂亮,男同学就都在筐子里挑大的。眼见得大一点的蟾蜍都被男同学挑走了,杨柳只好咬着牙上去,抓起一个蟾蜍,战战兢兢回到座位上。

杨柳的这举动受到了带课老师的表扬。这老师不仅在杨柳的班上表扬了杨柳,还在他带课的所有班上表扬了杨柳。听到老师表扬杨柳,我的心像吃了蜜一样甜,比听到老师表扬我自己还让我高兴。

老师的表扬激励了我等胆小怕癞蛤蟆的女生,我们也战战兢兢地拿起比较小、看着不那么十分恶心的蟾蜍,做出了一个个像模像样的肌电图。

杨柳就是这样,为了她的名医梦,一次次地挑战着自我。

那晚王振海来找杨柳,本来是要对杨柳兴师问罪,见杨柳难受成了那样,就什么也没说走了。第二天晚上他又来了。当时,我和杨柳正在解剖北楼的阶梯教室里上晚自习。杨柳一出教室,就被王振海抓着胳膊拉到楼后面的空地上。杨柳感到有些莫名其妙,瞪圆了眼睛问究竟。

"这话应该我问你,"王振海有些激动,"昨天中午接我的电话怎么那么不情愿,出什么事了?"

杨柳没想到,王振海会如此敏感。

"没有啊!"

"那为什么突然这么冷淡?没说两句话就挂断了电话。"

"爬山累了。"杨柳说,她不想给王振海解释,也无法解释。她总不能说她心里已经有了个杨长生!

"不可能没什么事,有什么事你不能告诉我?我那么喜欢你。"王振海越想要答案,杨柳越给不了他,这让他十分焦急与痛苦。

"我说过了,没什么事。而且……"杨柳提高了嗓音,但后面的话却又咽了回去。

"而且什么？"王振海穷追不放。

"没什么。"杨柳转过身，往教室走，"明天考《生理学》，我还没复习完呢。"

"而且什么？你把话说清楚！"王振海追上杨柳，再一次拉住杨柳的胳膊。

杨柳想了想，把心一横，说："而且，你可以不喜欢我。"

王振海松开杨柳的胳膊，站住脚，吃惊地问："你说什么？我和你已经谈了这么久的恋爱了，你现在给我说这话。"

"谁跟你谈恋爱了？"杨柳转过身，也有些激动，"一开始我都不愿意见你，是谁说的，我们只做普通朋友？"杨柳想，长痛不如短痛，与其怕伤害王振海，还不如快刀斩乱麻把话说透，"正因为你说只做普通朋友我才会与你交往。"

"我那么爱你，难道你就看不出来？你就无动于衷？你就是一块石头，这么长时间也应该被我焐热了！"

"我们真的不合适！"看见王振海痛苦的样子，杨柳的心软了，她想起了一年多来王振海为她所做的一切，"你学业优秀，长得又这么帅，肯定能找到一个各方面都比我更优秀的女孩子。"她放软了语气说。

"找不找别人，找什么样的人，那是我的事，不劳你操心！"王振海气愤地说。

杨柳后来说，那时她一分钟也不愿再与王振海在一起，似乎那时和王振海之间的任何瓜葛都是对杨长生的不忠。可那时的杨长生对她到底是一种什么情感,她还根本不知道。

有人说,一个男人的心里可以同时装进好几个女人,而一个女人的心里一个时期却只能有一个男人。那一刻,杨柳的心里只有一个杨长生,满满的都是杨长生,如何能再装进一个王振海呢!

那晚,我站在解剖北楼的楼梯口,远远地看着杨柳和王振海,心里说不出是喜还是悲,她不属于王振海,但也终将离开我。

6

一个星期的时间是那么的漫长。杨柳在对杨长生的思念中,艰难地打发掉了一个星期里的分分秒秒。她不止一次地在内心里描绘着她与杨长生的爱情。像简与罗切斯特一样,爱得纯粹,爱得没有任何世俗的杂质。

终于熬到了周末。

"我们是不是应该去答谢一下人家的救命之恩呢?"杨柳找出一个理由,劝我和红梅与她一起去看杨长生他们"三剑客"。

这个理由我无法拒绝。

当我们仨买了水果走出校门时,竟迎面撞到了来找杨柳的王振海。

那晚在解剖北楼后面分手后,王振海想了很多,他痛定思痛,觉得都是自己的不对,是自己的敏感伤害了杨柳的自尊心。"都说女孩子的心思猜不透，还真是的！"王振海心里想。他这样想了，心里也就释然了许多。"自己最近一直都在忙毕业答辩的事，也的确把她疏忽了。"他对自己说。他决定周末再去找杨柳，带她逛公园或者看电影，总之，要弥补一下自己的过失。

可眼下，他的最后的那点幻想也被红梅的一句话彻底弄破灭了。

"我们要去陆军步兵学校看望在山上搭救过杨柳的杨长生和他的哥们，你要不要一起去？"红梅对王振海说。

王振海这才明白，这一切并不是自己的错。他悲哀地望着杨柳，似乎要从杨柳的口中听出解释。可杨柳根本就不看他。

王振海只好转过身往回走。

红梅追上去，问："哎？咋回事？问你话呢，要不要一起去？"红梅是个大咧咧没心没肺的人。

"不了，我还要准备论文呢。"王振海的声音有些虚弱。

我的目光在杨柳的脸上来回打转，终于忍不住抓住杨柳的肩膀问："你不会这么快就把那个杨长生当成你的罗切斯特吧？"

杨柳拨开我的手，说："哪里呀，别胡说！"

"没有就好！"我似乎比王振海还生气，"……王振海那么优秀，对你又那么好……可别辜负了人家……"

我们仨，我比杨柳大半岁，比红梅大两个月，我这样管教杨柳几句，在红梅看来，是再正常不过的事，可她还是睁着一双大眼睛不解地问："哎、哎、哎，你俩说啥呢？我怎么有些听不懂啊？"

"你听不懂没关系，只要某个人能听懂就行！"我对红梅说，一双眼睛仍像锥子一样死死地盯着杨柳。我一直告诫自己要理智、要克制，但那一刻，心里还是像打翻了一个大醋缸，对杨柳喜欢上杨长生这件事充满了醋意。

"放心吧，同志哥！"杨柳拉起我的一只手往前走，面对咄咄逼人的我和充满好奇心的红梅，杨柳苦笑了一下。而这时的王振海已经走远，留给我们的是一个落寞的背影。

我们坐公交车，倒长途汽车，一路向人打听着，临近中午才赶到了远郊区杨长生的学校。

那天中午，当身穿花布上衣，别着白底红字的医学院学生校徽，梳着"两把刷子"发型的我们仨一路说说笑笑从杨长生他们学校的生活区穿过时，竟引起了一场不小的骚动。只见两边楼房里的许多窗口都探出了脑袋，他们打着呼哨，敲着洗脸盆大声喊叫。

我们被这突如其来的喊声弄得不知所措。来接我们的周安峰给我们解释说，他们陆军步兵学校清一色的男学员，学校平时管理很严，不许随便出校门，就是出营门也需打报告，更不许谈恋爱了，因此，平时很少有穿着花衣服的女生在营区里走动。现在，一下子出现了三个穿得花枝招展的女大学生，那些学员哪能压抑住心理、身体的冲动！

他们的表现，让我们仨倍感新奇。

那天，杨长生三兄弟在他们同学羡慕的目光里无比骄傲地带着我们参观了他们的校园，参观了图书馆和打靶场。在操场边的器械区，周安峰和刘英伟争先恐后为我们在单杠、双杠、吊环和鞍马器械上表演绝技。还互相揭发对方的糗事。

周安峰是城市兵，长得白白净净，喜欢读书，但胆子却小，学习跳鞍马时，他每次弓着身子飞快地跑到器械跟前，却不敢飞身跃起，没少被老师训斥，没少被同学耻笑。他的这些高难度科目最后能完成，都是杨长生和刘英伟在下课后帮他的结果。

刘英伟来自甘肃农村，家里弟兄多，从小就很能吃苦，摔摔打打惯了，因此胆子很大，但又有些傻大胆，学杠上运动的第一天，就从杠上摔了下来，好在旁边有老师保护，没出大事。

红梅强烈要求杨长生表演。杨长生走到双杠旁，煞有介事地伸了伸胳膊和腰，活动活动手腕和腿，然后两手抓住双杠的一头，来了一个漂亮的起跳，将身体悬在空中。少顷，他缓慢地抬起双腿，使绷直、并拢的双腿与上身成直角状态稳稳地停在空中。接着，他将双腿猛地往后一甩，整个人就直直地倒立在了双杠上。他在双杠上倒立了一会儿，便在双杠的两条杠子上倒手，使倒立着的身体旋转了一百八十度，然后才将身体放下来，稳稳地从一侧下杠落地。这一串动作是那么的标准、漂亮、利索，简直可以和职业体操运动员媲美。

我们仨看得目瞪口呆。杨长生落地几秒钟后，我们才想起鼓掌叫好。在红梅的强烈要求下，杨长生又为我们表演了鞍马和单杠项目，同样都是高难度动作，同样表演得干脆利索、优美。

陆军步兵学校的四周都是庄稼地，往北半公里左右有一个村庄，叫周村。村东头开有一个小饭馆。表演完体操，杨长生请我们去那个小饭馆吃饭。由于学校对他们出入营区管理得很严，杨长生只好让我们分头行动。我们三个女生从大门出去，他们三个男生则从校北边翻墙出去。那里有一堵墙,不知什么时候被什么人弄出一个豁口,一直没有修补,经常会有学生偷偷从那里出入。

秋高气爽。我们穿过一片一人多高玉米地中间的那条小道,来到周村村头的那个小饭馆。离开学校前周安峰跑到学校的小卖部买了几瓶格瓦斯。没想到,两瓶格瓦斯下肚,杨长生就有了醉意。只见他双颊泛着红晕,眼睛迷离,站起身,一手拿着格瓦斯,一手在空中挥舞着朗诵道:"为人进出的门紧锁着,为狗爬走的洞敞开着,一个声音高叫着,'爬出来吧,给你自由!'我渴望着自由,但也深知道,人的躯体哪能由狗的洞子爬出。我只能期待着,那一天,地下的烈火冲腾,把这活棺材和我一齐烧掉,我应该在烈火和热血中得到永生!"

他显然很激动,很动情,声音里充满慷慨,饱含悲愤。我很吃惊,他那看似低调、内敛的性格里,竟蕴含着如此壮怀激烈的情绪。后来发生在他身上的一系列事情使我明白,杨长生的骨子里就有一种英雄情结。杨柳说,这正是她喜欢上杨长生的原因。

红梅起哄,让杨长生再给我们朗诵一首诗,杨长生却一屁股坐到椅子上不吭声了。周安峰忙解释:"杨长生每次高兴了都朗诵这首诗,也只朗诵这一首。"他看看杨长生,接着说,"这首诗好像专门给他写的,最能表达他内心里的那种连他自己也说不清的东西。"

我们都被杨长生的情绪所感染。周安峰情不自禁地朗诵道:"……黑夜给了我黑色的眼睛,我却用它寻找光明……"

"顾城的诗,我也最喜欢这一句!"周安峰刚朗诵出这一句,我就迫不及待地打断说。

我们不约而同地将目光转向刘英伟。

"我不会唱歌也不会朗诵诗,但我可以给你们讲个笑话。"刘英伟憨憨地说,并不扭扭捏捏。于是,他边笑边讲,断断续续讲完了那个他自认为非常可笑的笑话,我们却没有一个人笑,他的笑就僵在了脸上,说:"你们咋都没有幽默感啊?幽默感都被'标本'扼杀了?"

这句话倒把我们仨都逗乐了。

在他们的要求下,我和杨柳推举红梅唱了一首香港歌星刘文正的歌《兰花草》。

"……我从山中来,带着兰花草,种在校园中,希望花开早,一日看三回,看得花时过,兰花却依然,苞也无一个……。"

红梅的歌自然唱得清纯、甜美,我们学校每年的迎春晚会上,都有她的独唱节目。

"哎,早知你们会唱歌,就让他俩把吉他带出来给你们伴奏,他俩都会弹《兰花草》和《外婆的澎湖湾》。"刘英伟不无遗憾地说。

临走时,我们仍余兴未尽。

杨长生趁我们往外走时拉住杨柳的胳膊,悄悄向她要了通讯地址。

7

回到学校的第十天,杨柳终于收到了一封来自杨长生他们学校的信。为了躲避我的追问，拿到信后她迅速把它塞进书包里。晚自习时，她用裁纸刀小心翼翼地将信封拆开。信封里装着几张黑白照片，还有一页被叠成仙鹤样的信纸。照片是那天在山上时我们照的合影。杨柳小心翼翼地展开信纸，没急着去看信的内容，而是先去看了信的署名，杨长生，是杨长生！杨柳激动得湿了眼睛，仿佛过去的几天自己受了天大的委屈，而这委屈终究被杨长生理解并给予了抚慰一样。

杨柳无比幸福地读着杨长生信里的每一个字，每一个标点符号。

杨柳：

  你好！学习很忙吧！我们最近的课很少，军事训练也较往常减少了许多。每天除了要完成规定的负重五公里长跑，就是复习功课，准备军事指挥理论课和英语课的考试。期望能与你们再次爬山。随信把那天在山上照的照片寄给你们，希望能够喜欢。代问红梅、冬月好！

  此致

  敬礼！

杨长生
1983 年 9 月 15 日

  杨柳将杨长生的信读了又读。

  当晚，杨柳就给杨长生回了信。可她写了撕，撕了写，不知道该用怎样的措辞。她多么想告诉杨长生她对他的喜欢，对他的思念！可面对杨长生客客气气、三言两语的来信，她只好客客气气地回了封信。

杨长生：

　　来信收到，感谢你们为我们照的那些照片，也感谢你那天的相助。我们也进入期末复习阶段，非常愿意与你们三兄弟再一次一起爬山。代问周安峰和刘英伟好。

　　此致

　　敬礼！

杨柳
1983 年 9 月 22 日

　　晚自习后，杨柳大大方方将杨长生的来信和我们的合影拿给我和红梅看。红梅兴奋得指着照片上的每一个人评头品足。可我却怎么也兴奋不起来。我凄凉地感到，一段爱情正悄悄地拉开了帷幕，它正把属于我的快乐和甜蜜一点点稀释、夺走，可我却阻止不了，也不能阻止。

　　我当然希望杨柳好，但我的理性告诉我，她和杨长生不可能有一个好的未来。平心而论，杨长生是个素质全面，阳光、刚强的人，是任何女孩都会喜欢的男孩类型，但他不适合做丈夫。他是步兵学校的学生，将来一定是在远离大城市的地方待着，而且不会有什么前途。这与杨柳一心想在大医院做个名医的目标根本就是牛头不对马嘴。就是为着杨柳，我也不希望她和杨长生走到一起。

　　杨柳的这封信寄出去后，很快就收到了杨长生的第二封来信，他约杨柳在周末单独去爬翠华山。

他们巧妙地摆脱了我们几个好朋友，在城外的长途汽车站碰头。

那天，他们一边爬山，一边聊天。杨长生的话一直都离不开周安峰和刘英伟。

"没想到，你这么关心周安峰和刘英伟。"下山时，杨柳终于忍不住说。

"其实，我最关心的人，远在天边，近在眼前。"杨长生停下脚步，眼睛静静地看着杨柳。后来杨柳说，杨长生是一个不会轻易说爱的人，让他说爱，不如让他做一百个俯卧撑。

对杨长生的表白，杨柳不敢相信自己的耳朵，一时竟不知说什么好。她默默地将自己的一只手放进杨长生的手中，由杨长生牵着继续往前走。她以这样的方式，回答了杨长生的表白。

他们都沉浸在幸福中，竟没注意天色已经很晚。等他们下到山下时，最后一班长途车已经开离，他们不得不徒步往回赶。黑夜里，他们借着天光边走边聊，他们谈人生的意义，谈自己的理想，谈读过的书，不知不觉中竟走了二十多公里，走了整整一夜。杨柳后来对我说，那天，她说的话比她二十年来说过的话的总合还要多。为了抄近道，他们穿过一条铁道，从一个村子经过，结果被一条野狗狂吠着追赶。只见杨长生拎起道旁的一块砖头，掉头就朝狗走去。那狗被杨长生的气势镇住，掉头飞快地跑开了。

天亮时，他们回到了市区，乘坐公交车各自回到自己的学校。

那晚，是杨柳人生中非常难忘的一晚。她后来对我说，杨长生总能带给她很强的安全感，而这些，是王振海无论如何也给不了的。有些人，你跟他共同生活了一辈子，可能还会觉得形同陌路，而有些人，你只和他见过一面，就有愿与他同舟共济一辈子的冲动。

8

回校后，杨柳将那天的经历和内心的感受详细地记录在日记本里。那段时间，无论是上课，还是与我聊天，她都会走神，陷入到对那天经历的回忆中。她开始频繁地给杨长生写信，但这些信都没有寄出去，因为杨长生说学校不允许谈恋爱，书信太勤，容易被人发现。他也不让杨柳去他们学校。说，只要自己有时间就来找杨柳。

可是，数月过去了，学校已经放寒假，却仍不见杨长生的影子。杨柳的内心充满了担忧。情急之下，她去了杨长生的学校，却发现，杨长生已经放假回了家。

寒假结束后，杨柳回到学校。她所做的第一件事，就是联系杨长生，她又给杨长生写了一封信，可等她把信拿到校门口的邮筒跟前时，却犹豫了。她想，杨长生不联系自己，说明他心里已经没有了自己，这样死乞白赖地去找他，会让他瞧不起。

整个春天，杨柳都等着杨长生。繁重的功课使她在大部分时间里都埋头于书本，嘴上虽没说什么，但我能看见在她那无所谓的外表下所藏着的无边无际的煎熬。

终于熬到了暑假。放暑假后,杨柳在离校前还是没忍住,去了杨长生的学校。可她发现,杨长生他们那届学生已经毕业离校一周了。杨柳向周围人打听,没一个人知道杨长生的去向。

杨长生的不辞而别让杨柳备感伤心。难道她与杨长生之间,自始至终都只是她的一厢情愿?!渐渐地,她有些恨杨长生。觉得杨长生玩弄了她的感情。她暗暗发誓,一定要把杨长生忘掉。

一九八三年的整个暑假,杨柳仍是闷闷不乐。她在一阵阵令人烦躁的蝉鸣声中,一遍又一遍地回忆着她和杨长生的相识过程以及后来所发生的一切,她怎么也找不到杨长生突然与她失联的理由。她拼命帮家里人干活,拼命读书,想以此尽快忘掉杨长生这个人和这个让她十分痛苦的名字。这期间,几个中学的同学相约一起去看班主任老师,杨柳去了,结果在班主任老师家里看见了王振海。王振海问杨柳:"你还好吧?"

"很好!"杨柳故意这么说,努力让自己的嘴角往上一翘,在脸上挤出一丝笑。

"你好像瘦了许多!"王振海关切地说。

"每年夏天都这样。"

王振海的关心让杨柳心里一颤。但为了不让王振海产生误会,她迅速从王振海身边走开,没有给王振海进一步聊下去的机会。

走出班主任老师家后,其他同学还意犹未尽,站在路口聊天,杨柳则借口有事,匆匆离开。

暑假过后,杨柳的状态恢复了许多,返校后,她又开始充满活力地上课、自习、学英语。晚上,她总是坐在架子床上写日记。她的日记写得很长,好像有说不完的话要给自己说。

　　一个周末,我拉着杨柳去看电影,那时正值市里举办艺术节,连续一周播放奥斯卡获奖电影,每个晚上播放好几部,几乎要播放一个通宵。因为是刚开学,功课不重,我们年级的许多同学都泡在电影院里看通宵电影。第二天上课时,一个个都趴在桌子上睡觉。

　　那天,杨柳和我到电影院时,电影已经开演,我们摸黑找到位子。坐下后,杨柳才发现她的旁边竟是王振海。王振海很礼貌地向我们打了招呼,不说其他话,接着看电影。看完电影,他很礼貌地与我们道别。回学校的路上,杨柳问我:"怎么这么巧?竟遇见了他。"

　　"无巧不成书么!说不定,你俩有缘呢!"我说。

　　杨柳没接我的话,只默默地往前走。

9

　　这一学期,我和杨柳仍是形影不离,亲密得像一个人。要说那段时间发生过什么重要事情的话,那就是红梅谈了恋爱。红梅的恋爱过程颇有些戏剧色彩,引无数女同学羡慕嫉妒恨,可与她朝夕相处的我和杨柳却一直都被蒙在鼓里,直到那场舞会,东窗事发,我和杨柳才成了知情人。

　　一九八三年，交谊舞刚在高校兴起。我们学校的隔壁是师范大学，不远处是外语学院。这两所学校的舞会已经办得风生水起了，我们年级的同学还一头埋在《生理学》《病理学》《微生物学》里，苦苦背那些枯燥的东西。那两所大学的同学一听我们还不知舞会为何物时，甚是骄傲和自豪。他们纷纷邀请我们学校的同乡去参观他们学校的舞会。一些有音乐和舞蹈天赋的同学只参观了一次，回来就能在宿舍里比划了。他们将宿舍的桌子移开，在那不足两平方米的空间里教会了室友，然后，就在周末结伴混入师大或外语学院的舞池里。这两所学校舞会的组织者很快就发现了这些越来越多的不速之客，舞池里已经拥挤得跟下饺子一样了。他们想着如何能将这些外来同学挡在舞场之外。他们想出了一个办法，给自己学校的学生发票，凭票入场。这样一来，我们学校的学生就只能望舞场兴叹。

　　我们年级学生会的干部发现这一情况后，很为恼火，这简直是医学院的奇耻大辱。于是，他们向学校申请了经费，买了台三洋牌录音机和几盒舞曲磁带。周末晚上，他们将学生食堂的桌子移到墙边，一场自己的舞会就办了起来。只是，食堂的地面有些油腻，跳舞的时候脚底下有点粘，舞步滑不起来，还会发出滋啦滋啦的声响。但大家对此都毫无怨言，毕竟再不用为进不去师大和外语学院的舞场而着急上火了。

　　我们年级住六号楼，食堂就在我们六号楼对面那栋卫生管理楼的一楼。食堂里舞曲的声音，会非常响亮地传到我们这栋楼里，弄得我们心里直痒痒,在宿舍根本就看不进去书,也迈不动腿去图书馆了。

红梅一直都是我们年级里的活跃分子,舞会又是他们学生会的几个干部一手经办,因此,她是最早学会跳舞的人之一。她在宿舍里热情地教会了我和杨柳,然后就拉着我俩去食堂,她说:"反正也看不成书,不如去跳舞!"

起初,我和杨柳都不敢进去,只在门口张望、徘徊,红梅硬将我们拉进去。后来,每到周六的晚上,食堂里的音乐一响,我们就在宿舍里坐不住了,穿上新买的裙子就往楼下跑。

舞池里,永远都有一个鲜亮的身影,吸引着所有男女同学的目光,那就是学生会主席贾小兵。贾小兵身高一米七八,体型不胖不瘦,五官清秀、标致。他喜欢体育,也喜欢音乐。每年的运动会和迎春晚会他都出尽了风头。我们三个最喜欢看他打排球,他每次纵身往前一跃扑倒救球的那一瞬或奋起一跳扣球的那一刻,我们都会兴奋得尖叫起来。不只是我们喜欢看他打排球,我们学校的许多女生都喜欢看。我们年级稍有点姿色的女生几乎都暗恋过他。而我那时的心里,只有杨柳,喜欢看他,不过就像喜欢看杜丘一样。有时下午上完课,我们背着书包去操场,远远地就能看到几个低年级的女生在那里手舞足蹈、大喊大叫,不用问,一定是贾小兵又在和几个男生打排球了。

舞池里,贾小兵身着白色短袖衬衫,黑色喇叭裤,脚蹬一双发着亮光的黑皮鞋,手腕上戴个亮晃晃的手表,非常引人注目。即便是整个舞池里都挤满了人,我们也能迅速捕捉到他的身影。引人注目的不只是他的长相和衣着穿戴,更是他那挺拔、洒脱的身姿和流畅富有弹性的舞步,好似整个舞池里只有他和他的舞伴,他带着他的舞伴在舞池里旋转、穿梭,游刃有余。他和他的舞伴起伏荡漾在舞池中时,陶醉、享受的不只是他和他的舞伴,还有我们这些傻傻的看客。每支曲子结束,女生们都坐回周围的凳子上,等待男生来邀请。每个女生都眼巴巴地渴望着能被贾小兵邀请。似乎只有跟贾小兵跳了,才真正算跳了舞。

那晚,我和杨柳惊奇地发现,贾小兵竟然一晚上几乎都在跟红梅跳,而且,跳舞的时候,他俩的神态也很不对劲,好像享受的不是音乐和舞步,而是两个人相握、相搂的过程。

与我同宿舍的一个同学曾说,有一天晚上看见红梅和贾小兵一起从图书馆回来。由于太晚,生活区的大铁门已经上锁,他们几个晚归的同学只好翻门进来。当时,红梅翻不过来,贾小兵就扶着她翻,很是亲密的样子,推测他俩在谈恋爱。

对此,我与杨柳都一笑了之,根本不相信。因为喜欢贾小兵的人实在是太多了,谁跟贾小兵有染,都容易被人因为羡慕嫉妒恨而说三道四。

舞会结束后,我们将红梅拉到没人的地方审问,红梅才讲了实情。原来,他们的确恋爱了,而且他们的恋情已经秘密进行了一段时间了。

我和杨柳惊奇得差点掉了下巴。

杨柳并不看好红梅与贾小兵的这份恋情,觉得恋上贾小兵这样一个大众情人无疑是一件十分危险的事,简直等于玩火自焚。而我,惊奇过后就变得非常平静,我劝杨柳:"那是人家红梅自己的事,你不管行不行？"

"你怎么这么说？我们是好朋友，不能眼看着她往火坑里跳！"杨柳有些急了。

"我不让你往火坑里跳，你听吗？"我说，可说完就有些后悔。

"我往什么火坑里跳了？"杨柳故作莫名其妙地瞪着眼睛问我。

"没有，没有——我开玩笑！"我拉住她。

"这种玩笑以后还是少开。"杨柳阴沉着脸说，甩开了我的手。

那晚直到我们各自进入自己的宿舍，她都没再跟我说一句话。

10

对杨柳的话，红梅根本不以为然。为了证明她决定的正确，她给我和杨柳讲了他们恋爱的过程。

那是入冬后的一天晚上，贾小兵下晚自习后在操场运动，出了一身汗，回到宿舍已经没了热水，他就在水房用凉水冲澡。第二天他发起了高烧，持续不退。住进一附院后被诊断为出血热，并被隔离到了传染病房。

大家提起传染病房都谈虎色变，唯有红梅经常去看他，为他洗衣服，读《读者文摘》上的文章。红梅的举动感动了贾小兵，出院后，贾小兵就开始追求红梅。但他们都是学生会干部，贾小兵还是学生会主席,他们的恋爱也就只能秘密进行。

红梅说,她宿舍床上听英语用的录音机的插座,就是贾小兵在她们宿舍里的人都去上课后,悄悄进去给她从楼道里的公共线路上引线进宿舍接上的。

为了让红梅吃得好一些,贾小兵经常送饭票给红梅。那时最大面值的餐票是两角,一个月的菜票十元钱,贾小兵每个月都会给红梅两元菜票。红梅说,这是贾小兵对她的感情,她舍不得将这些菜票放进食堂打饭师傅的盒子里,就将饭票后面的硬纸板揭掉,将印有面值的一面一张张贴在日记本里。

红梅还列举了许多贾小兵真爱她的例子。听着听着,杨柳便被贾小兵的真情打动了,觉得红梅不仅斩获了男神的爱情,还被男神如此用心地爱着,简直太幸福了。她大叫:"这让我们年级的那些女神情何以堪啊!"

那年的后半学期,学校对学生谈恋爱管理得不那么严了,校园里经常会看到出双入对的男女同学,红梅和贾小兵也才上演了舞会上的那一幕。

11

一九八四年过完年,我们进入临床课学习阶段。一部分同学被分配到南郊的一附院,剩余的同学去了位于城里离北门口很近的二附院。我们五班被一劈为二,一半插入四班,去了二附院,另一半插入六班,去了一附院。我很幸运,被分到了杨柳与红梅所在的六班,而且,我们三个还被分到同一个宿舍。

那时,红梅和贾小兵的恋情已经公开,他们俩除了上课、去医院见习,其他时间基本都腻在一起,也就淡出了我和杨柳的生活。

较之基础课,临床课要有意思得多。我们可以跟着老师看病人,在病人身上学习各种疾病的体征。有天上午上完中医课,下午老师带着我们去医院的中医病房见习舌象。走到病区门口,老师突然让我们站住,她掏出一些钱,让杨柳去医院的小卖部买包点心,我自告奋勇,陪着杨柳一起去了。

我们买了点心一路跑回来时,老师已经带着其他同学站在了中医科病房的一个老太太的床旁。

原来那天要看的舌象,病区里只有这个老太太有,可老太太就是死活不张嘴。杨柳按照老师的吩咐,将点心放到老太太的床头柜上,然后老师就带着我们往外走。就在我们快要走出病房的时候,老太太却在我们身后开了口:"你们看吧!"

后来我们才知道,那天的头一天,已经有四个班的学生来看过老太太的舌象,每个班都有十几个学生,老太太一直伸着舌头,到后来嘴巴都僵得闭不上了。

临床见习时不时就会遇到类似的一些有趣的事,大家回到宿舍就互相传说。

在普外科见习腹股沟斜疝时，一个中年男病人，在带教老师的安排下站在病床旁，把裤子褪到小腿上，我们班十几个同学站成一排挨个走到那病人身边，按照老师的指点触摸病人的疝环。我排在杨柳前面，非常不好意思，轻轻摸了一下就赶紧走开了。杨柳却不然，她认真仔细地摸了许久。出病房后，大家私底下议论这件事，说杨柳为了学东西，都有点"二"了。

说杨柳就等于说我，为这事，我和一个女生大吵了一架，要不是她自知理亏及时住嘴，我的巴掌可能就扇到她的脸上了。可杨柳却轻描淡写地说："她们爱咋说咋说——当医生，心里哪能有这些肮脏的想法。"我不禁被她弄得有些傻眼，心里不知是该敬佩她还是气恼她。

12

杨柳用了一年的时间，终于从对杨长生的怨恨中走了出来。可就在这时，她却患上了肺结核。

那天，老师带我们去结核病医院见习结核病。老师一再强调，如果谁身体不舒服，就不要去，尤其是感冒发烧的同学。杨柳正巧感冒了，我劝她不要去，她不听。她说自己不发烧，只要戴上双层口罩就不会有什么问题。

杨柳瞒着老师，和我们一起去结核病院见习，看病人、看传染病科室的布局，还在肺结核科医生办公室看了许多 X 光片。回来后杨柳就一直发烧、咳嗽不止，患上了肺结核。被隔离到学校生活区北墙下的那排平房里。

杨柳被隔离后，我变得形单影孤，刚开始时，我很不适应，每天上完课，都会跑到平房外边去看她，并把当日课堂上记的笔记拿过去给她，让她抄。

那排隔离平房总共有六间，东边的三间是女生宿舍，西边的三间是男生宿舍。分别隔离着患有结核和甲型肝炎的男女同学。

平房门口有一片空地，上面长着很密很高的杂草，肥大的老鼠经常在里面乱窜。每次去找杨柳，我都是站在道边隔着那片草地叫杨柳。她听见我的叫声就会很开心地戴着口罩跑出来。我把笔记本给她，然后站在那里给她讲课堂上讲的东西。

有一天，当我兴冲冲站在道旁喊她时，她却半天都没出来。我有些纳闷，心想，难道她睡着了？我只好咬着牙，冒着踩着老鼠的风险从那片杂草丛里的一条几乎看不清的小道走过去。

当我推开杨柳住的那间宿舍的门时，眼前的一切使我吓了一跳。那时，虽然天还未完全黑，可由于这间宿舍靠近西边的墙根，里面的光线非常昏暗。我借着暗淡的光线，看见杨柳正头靠着架子床的床腿坐在床边，头发蓬乱，遮住了眼睛。宿舍的地上散乱地扔着许多书。

"你没事吧？"我忙走过去问。

她没理我，照旧那么木呆呆地坐着。

我摸了摸她的前额，不烧，也就放了心。

"出啥事了？"我问，"你那个室友呢？"

她仍不说话，坐着一动不动。

见她仍不说话，我就蹲在地上捡地上的书。

"你俩吵架了？这可不像你的风格啊！"

杨柳突然"哇"地哭出了声。她站起身，边哭边把我从地上拉起来往外推，嘴里嚷嚷道："你不知道这病会传染呀？！"

我不出去，推开她的手，说："你给我说完出啥事了，我再出去。"

原来，她的室友上午突然大咯血。她手忙脚乱帮室友端水、递毛巾，室友嘴里的血随着一声声剧烈的咳嗽不断地往外喷。她想把她弄到校门口的校医室去看，室友却根本走不了，无奈她只好跑到校医室去找值班老师。等她带着老师一路小跑着赶到平房的宿舍时，室友已昏迷不醒了，满屋子的地上都是她喷出来的血。见此情形，老师只好吩咐杨柳先守着她的室友，自己出去叫了几个校工，把杨柳的室友用担架抬着跑到一附院传染科进行抢救。杨柳要跟着去，被老师拒绝了。杨柳知道自己也是个传染病人，只好止步。

校工把室友抬走后，杨柳呆站在宿舍门口半天回不过神来。等另外一个校医老师赶来洗消她们宿舍时，她还直挺挺站在宿舍门口。室友生死未卜，自己的病会不会有天也会成这样，在自己倒下、丧失意识时，杨长生还不知道自己曾经爱过他。如果他知道自己爱他，他会不会为她的倒下感到心疼……杨柳在担心室友的同时，联想到了自己，联想到她那没有燃烧起来就熄灭了的爱情，她有些不甘。

老师们走后，她一度情绪失控，哇哇大哭，将一摞书本摔在了地上。

"你室友的病本来就比你的重……你别自己吓自己……再说,咱们离一附院这么近,她肯定不会有事……"我劝杨柳道。

她不等我说完,就把我推出宿舍,关上了宿舍的门。

我回到楼上自己的宿舍,却怎么也放心不下她,就跑去一附院,打听她那个室友的情况。

她的室友被抬到医院后就进行了急救,输血输液止血,急诊切了一叶肺,总算保住了性命。

我返回宿舍区,直接去了杨柳的隔离宿舍。她不开门,我只好隔着门窗,把她室友的情况告诉她。

"……这下你放心了吧?你室友不会有事了!"我大声说。

"我没事了……你放心吧!"半天,她从里面说道。听到她说这话,我的眼泪竟哗地流了下来。

她不开门,我只好转身走开。我这才发现我和她都还没吃晚饭,我的肚子已经饿得咕咕直叫。我跑去了大门口的小卖部,买了两个面包,两瓶汽水,一份送给她,一份自己边走边吃了。

13

杨柳就是杨柳,她坚强地熬过了那段在平房被隔离治疗的日子,与她同被隔离的几个同学都或长或短地休过学,只有她,一边治疗,一边坚持自学，一直没有休学，半年后，结束了隔离，回到我们宿舍。来年学校组织的补考中，她顺利通过了每门课的考试。她后来总说，那段时间要不是我，她可能也撑不下来，会像其他几个同学一样休学了。

一九八五年九月，我们开始进入临床实习。我和杨柳都被分到市中心医院，红梅被分配到医学院的附属二院。杨柳像以往任何时候一样，珍惜任何一个学习机会。

实习到儿科时，杨柳管的一个新生儿因为腹胀、发烧，很快就发生了肠麻痹、中毒性休克，抢救了一天半，那孩子还是没有被抢救过来，死了。

孩子死后，家长不愿将孩子抱回去，就给看门大爷几元钱，让他看着找个地方把孩子埋了。那时医院死了新生儿，基本都不愿抱回去，基本都是这样处理。

那时，已经是晚上十点多。杨柳正好值班。她没有急着把死婴交给看门大爷，而是拉着我，要解剖这个死婴，她想弄清孩子的病。

"你没疯吧？"我吃惊地问她，"深更半夜，到哪里去解剖？"

她想了想，说："医院北边不是正在建传染病房吗？"

"是啊，可那还没有建好，里面还没有通水通电！"

"咱打着手电筒去！"

"我不去！"

"你不去我一个人去。"

我哪可能让她一个人去。

那时正直隆冬,西北风整夜整夜呜呜咽咽地吹个不停。我们两个从护士站拿了一把剪刀,抱着死婴,打着手电筒,瑟缩着身子,高一脚底一脚,战战兢兢来到还未竣工的传染病楼一楼。杨柳把死婴放到将来要做水房的水泥池里时,死婴突然从她的手滑落下去,头碰到了水泥池面,发出一声不小的闷响。我俩顿时都惊叫出声,转身往外跑。

没跑两步,杨柳却站住了脚。我回头拉她,她不走,说:"刚才是我没有看清池子的深浅,以为很浅……其实很深……才弄出刚才的动静。"她的声音颤抖得很厉害。这时我才发现我全身的汗毛都竖了起来,衬衣衬裤已被一层汗浸湿。

我们站了一会儿,没听到其他动静,才又回到水泥池边,开始解剖。

我打着手电筒,杨柳用剪刀剪腹部皮肤,因为害怕,她的手不停地抖,半天都剪不到肉上。终于打开腹部后,就见孩子的肠子已经苍白,上面有许多出血坏死的斑点。打开肠子,一股恶臭顿时扑鼻而来,熏得我们几乎背过气去。

我们一下子明白了孩子的死因——坏死性小肠结肠炎。自那以后,类似临床症状不典型、无法早期诊断的几个病人我们都提早按坏死性小肠结肠炎积极治疗,都得到了及时救治,获得了治愈。新生儿科的主任,在科室交班会上对杨柳和我大加表扬,捎带着也批评了其他本科室的医生,说他们没有我们的这种探寻钻研精神。

外科实习时,当一个肠梗阻的大男孩切开腹部拉出肠子时,肠子的很长一截都成了黑紫色,主刀老师说:"这段空肠和回肠恐怕都得切了……如果切了,这孩子的消化吸收功能可就会受到很大影响,太长了……"老师说到这,就让器械护士找吻合器,准备切肠子。

那天不知是谁准备的器械,器械护士在器械包里怎么也找不到吻合器。手术只好暂停,主刀老师和一助老师只能举着双手坐到一边,等吻合器。

那天执行拉钩任务的是杨柳,手术开始时,她因为看不见手术野,只能单调乏味地拉钩。拉着拉着,胳膊一困,钩就松了,钩一松,手术野就暴露不清,老师就冲着她吼,老师一吼,她立即又拉紧了钩。现在,杨柳见台子上只留下拉钩的她,便趁机走到手术主刀的位置上,仔细观看术野,见识那节已经坏死了的肠子。就在这时,她却突然发现那段肠子动了一下。她惊喜地告诉主刀老师,老师便让护士弄来加温的生理盐水,让杨柳用纱布蘸了热敷在那段肠子上。杨柳不断更换热纱布,不一会,那段肠子眼看着就不那么紫了,而且蠕动也增强了。

当老师们再次回到台子上时,那段肠子已经完全恢复了血色,不用切了。主刀老师非常赏识地看着这个又瘦又小的拉钩学生,说了一句让杨柳骄傲了一辈子的话:"这伙计将来一定能成一个好医生!"

"人家不是伙计,是实习女大夫!"一助老师说。

"我把我姨都叫伙计哩!"主刀老师说。

手术室爆发出一阵愉快的笑声。

那晚,杨柳躺下后,我拿起她的毛衣,坐在台灯下把那袖口脱了线的地方进行了认真缝补。缝补的时候,我的内心对杨柳充满了敬佩。

14

元旦前的一天晚上，与我们一起被分到市中心医院实习的一个男同学突然自杀了。当时，我刚从儿科病区回到位于二楼的宿舍，坐在杨柳的对面垂头丧气地给她讲自己的倒霉事。

进入市中心医院开始实习后，生活由刻板的上课、下课、考试，变成了上班、下班、值夜班。病人治的好与坏，都是带教老师的事，一概与自己无关，自己只需跟在带教老师屁股后面，按照带教老师的吩咐写病历、贴化验单、送各种标本。于是，很多男同学就迷上了下象棋。他们经常在宿舍里切磋棋艺，杀得昏天黑地。没多久，几个同学就脱颖而出，展示出非凡的对弈天赋。

离市中心医院不远处有所中医学院，我们班一个男同学的中学同学在那里任学生会干部。一次，他去他这个中学同学的宿舍玩，聊到了象棋。二人都说自己现在班上的同学下得好，说着说着，互相就抬起杠来，弄得不欢而散。

没多久，我们这个男同学就接到了中医学院学生会下的一份请战书，要与我们年级的同学打擂台。这件事迅速在市中心医院我们这年级的二十多个同学里传开。一时间，群情激愤，全体同学都把这件事当成了头等大事来办。本来我们同学中的一些人就对学中医的人有偏见，认为他们的脑子不如学西医的人聪明，他们的数理化都不如学西医的好，现在，他们竟敢向学西医的人下请战书，这不等于自取其辱吗！

接到请战书那天晚上，我们七个女同学也挤到男生宿舍门口讨论这件事。大家一致的意见是：第一，应战；第二，高调应战；第三，不要手软。不一致的意见是：谁去？他们个顶个的厉害，不让谁去厮杀一番，一展身手，似乎都有些遗憾。

对方在请战书上说，双方各派五名选手，采取一对一单循环对弈。最后，我们班的两个常胜将军点了将，选出平日里胜多负少的三位与他们二位一起前去应战。

比赛安排在周日下午，而接到请战书时已是周三的晚上。两个常胜同学当之无愧被选做应战的主帅和副帅。他们当即安排模拟赛，让参赛的五位选手与我们班所有爱下棋的男生一一厮杀，最后，他们五个选手之间再两两厮杀一遍，其他同学在旁边观战，指出问题和改进意见。他们还作出决定，让五个选手暂停上班，专职进行训练，他们的班，由其他下夜班的同学去顶替，统一口径，给他们五个的带教老师说他们拉肚子了。

我是那种集体荣誉感很强的人，当即站出来说："我替某某上班，我的时间正好与他的匹配。"我的声音因为激动都变了调，两个脸颊顿时红的像猴屁股。

我那时已经轮转到了外科，愿意替轮转到儿科的一个同学值班。

我去新生儿科临时顶替那个男同学上班，带教老师见有人替班也就不多追问什么。

49

第二天下班后，我和其他几个女同学一起给那几个准备出征的男同学洗了衬衣，不想让他们出征时衬衣的领子还是黑的。我们还在宿舍的电炉子上为他们煮方便面吃，每碗方便面里还窝进了一个鸡蛋，不让他们为吃饭的事分心。比赛前的那天晚上，有个女同学还咬牙掏腰包去十字路口的那个馄饨摊上，专门为两个主帅买了两碗馄饨端到他们宿舍。

周日那天下午，我们班能去的男同学都陪着那五个选手去中医学院打擂台时，我正在新生儿科替那个男同学值班。

可谁知，他们出师不利，以1∶4输给了对方。那时候，我们都年轻气盛，自信也自负，根本不知道天高地厚，山外有山，天外有天，人上有人。因此，这种惨败，瞬间就击倒了他们在场的所有人，尤其是五名棋手。他们被陪着去的几个男同学拉着，灰头土脸地去了北门口那家常去的便宜饭馆里喝闷酒。直喝到全部醉倒。醉了的他们先是互相抱头痛哭失声，后来就是吐天吐地，趴在桌子上一醉不起。饭馆打烊后，他们被饭馆老板"请"出饭馆，凉风一吹，反而全部清醒过来。他们互相搀扶着回到宿舍。

五个棋手好像做了什么见不得人的事一样，沉闷了整整半个冬天和一个春天。见他们那样，我们谁也不敢问他们那天比赛的具体情况。直到半年后，他们中有人将这件事彻底放下了，我们才知道了那天的详情。

那天，我们班的几个棋手按照提前定好的战术，先让下得最好的主帅下第一局，意在确保拿下第一局，在士气上震慑住对方。

果然，第一局刚走几步，我方就将对方逼到了死角，将得死死的，使其没有了退路。

"中医学院学生的脑子就是没有西医学院学生的好使！"我方围观的一个同学在后面窃窃私语。

"这水平也太差了，让我去下，也能赢他们？！"另一个说。

我方的五个棋手一看第一局赢得如此轻松顺利，都变得有些沾沾自喜。

只见我方的第二个棋手坐到桌前，十分不屑地看了对方一眼，然后就把袖子往上一撸，摇晃着腿开始走棋。他万万没有想到，没走几步，对方就开始步步紧逼，将住了自己，最后只得败下阵来。

第三对棋手上阵时，我方棋手已不敢轻敌，但他也迅速败了下来。

到了第四对棋手上阵时，我方棋手已乱了阵脚，很快也败了下来。

最后，由我方副主帅上场应战。这时输局已定，他也已完全失去了自信，棋路混乱，走棋草率仓促，完全没有了平日里那种沉稳缜密的样子。

这次比赛除了主帅赢了一局，我方几乎是不堪一击，最后以 1∶4 惨败给了对方。

第二天彻底酒醒后，我们的主帅才醒悟过来，对方完全是用了"田忌赛马"的战术取胜了我们。我们那个男同学中医学院的同学，在与我们这个同学的聊天中已经完全掌握了我方几个棋手下棋的好坏排序。正因为他们知道了这一切，才敢下战书。

醒悟过来后，几个棋手更觉得羞惭难当，因为他们不是输在棋艺上，而是输在韬略和智慧上。从此，谁要再在他们面前说中医学院都是些蠢才时，他们都会大声斥责道："你懂个屁！"

还是言归正传，说那天晚上我遇到的倒霉事。

那天晚上，正当男同学们因为胃肠和血液里的过量酒精而在宿舍里酣睡的时候，一只老鼠潜到儿科病区一个新生儿的婴儿床上，将那个新生儿的半个鼻翼和一节小脚趾咬掉了。

老鼠在婴儿床里咬那孩子的时候，有好几个孩子同时在哭。当班护士以为他像其他孩子一样，是饿了。就出去配奶，当她配好几瓶奶回来准备给哭闹的孩子们一一喂奶时，才发现了这孩子脸上的血，进而发现了少了的鼻翼和脚趾头。

这件事发生在后半夜，当时，我正和带教老师在值班室睡觉。其实，老师已经睡着了，我却还睁着眼睛睡不着，因为，男同学下午就传来了棋战溃败的消息。睡不着还不敢翻身，生怕床铺的咯吱声吵醒老师，因此，我就那样像受刑一样躺着，满脑子都是那些参战同学的影子。因此，当护士扯着嗓子喊叫着我的老师时，最先跳到床下夺门而出的反而是我，这在之前的实习中是没有过的现象，之前的哪一次不是老师先起来，走了，我才艰难地从睡梦中爬起来。

我和老师前后脚奔到新生儿室，赶紧将那个被老鼠咬伤的孩子抱到外科病房进行伤口处理、包扎止血。我们挨个检查了新生儿室的二十几个孩子，所幸只有这一个孩子被咬。

处理完那个孩子的伤口后，我们开始在整个病区寻找那个罪魁祸首——咬孩子的老鼠。我们终于在水池边上的地上堵住了那只老鼠。

值班护士二话没说就用墩布把老鼠压住,我上去抓住老鼠的尾巴使劲往地上摔,直到把它摔得血肉模糊。

"啥?啥?啥?你说啥?你把老鼠摔死了?"杨柳忍不住插话道。

"是呀!"我点头说。

如果知道了我以前的怂样,你就不会对杨柳的大惊小怪感到奇怪了。

大三那年,全国开展"爱国卫生运动",我们年级的辅导老师——刘奇老师要求每个人在暑假期间抓三只老鼠,秋季返校时上交老鼠尾巴,以证明自己的确灭了三只老鼠。我最害怕老鼠,眼看着就要开学了,还没完成灭鼠任务。我央求邻居的一个大哥帮我逮老鼠,没想到,第二天他就逮住了一只。还有两个尾巴的任务没完成,那大哥说:"要不,咱把这个尾巴切成三节,冒充三个尾巴。"我没让,因为我不光胆小怕老鼠,还怕老师,从来不敢欺骗老师。于是,那位大哥和全家人就继续帮我逮老鼠。

有一天,父亲下班回来,还没进门,就高兴地嚷嚷道:"冬月,你看爸给你带啥好东西回来了!"我迎上去,心想,有啥好东西给我,让父亲高兴成这样。

父亲将手里的一个塑料袋往外一抖,哇,里面竟装着一个老鼠尾巴!我当即高兴地跳起来,心想,这的确是好东西,是我做梦都想要的东西!

"这下好了,你只差一个尾巴了!"母亲高兴地说。

"为了你这个尾巴,单位的一个重要会都给耽搁了。"父亲说。

原来，下午他正在主持开会，突然有一只老鼠从楼道窜过，他立即叫停了会议，领着一干人等在楼道逮老鼠。那老鼠很狡猾，他们整整折腾了一个多小时才总算逮住了它……

我接着给杨柳讲我的倒霉事。

"今天早上，孩子父亲得知孩子被老鼠咬了后，大吵一架，就将他老婆接回了家，而把孩子扔给了医院，说让医院给他养着。"

"后来呢？"杨柳问。

按说，孩子被咬与我关系不大，但我还是在早交班时挨了科主任一顿臭骂。她是骂完护士长、当班护士和值班医生后骂我的，说："也不知道你们这些学生咋想的？一个个胆子也忒大了，说换班就换班？哪像个认真实习的样子？将来谁还敢找你们看病！"

就在我为主任的一顿臭骂烦心的时候——其实，我主要不是为主任的臭骂烦心，而是为摊上这么一档匪夷所思的事烦心，为那个咬伤的孩子担心，为我们班的男同学兵败麦城烦心——楼道外传来了一个同学的喊叫声："快来人呀，黄建武出事了！"

15

我正在给杨柳讲我遇见的倒霉事时，突然听见楼道那头有同学喊："快来人呀，黄建武出事了。"我和杨柳赶紧开门跑出去。

我们住的宿舍楼不在家属区，在医院最南边，一栋开放式独楼，四层高，坐东朝西，开门就能看见外面，过道靠外的一侧装有护栏，没有电梯，步行楼梯开在整栋楼的中间，我们几个女生住在最北面的两间，男生住在最南边的几间，中间隔着水房、男女生厕所和几间单身职工宿舍。

我和杨柳跑出宿舍，看见男同学赵斌正托着黄建武往楼梯口拉。黄建武比赵斌高，也比赵斌壮，而且已经软得跟一摊肉泥似的站不起来，赵斌抱不动他，也背不起来。那时是晚上八点多，同学们不是在各自实习的科室值班、写病程记录、贴化验单，就是看书准备考研。还有个别男同学约上医院的小护士钻进北门口的电影院里看夜场电影，整层楼好像只有我们四个同学。

我和杨柳跑到他们跟前时，我下意识觉得应该先问一下病史，就问赵斌："黄建武哪里不舒服了？多长时间？"

"问啥呀！赶紧帮忙抬人，往消化内科送……再不快点，人就完了！"赵斌冲我吼道。

我和杨柳赶紧上去帮忙抬黄建武的腿。

"喝药了，一整瓶呢……"赵斌边抬人边补充说。

"先抠抠嗓子催吐咋样？"我说。

"已经抠了，不行！"赵斌说。

我们一问一答惊慌失措的声音引出了一间单身职工宿舍里的男医生，他刚才正在和手术室的一个护士约会，不愿被人看见，就没出来。现在一听我们在外面的对话，就不得不开门出来了，毕竟人命关天！

他跑到我们跟前，往下一蹲，命令道："快，把他弄到我的背上，去急诊室！"

我们三个六只手赶紧把黄建武扶到那男医生的背上，扶着走下楼。临下楼前，我看见一个小姑娘的脑袋在男医生的门口探了一下。

急诊与门诊连在一起，都在医院最北边靠大马路的地方。从我们住的宿舍去那里，需穿过两排、四栋住院楼。我们兴师动众，一路嚷嚷着，扶着那男医生背上的黄建武，冲进急诊室时，恰好遇见我们的一个同学在那里值班，他当即领着我们，直接把黄建武放到里面的抢救床上，他一边吩咐我们去值班室找他的带教老师，一边开始给黄建武准备洗胃的器械。

值班老师一听吃了一整瓶药，马上奔过来非常麻利地给黄建武下了胃管，抽出胃内容物，然后就吩咐我们的那个值班同学用生理盐水反复洗胃。这当儿，护士已经给黄建武扎了静脉针，量了血压，抽了血。值班老师吩咐赵斌给心电图室打电话，让他们马上来给黄建武做心电图。

接电话的恰好是我们在心电图室值班的同学，他放下电话就去推心电图机，当他推着心电图机跑到楼道时，才想起没叫带教他的值班老师。

我和杨柳跑前跑后，帮着挂号，送血，送急诊老师打的欠条给收费室——因为我们谁身上都没有钱，只能由急诊老师打个欠条先欠着。

黄建武很快就清醒过来，脱离了生命危险。我们这些同学的帮助，帮他赢得了一定的抢救时间，但也很快将这件事传播了出去，传得我们那届同学人尽皆知。

黄建武因何喝药自杀，赵斌又是如何及时发现的，当时我也不知道，后来才慢慢了解到，这事竟与杨柳有关。

16

上大学甚至上研究生时我都一直不明白男人究竟是啥东西，他们究竟喜欢啥样的女孩。就像女孩的心思他们猜不透一样，我也一直猜不透他们的心思，其实，我也懒得猜。我的世界里，很长一段时间只有杨柳。直到几十年后我才明白，大多数男人喜欢一个女人，首先是喜欢她的美貌，然后才是她的温柔可爱、小鸟依人，最后才是她的智慧。至于贤淑不贤淑，那都是结婚后才想起应该考虑的事情。

按照这种标准，杨柳的确是男孩子不二的喜欢、追求对象。首先，杨柳长得漂亮——至少在我们班六个女生里是最漂亮的，她皮肤白皙，性格温柔，符合男人对女人审美的第一要素。其次，杨柳虽然在学习、工作上像个要强的女汉子，但生活上却表现得非常弱小。她的生活能力很差，出门不认识方向——你可以理解她是没把精力用在这上面，也可以理解她是此窍天生就不通。总而言之，她在生活上所表现出来的那种萌样十分讨人喜爱，不要说男生，就是我，也总会萌发出要呵护她、娇宠她的冲动。第三，杨柳十分善良，对她管过的病人都真心真意的好。至于她的聪明、智慧那就更不用说了，高考考了全县的状元，被学校用卡车拉着敲锣打鼓绕城一周就能说明一切。因此，当年她成为我们班所有男生暗恋的对象那是再自然不过的事。只是，等我们班那些男生意识到他们对杨柳的喜欢就是爱情时，却已经为时太晚，因为王振海和杨长生都已在杨柳的心湖里搅起了涟漪。

后来，红梅曾在私底下替我们班的男生叫屈。我们班不乏非常优秀的男生，他们上学早，中小学时又连跳几级，因而上大学时年龄普遍偏小。刚上大学时，他们恐怕还不知道恋爱为何物，不知道恋爱的终极意义是结婚生子。

记得大二上生理课，当老师讲到生殖一章时，老师说道："……精子在输卵管与卵子相遇，结合成受精卵，受精卵进入子宫，在子宫壁着床，逐步发育成胚胎……"

讲完后，老师看着一张张懵懂的脸补充道："我知道你们中学上生物课时这部分内容都是自学……有些学校虽然讲了，也是男女同学分开上课，给男同学只讲男性生殖系统，给女同学只讲女性生殖系统……可现在，你们已经是医学院的学生了，不能再连生殖的过程都不懂……"

见全班鸦雀无声，老师就问："大家都听懂了没有？"

依然没人吭声。老师只好说："如果谁有问题，请举手。"

全班同学都红着脸不敢提问。片刻过后，一个男同学终于犹犹豫豫举了举手。老师发现了他，就指着他问："这位同学，你有啥不懂？"

那男同学战战兢兢地站起来，说："我们上组织胚胎时，老师说卵子只能由女人产生,精子只能由男人产生……我不理解,精子与卵子是怎么在输卵管相遇的。"

老师一时被他问住了,紧绷着脸想了想,最后十分严肃地说:"等你们长大后就知道了,下课!"

事情还没有完,期末考试前,老师在生理楼旁的一个小教室里进行考前答疑辅导。我和杨柳挤在老师跟前的学生堆里准备提问问题,这时,就听见我们前面的一个女同学问了老师同样的问题:"……我就是想不通,精子怎么就跑到输卵管里,与卵子相遇了……"

老师无奈地说:"考试不考这个!"

瓜熟蒂落,我们班男同学很快就成熟到了能想通"精子是如何与卵子在输卵管相遇"这个困扰了他们很长时间的问题。他们想通这个问题时,少年维特的烦恼也就随之而来。他们渴望恋爱,心目中有了自己想要去爱的人的标准,身边刚好有这么一个符合标准的人——杨柳,而且,这时杨长生与王振海恰好都已淡出了杨柳的生活,因而,他们就都理直气壮地追求起杨柳来。可他们哪里知道,杨长生虽从杨柳的生活中退出了,却没有从杨柳的心里退出。他像一棵百年老树,根须早已牢牢地扎在了杨柳的心田里。

那时的我们多么单纯含蓄。我们班男同学追求杨柳的方式在很长一段时间里都只表现为愿意与她说话,与她一起上下班。不只我没看出他们有与杨柳恋爱的意思,就连杨柳本人也没看出来。等到他们终于有了勇气向杨柳表白时,杨柳只能瞪大眼睛说:"别开玩笑了!"

黄建武追求杨柳的方式与别的男生不同。他洋洋洒洒写了十页稿纸的情书，详细描写了自己喜欢上杨柳的经过，描写了自己对杨柳的一往情深，描写了这种单相思给自己带来的痛苦和折磨，最后他写到，希望杨柳能接受自己的这份感情，能像他爱她一样爱他，一起携手，共度美好人生。为了增加仪式感和庄重感，黄建武没有亲手把这封情书递给杨柳，而是装进信封，贴上邮票，十分认真地递到邮局里的工作人员手里，以挂号信的形式寄给了杨柳。

信寄出去后，黄建武判断着信到杨柳手中的日子，忐忑不安地等待着杨柳的回信。那段时间，每天在食堂或者宿舍楼道里看见杨柳，黄建武都像做贼一样，不敢正视杨柳的眼睛。他就这么煎熬着，一天天期盼着杨柳的回信。

可半个月过去了，杨柳的回信仍渺无踪影，黄建武只好鼓起勇气，在杨柳看他的眼神里寻找答案。不幸的是，他在杨柳的眼神里没有找出任何与那封情书有关的信号。于是，他选好杨柳值班的那天晚上去杨柳实习的科室找杨柳，询问这件事情。

他先在水房里洗了头，刷了牙，然后对着室友已经摔得只剩下半个的镜子整理好衣领。他在内科住院楼下徘徊了良久，把要问杨柳的话想了又想，直到晚上十一点半，估计带杨柳的老师已经去值班室睡觉后，他才上楼推开杨柳实习科室医生办公室的门。正如黄建武所料，这时的医生办公室没有别人，只有杨柳一个人在那里写病历。

"你收到我的信没有？"黄建武直截了当地问，把在楼下翻来覆去想好的话全忘了。

"收到了。"杨柳站起来，看着黄建武说，表情很平静。

"那你为什么不回信？"黄建武问，声调因为着急而变得高了几度。

"我觉得不回复就代表了我的态度——我们现在都还很小，应该好好学习，我不想把精力耗费在谈恋爱这种事情上。"杨柳说，语气像是黄建武的老师，"你也是个有志青年，各方面的条件都很好，将来一定能遇到一个比我更优秀的女生……"

"我用不着你来说教。"黄建武不等杨柳把话说完就打断杨柳的话说。

杨柳的话让黄建武的自尊心受到了很大伤害。他气哼哼地转身，走出医生办公室，走到楼下。眼泪在他的脸上无声无息地流。

他在内科住院楼下呆呆地站立了许久，最后还是回到了宿舍。

宿舍的室友已经睡了。他没有开灯，合衣躺进被窝，一夜没有合眼。第二天他弄来了一瓶阿司匹林，晚上就发生了喝药自杀那件事。

八十年代，是理想至上、爱情至上的年代，是会殉情的年代。身处八十年代的我们，读的诗是"生命诚可贵，爱情价更高"，看的电影是《庐山恋》《生死恋》。因此，黄建武为爱殉情我们完全理解。

这事要是发生在别人身上，我和杨柳可能感慨一番也就过去了，可它的女主偏偏是杨柳，这就让我和杨柳在很长一段时间里都不好受。杨柳的不好受是因为这起差点就成了命案的事件因自己而起，谁提起这事都会提到她。而我的不好受，则是因为有人竟会比我还在乎杨柳。

17

出事那晚，宿舍里的人都走了后，黄建武就将提前准备好的一瓶阿斯匹林拿出来，全部倒进嘴，用水冲进胃里。冲进胃里后，他突然害怕起来，有些后悔。他拿着药瓶来到隔壁宿舍。隔壁宿舍的其他人都不在，只有赵斌一个人蹲在宿舍的地上搓洗泡了好几天，已经有难闻气味散发出来的衣服。

黄建武把手中的药瓶一举，对赵斌说："我刚吃了一整瓶这药。"

赵斌抬头扫了一眼黄建武手里的那个药瓶就又接着低头搓洗盆子里的衣服了，他边搓边说："那有啥了不起的，我小时候还喝过一瓶敌敌畏呢。"

那时的男同学在一起，除了吹牛就是抬杠，赵斌就是其中的一个抬杠高手。大一开学不久的一天晚上，他就曾和同宿舍的一个同学为一个成语抬过杠，吵得全宿舍的人无法睡觉。

事情是这样的，那天熄灯后，大家躺在床上聊天，一个同学不知讲了个什么事情，用到了一个成语"此地无银三百两"，赵斌打断他说："不对，是此地无银二百两。"

那同学说："三百两。"

赵斌说："二百两。"

两人你一句我一句高喉咙大嗓子争吵开来。

有同学从中调解,说:"是三百两啊!"

赵斌急了,说:"我妈是中学语文老师,我能说错了?!"

大家一听,顿时都哑口无言,心想,难道是自己记错了?!多记了一百两?!他们都对自己的所学产生了怀疑,怕还坚持,会遭人耻笑,就像《皇帝的新衣》里的情形一样,大家都不再吭声了。而沉默就等于认了输。

据知情人士透漏,他们宿舍里的所有人到后来都不敢轻易用这个成语,因为不确定到底是三百两还是二百两。即便是他们第二天就去学校的图书馆查了成语词典,核实了是"三百两",但一旦用到时,还是糊涂,拿不准到底是多少两。

他们宿舍有人还专门去调查考证了赵斌母亲的身份,确定赵斌并没有欺骗大家,他母亲的确是中学语文老师。

大家并不认为赵斌的母亲会把这个成语记错,只是认为,赵斌的母亲不称职,身为中学语文老师,竟没有发现赵斌如此马虎,竟能把成语里的三百两记成了二百两。成语这东西不像别的词语,可以随便说个数。

言归正传,我们还是回到那天晚上。赵斌说他曾经喝过一整瓶敌敌畏那也是真的。当时他只有四五岁,生病时喝过他妈给他从医院开来的止咳糖浆。那时人们都吃不饱,糖就更不容易吃到。止咳糖浆虽不是糖,但里面有糖。赵斌喝过一次以后就总想再喝。

有天,赵斌的父母都去上班了,留下赵斌和十一岁的哥哥在家。他和哥哥玩的弹球滚到了床底下,赵斌爬进床底下找。他突然眼前一亮,看见了那个止咳糖浆瓶子。赵斌的吃食经常被哥哥抢走,因此,那天他不准备将"止咳糖浆"拿出来喝,怕被哥哥抢走。他爬在床底下,拧开瓶子一口气喝完。等他咕咚咕咚咽完后一砸吧嘴,才发现味道不对,不是止咳糖浆。

哥哥见他半天趴在床底下不出来,就上去拉他,才发现了他手里的止咳糖浆瓶子。他哥哥知道里面装的是灭老鼠用的敌敌畏,因为母亲那天去邻居家给里面灌敌敌畏时他在身边,母亲还叮咛他,要看住弟弟,不要动这瓶子,里面的敌敌畏进到肚子里可是会死人的。

当下,哥哥被吓哭了,他跑出去叫来邻居阿姨,阿姨背起赵斌就往医院跑。好在救治及时,没出大事。

黄建武不想给赵斌多解释什么,就拿着药瓶坐在一个同学的床铺上看赵斌洗衣服,心想,等自己中毒症状发作时,赵斌自会明白自己不是吹牛,并送自己去医院抢救的。

赵斌边搓衣服边有一句没一句地跟黄建武聊天。聊着聊着就见黄建武出溜到了地上。他上前一看,这货还真是喝药了。于是,才有了后面的事情。

18

因为暗恋杨柳,我们班男同学闹出来的事情远不止黄建武殉情这一桩。当然这都是毕业多少年后我才知道的,是在同学聚会时听到的。

还是在市中心医院实习时的事。有天中午吃饭时,我们同学都从不同的科室往医院的职工食堂走,走到路上时,几个男同学遇到了一起。他们边走边聊天,聊着聊着两个同学抬起杠来,抬着抬着就吵了起来。

我们那届进入市中心医院实习的二十三个同学由两个班组成,吵架的两个同学中,一个是我们班的李同学,另一个是另一个班的田同学。他们一直吵着,直到踏进食堂门后才住了嘴。

大家各自打了饭,坐在一张桌子上吃。李同学越想越气,突然站起来,端起桌子上刚打来的一碗热腾腾的稀饭朝田同学泼过去,由于用力过猛,盛稀饭的搪瓷碗从他的手里滑出去,在餐桌上磕了一下后滚到了地上。

滚烫的稀饭瞬间将田同学的脸烫出一片红印和数个水疱。好在是冬天,田同学身上穿着棉衣,不然,烫伤面积可就不止这一点了。

稀饭也泼得食堂的地上到处都是。李同学的搪瓷碗在地上打了几个转后停了下来,上面的搪瓷掉了好几片。

田同学反应过来时,已经是一头发怒的狮子,他带着一身热辣辣的稀饭朝李同学扑过去。好在当时吃饭的同学多,一起动手,将他们拉了开来。

我们同学都不理解,一向温文尔雅、很看重面子的李同学那天怎么会突然有那么大的火,竟会为一句抬杠话不依不饶,还主动出手打人,还在那样一个公共场所,性质还那么恶劣。

后来大家才知道,他们都暗恋了杨柳。别人看不出,他们彼此却很敏感。既然是情敌,就看对方什么都不顺眼,就借着抬杠这事美美地出了口气。

我们班一个张同学得知内情后气哼哼地对李同学说:"杨柳,咱们班同学还追不过来呢,哪能轮得上他?!你打得对!"

李同学这才发现,原来我们班还有人惦记着杨柳。

螳螂捕蝉黄雀在后。就在这三人为着追杨柳而暗中较劲、剑拔弩张的时候,我们班的另一个男同学——孙同学分别找到他仨,没事一样地说:"杨柳已经和我好了,她说她喜欢我!"

李同学、田同学和张同学一听,都傻了眼,只恨自己迟钝,竟没防备住这个程咬金。

其实,我最清楚,杨柳哪就跟孙同学说这话了,只不过是孙同学那段时间研究了一下《孙子兵法》,给他仨用了一计而已。

这事到这儿还没有完。那天李同学泼出去的稀饭还没来得及被打扫卫生的阿姨清理,一个五十出头的女老师去食堂打饭,她只顾着看摆成一排的饭菜,没注意脚下,结果踩到了稀饭上面,脚下一滑,摔成了股骨颈骨折,住院、手术、康复,折腾了好长时间,上不了班。

本来李同学和田同学在职工食堂打架,影响就已经很不好了,这下可好,捅出这么大一个娄子。市中心医院领导一个电话打给我们学校的年级办王春秀老师。当天晚上,王老师就专程过来了解情况,处理此事。

那时,每天晚上九、十点都是各个宿舍里最热闹的时候。除了值班的同学,大家会陆续从科室回到宿舍,打水洗漱、洗衣服、加餐、聊天,男同学还多了吹牛抬杠、下象棋、健身,非常热闹轻松。

我们班的吴同学，从小喜欢听收音机，上大学后也一直抱个收音机不放。他最喜欢听的是台湾光华广播电台，那里面每半小时一个单元，每个单元里，十分钟为新闻，二十分钟为《为你歌唱》，播放的都是邓丽君、刘文正、青山、凤飞飞和甄妮的"靡靡之音"。

到市中心医院实习后，吴同学住的宿舍与隔壁李同学的宿舍之间，有根电线管从墙上穿过，趴在那上面说话，隔壁听得一清二楚。吴同学每晚睡前就会趴到那根电线管上对隔壁宿舍的同学进行广播。每次广播他都会说一段开场白，隔壁的同学一听他要广播了，都会一片喧哗，叫好的、叫骂的、开他玩笑的、砸墙的都有，总之，大家的反应都很热烈。

那天，王老师怕影响大家实习，专门选择了大家睡前的这段时间来市中心医院处理问题。他先到当事人李同学的宿舍进行调查取证，吴同学不知道。吴同学又趴到那个电线管上对隔壁进行广播。他装腔作势、拖腔带调地说："台湾光华广播电台自由中国之声现在开始对大陆广播……"

他停顿下来，等待隔壁的回应，可隔壁一点动静也没有。他意识到不对劲，没敢再继续广播下去。不一会儿，听到了敲门声。

"谁呀？"吴同学宿舍的一个同学问。

"我，王春秀！"门外的人说。

"王春秀是啥东西？"那同学以为是谁故意装成王老师吓唬他们，就这么问道。

"开门！"王老师吼道。

这一声，让里面的人才听清了外边的人的确是王春秀老师。其实，大家主要是没想到王老师会那么晚到他们宿舍来。

吴同学知道是冲着自己来的，立马盖上被子装睡。

"吴同学，下来！"王老师进来后厉声说。

吴同学见装睡装不过去了，只好起身下到床下。

"站好！"王老师说。

吴同学立即站好，偷听"敌台"已经是很大的罪了，还对外进行宣传、广播，这得给他定多大的罪呀。吴同学因为害怕，两只脚没有并拢。

"我都给你立正了，你还给我来个稍息。"王老师说。王老师的这句话让吴同学顿时释然了许多。

"你知不知道那是'敌台'？"

吴同学低着头不敢吭声。

"你好好的一个大学生，不好好念书，竟敢收听敌台，你想咋？"王老师对吴同学展开严厉批评，吴同学吓得大气不敢喘一声。

"以后还听不听了？"王老师问。

"不听了！"吴同学乖乖地说。

"明天写个深刻检查交给我！"王老师头一摆，"上床睡去！"

第二天，吴同学将密密麻麻两页纸的检讨交给了王老师。这事也就算了了。

关于饭堂打架的事，李同学"供认不讳"，所以，那天王老师很快就走了，最后具体是怎么处理李同学的，我们谁也不知道。

19

还得说精子与卵子的故事。进入妇产科实习后的一天,我和杨柳跟着一个主任医师出门诊。一对夫妇走了进来,看"怀不上孩子"的病。

"你们的性生活咋样?"老师问。

"好着呢!"男人说,"我俩都是化学老师,懂得正电子与负电子相吸的道理。"

"这跟生孩子有什么关系?"老师问。

"我俩一直都是搂着睡的,可怎么还是没有宝宝?"

老师哭笑不得。只好拿出一张病历纸,在上面给他们边画图边讲:"……精子通过阴道进入宫颈,再到子宫,然后运行到输卵管……卵子从卵巢产生,输卵管伞抓获卵子,卵子在输卵管与精子结合,形成受精卵,受精卵运行到子宫,着床,形成胚胎……"

"老师,精子要跑那么远吗?要到输卵管才能遇见卵子?"我脱口而出。

老师瞪着吃惊的眼睛看着我,问:"要不然呢?你们的生理课是咋学的?"

我看向杨柳,杨柳朝我摆摆手,不让我再吱声。

下班后我问杨柳："你怎么不让我说？生理老师明明说精子进入子宫后遇见了卵子——"

"咱们那时都只关心精子怎么进入子宫了，根本没好好听……"杨柳说。

20

雁去雁回，转眼一年的实习生活就要结束了。一九八六年三月的一天中午，一个二十多岁、身穿军装的男人突然出现在市中心医院内科住院楼的楼门口，向出入楼门的人打听杨柳在哪个科室。

那时，我刚从位于三楼的神经内科医生办公室出来走到二楼和一楼楼梯的拐角处，因为晚上要上夜班，我准备回宿舍睡觉。

我一看那人，就认出是杨长生，急忙折身跑回神经内科医生办公室把此事告诉了正在写病历的杨柳。

"你说啥？杨长生？"杨柳一下子从凳子上蹦了起来，"你又不是不认识他，为啥不把他领来？"杨柳一边埋怨，一边往外跑。

"我就怕你会这样不管不顾——先给你打个预防针。"我追在杨柳的后面一起往出跑，"你可要想清楚了，不要随便乱来！"

杨柳根本不理会我的话，只顾扇着未系扣子的白大褂，一股风似的往楼梯口跑。

当我和杨柳前后脚跑到三楼的楼梯口时,杨长生已经低着头从楼梯走了上来,差点与我们撞了个满怀。

两年多不见,杨长生变了很多。戴着军帽的头看上去有些怪,皮肤更黑了,因而两排牙齿显得更白。看见我,他显得有些不自在。

"我只能待一个小时,一小时后就得返回部队。"杨长生说。他的话,让我和杨柳都吃了一惊。

"这才刚见面,咋就要走?"我看了看杨柳,替她问了一句。

"我必须在规定时间赶回部队……今天来市里办事,想顺便看看你们——没想到你们已经离开了校本部……我去了第一附属医院,没找到,一个同学说你们在市中心医院,我这才绕了一大圈找过来。"杨长生说完,嘴一咧,笑了一下。

杨柳把杨长生带到示教室,那里有几个同学正趴在桌子上睡午觉,见我们进来,就礼貌地出去了。

我们刚坐定,杨柳像想起什么似的,忙起身出去,不一会儿,就端着她的喝水杯子进来,把一杯开水放到杨长生面前。平时大大咧咧的她,竟变得这么有心。

"你后来分配到啥地方去了?"杨柳问杨长生。从看见杨长生那一刻起,积压在杨柳心中对杨长生的那些怨恨就全部烟消云散了。

"去了河西走廊,前不久刚被调回来……就在附近的一个县。"他看了看我,然后对杨柳说。

"百万大裁军,对你们部队没有影响?"我问。

"正因为百万大裁军,我们原来的部队才被撤并了。"

杨长生为我们简单介绍了周安峰和刘英伟的情况。

他们"三剑客"果然被分到了不同部队，在校时形影不离的三个人，如今却只能在书信里往来。

他们是"文革"后第二批通过高考从地方的应届高中毕业生里招生来军队院校的大学生，因此，在校时学校把他们当宝贝一样看待，给他们配备了良好的师资力量。相对以往从部队战士中择优选拔来的学员，他们文化课好，整体素质高。但他们的军事素质却基本等于零，尤其是体能方面，离部队优秀人才的要求相差甚远。因此，上军校期间，他们都接受了非常严苛的体能训练。那个年代的他们，每个人都很要强，不甘落后，在校时吃的苦就可想而知。毕业前夕，他们的心里说不出有多高兴，一种终于熬到头了感觉。当他们背着铺盖卷和背包，乘坐上三辆大卡车离开校门的时候，三辆卡车上的学员竟齐声唱起了"解放区的天是明亮的天"，像一群出笼的小鸟快活到了极点。

那时，部队正迫切需要他们这种有文化军事素质又过硬的人才。他们"三剑客"被分到一个团的不同连队，去了就都当了排长，每个人都信誓旦旦地要实现当将军的梦想。

半年后，军党委为了展示战斗力，提升部队标准，充分发挥他们这批学生兵的作用，在全军组织了一次军事演习和阅兵。这次军演，分队列展示和射击演示。

杨长生他们"三剑客"又被召集到了一起，与其他军校同学一起组成学生军官方队，进行集中训练，然后再将他们分配下去，指导其他方队的队列训练。

在学生军官方队里，杨长生担任护旗手，他那威武的气势在军首长那里留下了很深的印象。紧接其后的射击展示中，杨长生百发百中的射击成绩迅速传遍了全军上下。军演结束，进行表彰，杨长生因为成绩突出，荣立了个人三等功。

表彰会一结束，军长便下令组织全集团军连以上军事主官现场观摩杨长生的射击表演。

那天的射击场风沙很大，刮得人睁不开眼睛。只见杨长生沉稳地端起五六式半自动步枪，瞄准千米之外一个非常小的目标，啪的一声，果断射击。报靶员远远地挥舞旗子，"十环"！紧接着，杨长生又是啪的一枪。看台上的一个军官嘀咕道："我这还没看清目标呢，他就又射击了，太沉不住气了！"旁边的一个军官也不无遗憾地说："唉！估计这次没戏——还是太年轻了！"

大家都把目光盯向了报靶员，结果，报靶员又兴奋地使劲挥舞旗子，报出一个"十环"。

台上的军官们坐不住了，不知是哪一位别出心裁，大声给军长提议："军长，换八一式步枪！"

台上一片寂静。军长沉默少顷后，点头默许了。

很快，有人就给杨长生换上了一把八一式步枪。只见杨长生接过八一式步枪，脸上掠过一丝极难察觉的微笑。他站在原地，啪，啪，啪，连发三枪。

这三枪都被报为"十环"。台上顿时掀起一阵热烈的掌声和叫好声。掌声停息后，一个坐在后排的军官却提出了自己的疑问，并自告奋勇前去验靶，心里想："打死我，我也不相信会有如此惊人的成绩。"

军长大约也不大相信，就让下面的战士将靶子拿上来，给观摩台上所有的军官们看。他们不看还好，一看一个个都觉得颜面扫地，无地自容。

杨长生的名字很快与"神枪手"连在了一起，成了"神枪手杨长生"，成了全军学习的楷模。军长号召全军所有指战员都要向"神枪手杨长生"学习，苦练军事本领。还要求所有连指导员、营教导员等政工干部也要加强射击训练，并组织一次技术比武，他说："我们的政工干部也能像神枪手杨长生一样技术过硬，还愁下面的兵带不出来？！"

由于杨长生这次的射击成绩突破了以往射击教材中的记录，真正达到了精准射击，那次观摩后，军首长就下达指示，让杨长生带领十几个射击成绩比较好的军官去改写射击训练教材。

杨长生精心挑人，自然少不了周安峰和刘英伟。

说到"打教材"那段，杨长生掩饰不住内心里的那份骄傲，他眼睛放光地说："河西走廊风很大，而且龙卷风很多，有时一天里会遇上大大小小十几个龙卷风。每天早上起来，我们把枪一扛，带上一天的干粮和充足的子弹就出发了，在野外一趴就是一天。根据不同的风向和风速不断调整自己射击的角度，直到打出满意的成绩为止。"

那段时间，他们三个在一起，互相切磋，也互相较劲，度过了难忘的一个月。

"打完教材，我们各自回到了自己的连队。可就在这时……"杨长生停顿了一下，声音突然小了许多，"出现了一个特殊情况……"杨长生欲言又止，他站起来，"以后再慢慢给你们说吧，我得走了。"

"啊呀，忘了——我得马上去门诊，老师还在那儿等着我呢。"我急忙知趣地撒了个谎，尽管心里不情愿，还是起身往外走了，边走边回头对杨长生说："现在离得也不远，欢迎你常来玩啊——到时候，我们约上红梅和王振海一起去爬山。"我故意提说王振海。

我走后，杨长生并没有马上离开。

21

"你刚才说出现了一个特殊情况，什么情况？"杨柳着急地问，"为什么毕业时不打声招呼就走了？"没等杨长生回答，杨柳就迫不及待地问了一直纠缠在她心里的这个问题。

"怕你为难。"

"为难什么？"

"你在我和王振海之间为难！"杨长生的声音很小，很沉重。

"谁告诉你王振海的事了？冬月？"杨柳恍然大悟。

"是谁不重要，重要的是……王振海更适合你。"杨长生急忙解释。

"谁适合我，我比你更清楚。"杨柳的眼泪竟不听使唤地流了下来。过去两年多的思念，黄建武的殉情，李同学与田同学的大打出手对她所造成痛苦和委屈，顿时一股脑儿地涌上心头。

"不要这样。"杨长生被杨柳的眼泪弄得手足无措,不安地看看门口,又看看杨柳。

"以后会经常来吗?"杨柳边擦眼泪边问。

"我,我……"杨长生支支吾吾。

"你不喜欢我?"情急之下,杨柳用了激将法。

"你知道不是。"杨长生着急地辩解。

"我,我……我要打仗去了!"杨长生的声音很小,但却非常清晰。

"啊?"杨柳不相信自己的耳朵。

"部队马上就要去前线换防了。"说着,杨长生摘下帽子,露出他那剃秃了的头。

杨柳惊得用手捂住了嘴。难怪看见杨长生时,她总觉得他戴着军帽的头看上去有些怪。

"为什么把头剃成这样?"

"为了方便处理包扎伤口。"

杨柳一时语塞。

杨柳曾无数次想象过她与杨长生的再次相逢,想象过他们会有的浪漫和充满激情的相逢。可她无论如何也没有想到,会面对一个剃光了头,马上就要奔赴前线的杨长生。

见杨柳愣在那里,惊得说不出一句话,杨长生便迅速戴上帽子,一边往外走,一边故作轻松地说:"不见你一面就去前线,我心有不甘……现在见了,也就了却了我的一桩心愿——毕竟两年多前,是我不辞而别……"他走到门外,向杨柳伸出手准备握别,"好了……我走了。"

杨柳机械地伸出手,与杨长生相握,想说些什么,却不知道说什么好。

"多保重,待我从前线回来……当然,如果我能回来的话……一定来看你们,到时叫上王振海,我们一起再去爬山……"说这话时,杨长生有意笑了笑,仍装出一副轻松的样子,可杨柳分明看出了杨长生的伤心。这伤心不是来自他要上战场,而是来自对杨柳的失望。说完,杨长生十分认真地给杨柳敬了个军礼,然后转身就走。杨柳这才反应过来,急忙上前,拉住杨长生的胳膊:"能写信吗?"

杨长生站住脚:"暂时不能,详细地址目前还不知道。"

杨柳突然意识到,与杨长生的这一面,有可能就是他们的最后一面,这一别,有可能就是生离死别!一时间,杨柳的心里像打翻了五味瓶,五味杂陈。

"那怎么办?我们才联系上……我不能没有你!"焦急中,杨柳已顾不得自尊,考虑不到含蓄,心里的话脱口而出。

这回,轮到杨长生惊住了:"你?……"

杨柳紧紧抓住杨长生的胳膊不放,好像只要她一松手,杨长生就会消失一样。就在这时,楼道里出现了一个病人,从他们身边经过时,向他们投来异样的目光,杨柳这才赶紧撒了手。

杨长生轻声说:"我会给你写信的———一旦有了地址,我就告诉你。"这时,杨柳看见有幸福的泪光在杨长生的双眸里闪烁。杨柳突然觉得她与杨长生已是那么亲,转瞬之间,杨长生已成了她在这世上最亲的人。

"答应我，要活着回来。"杨柳看着杨长生的眼睛说。

"放心吧，有你这句话，我就死不了。"

他们一起往医院大门口走去。一路上，两个人谁也不说话，只这么默默地走着。但内心里却似有千言万语一直在向对方倾诉。

平日里，杨柳总觉得从医院大门口到内科楼的那段路太长，尤其早上赶时间参加交班时，但现在，她却觉得这段路是那么的短，短得她都没来得及理清自己的思绪，没来得及想好要对杨长生说些什么就走完了。

杨长生的一身军装，还有杨长生临别时的挥手，醒目地出现在医院大门口的人流中，也深深地印在了杨柳的脑海里，成了她以后日子里想念杨长生时的一个具体的影像。

22

送走杨长生，杨柳回到神经内科医生办公室，可她却再也写不进去病历了，满脑子都是身穿军装、剃光了头的杨长生。刚才与杨长生的匆匆一面，仿佛是一场梦。整个下午，她就那么傻傻地坐在医生办公室的桌前想心事。她把杨长生所说的每一句话、每一个神态在脑海里想了又想。杨长生的那句"我要打仗去了！"一直在她的脑子里盘旋。

晚上接班时，我换上白大褂走进医生办公室，发现杨柳还坐在那里发呆。

"瞧你那一副失魂落魄的样子……杨长生走了？"我坐到她身边，一手搭在她的肩膀上打趣地问。

"你把我与王振海的事告诉了杨长生？"杨柳反问我道，她显然有些激动，不顾办公室里还有其他同学和带教老师，直戳戳地问我。

见她这样，我意识到了情况的不妙，忙放低声音说："咱出去说。"

"就在这说！"她故意把声音提得很高。

她那带有挑衅性的语言让我大吃一惊。

"你没发烧吧？怎么这样跟我说话？"我努力保持着理智，笑着问。

"是你把我与王振海的事告诉了杨长生，对吧？"她问我，仍是一副咄咄逼人的样子。

"……是啊，免得他因为不知情，再来追求你。"无奈，我只好在办公室里，在众目睽睽之下接受了她的挑衅，"那时王振海正在追求你！"

"那又怎样？我和王振海一直都只是普通朋友——别人不知道，你还不知道？"她打断我的话，一副气急败坏的样子。

我怎能不知道她的心里根本就没有王振海。"可我呢？你把我放在什么地方？"我真想这么问她，但残余的理智终没让我问出口。

"可王振海不这么认为。再说——我也是为你好！"我放缓了语气，改口这么说，"王振海那么优秀，对你又那么好……他比杨长生更适合你。"我悲哀地拿出王振海做我的挡箭牌。

"谁更适合我，我不知道？你不觉得你管得太宽了吗？"她已经口无遮拦了，"你就是想管住我、控制我！"

她把两年多来见不到杨长生的思念之苦全部一股脑儿化作对我的仇恨摔给了我。我没料到她会这么想，这样说，就像被人从身后突然当头一击，我先是一愣，继而眼前一黑，瘫软下去。

我迅速清醒过来，但脸色苍白，全身发抖，一句话也说不出来。这是我认识的杨柳吗？这是我无话不说、形影不离、掏心掏肺、忘我地关心甚至心疼了整整快五年的那个优雅、阳光、善良的杨柳吗？我突然不认识了她！

我瘫坐在椅子里，一动不动，一种从未有过的绝望、羞辱、委屈，顿时全化作无声的眼泪，像决堤的洪水滚滚而下。

她气哼哼地站起来，用身子撞着我，从我身边挤过去，然后摔门而去。

面对办公室里其他同学和老师的目光，我真想一头撞死到墙上去。我想不通，我究竟在什么地方得罪了她、伤着了她，使她发出这么大的邪火，说出这么恶毒、绝情的话来！大学近五年以来，我们不是恋人胜似恋人，学习上，她为我树立了典范，使我放弃了回家复读的念头，继续留在医学院学医。生活上，我对她百般关照，每年寒暑假收假后，我都会帮她拆洗被褥；她的生活费不够用，我会毫不犹豫地接济她，哪怕自己省吃俭用；别人冒犯了她，我会不顾一切地冲上前去保护她……难道这一切在她的眼里都是"想控制"她吗？！

是的，我无数次吃过她对杨长生好的醋，我也曾嫉妒过男同学们对她的好，但那又咋样？这一切不都源于我喜欢她吗！

上生理课那学期，老师曾安排我们观察兔子的耳缘静脉，观察耳缘静脉和毛细血管里的血流，以此来了解血液在人体里的流动速度是多么的快。老师把一只兔子麻醉后固定在台子上，然后再将兔子的一只耳朵拉到显微镜下，固定好，让我们观察。

麻醉、固定兔子的时候，全班同学都充满好奇，都想挤到老师跟前看。我们六个女生的个子都太矮，挤不到兔子跟前，只好站在凳子上。即便这样，我们也看不见，眼前全是十几个男同学的脑袋。

这时，站在我和杨柳前边的宋同学将脑袋故意歪到一边，挤出一个空隙，我和杨柳便都能通过那个空隙看到台子上的动静了。

当时，我感动得不得了，以为宋同学是专门为着我才这么做。虽然那时我根本不喜欢男生，心里只有杨柳，但那天，我还是对这个男生产生了好感。

到市中心医院实习后，同学们都纷纷有了恋情，杨柳的心思也早已不在了我身上，我不得不开始尝试着去喜欢男生。在市中心医院实习的十几个男同学里，曾让我心动、表现出"喜欢"我的只有宋同学，于是，我便把目标锁定在宋同学身上，试图去与他恋爱。

可就在这时，我却发现宋同学喜欢的人并不是我，而是杨柳。我发现他喜欢杨柳也是从他歪着头，再一次挤出一个空隙开始的。

那天，我们刚进入普外科实习，老师安排我们观摩一台胃大部切除手术。我们一起进入普外科实习的几个人就在手术室挤到了一起。我和杨柳又被挤到了后面，啥也看不见。这时，我发现宋同学又将脑袋一歪,挤出一个空隙。可这次的空隙不是给我和杨柳,而是挡住我,专门给了杨柳。

我生气了,好几天都不想跟杨柳说话。她感到纳闷,不断逗我,问我原因,可我就是不说。那时的我,是那么的自尊,又是那么的自卑。

23

我们还是回到杨长生来市中心医院后的那个晚上。

我难过极了,根本无法值班,就给带教老师请了假,回宿舍去找杨柳理论。

回宿舍的路上,我想好了许多话准备质问杨柳,可进到宿舍后却不见了她的影子。不见了杨柳的影子,我竟有些担心起她来。

我像泄了气的皮球软坐在床上生闷气。我回想了杨长生出现在杨柳生活中后所发生在我身上的一切。

那次,杨柳背着我和红梅与杨长生出去爬山,回来后又魂不守舍的样子,我就明白了一切。我曾在心里反复对自己说:"杨柳和你只是闺蜜,与她共度一生的人是杨长生,即便不是杨长生,也绝不是你,你不能干涉他们之间的任何交往。"

可我的心又对自己说:"与杨长生生活在一起,杨柳不可能幸福……因为杨长生选错了职业……"我想,杨柳一定是小说读多了,满脑子都是浪漫的、不食人间烟火的爱情故事。可生活毕竟是生活,她总不能按照小说里人物的生活方式去生活吧?!我无法忍受自己眼看着杨柳往"火坑"里跳而不去管!

我知道依杨柳的性格,我说什么也没有用,就只好在大二那次杨长生来找她时,默默地做了件自认为是对杨柳有利的事情。

那天,杨长生来找杨柳,恰逢杨柳因为母亲生病而回了家。我和红梅在生活区与教学区之间的马路上遇见了杨长生。我告诉他杨柳因事回家了,还婉转告诉他,有王振海这么一个交大的高材生来过我们学校几次,对杨柳有爱慕之心……他是杨柳从小学到高中的同学……

杨长生是个非常自尊的人,可能因为我的这些话,才断绝了与杨柳的来往,才会在毕业时与杨柳不辞而别。

后来的一次偶然机会,我遇见了王振海,我告诉他,杨柳和杨长生根本就没什么,是他误解了杨柳。这才有了后来杨柳与王振海的几次不期而遇。

我满以为杨柳与杨长生只见过两三面,杨长生的离开和王振海的适时回头和关心,会让杨柳很快淡忘了杨长生。但我错了,我和王振海很快都发现,杨长生已经在杨柳的心里扎下了根,王振海根本就无法替代。最后,王振海只能伤感地默默地退出。

那段时间,看到杨柳落寞的样子,我的心里也曾生出过对杨柳的愧疚。但没办法,杨长生已经不知去向。我只能在心里默默地期许杨柳,能尽快从对杨长生的思念中走出来。

进入临床课学习阶段，看到杨柳又快活起来，我心里的那块石头才总算落了地，对杨柳的愧疚之心也才彻底消失。可就在今天，当杨长生出现在内科楼门口时，我瞬间的反应仍是不能眼睁睁看着杨柳就这样因为杨长生而打碎了成为著名医学专家的梦。

难道，我错了吗？！

当晚，杨柳没回宿舍，我也彻夜未眠。

第二天一大早，我就与楼下的一个学姐调换了宿舍。

24

好事不出门，坏事传千里。我与杨柳之间的事很快传到了在医学院第二附属医院实习的红梅的耳朵里。

当天下午，红梅一下班就从二附院赶来市中心医院找杨柳。她在我原来的宿舍里找到了杨柳，把杨柳叫到宿舍楼旁边的一个角落里"批评教育"。

红梅说："你可真行，也不怕别人笑话。"她抑制不住内心的激动，"再过两个多月就毕业了，毕了业，彼此想见一面都难了……"她说着，鼻子一酸，两只大大的眼睛里顿时蓄满了泪。

这些日子以来，贾小兵患上了甲型肝炎，她为了照顾贾小兵，瘦了一圈，两只大眼睛越发的大了，"冬月一直对你那么好，比自己的亲妹妹还好——你怎么能说那么重的话伤她!"

"她凭什么背着我给杨长生说那些话?"

"这你还看不明白?她希望你和王振海的关系不要被杨长生干扰了。"

"杨长生什么时候说过要和我好了?人家救了我的命,这样对待人家,公平吗?"杨柳努力为自己辩解。

"连傻子都能看出你和杨长生的真实关系。可你想没想过,那个杨长生,步兵学校毕业,只可能待在偏远的地方……你看,事实不就是这样吗?!你总不能与杨长生两地分居一辈子吧!婚姻是爱情的坟墓,你想没想过,等你俩的浪漫劲头一过,开始面对生活的具体问题时,怎么办?"红梅顿了顿,见杨柳没有反驳就继续说,"冬月也是为你好,觉得你一心想成为医学名家,王振海和你志同道合,他一定能留在大城市里,更适合你,而且,这事我也有份……"

"什么?你也有份?"

"是呀,当时我也在场,她说那话时,我也附和了几句,我还对杨长生说哪天约上王振海一起再去爬山。"

"即便是为我好,你们也不能用这种见不得人的手段啊!"杨柳尖叫道。

"啊?你怎么能这么想!"红梅气愤又吃惊地说。

沉默,一阵沉默。

"咱们三个相处这么多年,你还不了解我们俩尤其是冬月,她有时候就像你的长辈或者恋人一样关心你……"红梅毕竟当过学生会干部，很会做工作。

"爱情是什么？是一堆条件的满足吗？按这种逻辑，当兵的就不该得到真正的爱情了？"杨柳将话题转移开来，看似在问红梅，其实也是在问自己。

"你与杨长生加上昨天总共才见了几面？谈真爱有点草率吧？他适不适合你，要用事实说话！"

"他要去打仗了……"杨柳的声音小得几乎连自己都听不清。

"啊？你说什么？他要去打仗了？"红梅吃惊地问，声音很大，眼睛瞪得更大。她走过去，两只手抓住杨柳的双手，怔怔地看着杨柳的眼睛。杨柳点点头。红梅突然缄默了。刚才一副理直气壮的样子顿时消失得无影无终。

"那你准备怎么办？"

"我昨天想了一晚上……我想跟他一起去前线。"杨柳很认真地说，好像已经不生气了。

"你跟他一起去前线？别开玩笑了，你又不是军人！"

杨柳的话如同一个爆炸性新闻，让红梅吃惊不小。

"我可以做战地救护工作——不就是止血、包扎、创伤缝合吗！"

"瞧你说得多轻松，那可不是在医院，那是在战场，有子弹在四周飞的，子弹可没长眼睛！"

"我不能看着他去了前线，自己却留在这里……只要能跟他在一起，就是死了，我也认了。"杨柳动情地说。

杨柳的这一决定红梅无论如何也没有想到。她觉得杨柳浪漫得有些过头,简直就是痴人说梦话。

红梅一股脑列举了很多例子,以证明杨柳并不适合去前线,学校也不可能批准她去,这简直是风马牛不相及的事么!她说得口干舌燥,见杨柳不吭声,就放缓了语气说:"上前线,那可不是说着玩的,我劝你还是认真考虑考虑。"

"你忘了,妇产科实习时,咱们班可是我接生的孩子最多,外科实习时,咱们班又是我做的阑尾切除手术和腹股沟斜疝修补手术最多。"杨柳以此来证明自己的实力足以应付战地救护那点事,"你不用再劝我了,我是铁了心要去前线的……贾小兵病了,你明知道是传染病,却不管不顾地去照顾他,那是你的爱情观。杨长生要去前线,将来生死难料,我愿意追随他去,这是我的爱情观。在真爱面前,我们都不能挑挑拣拣不是?!"

"这不一样。我照顾贾小兵,不只因为我是他的恋人,我还是一名实习医生,理所应当。而你,又不是军医,你只是一名普通医学院校的实习医生——你还是好好考虑考虑,慎重决定吧。"

红梅说完,就准备往大门口走,她突然想起了什么,站住脚,说:"对了,再过两个多月咱们的实习就结束了,实习结束后,你们这些在外实习的同学就都得返回学校,你们一返校就要进行留校人员考试,听说在校总成绩在前一百名的人都可以参加笔试,笔试过了就可以参加面试。你的成绩那么好,留校一定没问题。"说着,她就挽着杨柳的胳膊往外走,"就算你不喜欢王振海,愿意跟杨长生在一起,我觉得你也应该先参加留校考试——过了这个村可就没这个店了……打仗是杨长生的本分,当将军是杨长生的梦想,而留校是你的本分,做教授才是你一直的梦想,各司其职,这也不影响你们俩相爱啊……等打完了仗,杨长生也就回来了,不一定非得你去前线啊!"她边走边说,期间,杨柳想插话,都被她用手势制止了,"你再好好考虑考虑,我还要去给小兵送饭哩——病号饭他实在是吃腻了,本来就没什么食欲。"

分手时,红梅又说:"对了,找机会,去主动给冬月道个歉,毕竟都是为了你好,再说,你昨天的话的确有些重,太伤她的心了。"

25

红梅与杨柳的那些对话我是若干年后才听到的,当时,我们仨正在一起吃饭,不知是谁先提起了那一段,于是,她俩就你一言我一语地学说起来,她俩都当笑话讲,我似乎也当笑话听,但我的心却止不住的疼,那种被伤害的刺痛时过那么多年仍那么清晰,难以忍受,难以掩饰。那是我单纯的心第一次经历人世间风霜雨雪的洗礼。

现在回过头来看这件事,当时的确是我的不对,我没有弄清楚我与杨柳之间的感情到底是一种什么样的感情,我在很大程度上把她当成了恋人,爱得那么执着、无私,我用一颗滚烫的心灼伤了杨柳。就像所有的父母对待自己的孩子、所有的恋人对待自己恋爱着的对象一样,自以为是对他好,却不知已伤害了他,因为无论你跟他有多亲,你都只是你,而不是他,鞋子舒不舒服,只有穿在自己脚上,才能真正知道。

杨柳看出了我的感伤,便深情地看着我,不无歉疚地说:"都说恋爱中的人智商等于零,我那时的智商绝对是零。"

我心想,那时的我,智商也是零。

我看也不看她,只将两个嘴角使劲往上提了提,两只眼睛看着杯子里的水挤出一丝苦笑,两滴眼泪却随之吧嗒一声掉进了杯子。

红梅赶紧岔开话题,说:"哎,哎——给你俩讲个'烂梨'的故事吧——这是小兵讲给我的有关咱们年级男同学的真事。"

大二那年,我们年级的男同学中出现了一个奇怪现象,大约三分之二的男生走着走着就会突然站住,一只手插到裤兜里,过一会儿手从裤兜里出来后才接着走路。后来,大家才知道,这些人都得了一种病——阴囊炎。这个病一旦得上了就很难彻底好,犯病时奇痒无比,很多人都将局部抓烂感染了。

他们纷纷到校医务室去看,医务室的老师给他们开了黑豆馏油和滑石粉涂抹。一些男生涂上黑乎乎的黑豆馏油和白乎乎的滑石粉躺在架子床上呈截石位暴露着晒太阳。

那时,位于四五层的男生宿舍都没装窗帘,他们的春光就经常暴露在对面卫管楼上同层高男生的视线里,让卫管楼里的男生好生纳闷,同为亚洲人,人与人的区别咋这么大呢!

一天,一个同学去找那个胖胖的老校医看病,他操着一口醋溜普通话对校医老师说:"老师,我的下面流水水咮。"

老师一听，知道又是一个阴囊炎学生，就用一口纯正的陕西话说："你喔又不是个烂梨，咋还流水水咪。"

老师一检查，结果还真是流水水了，感染得很重。

我们这个同学当即就被开了住院证，住进了一附院，接受治疗。"烂梨"也就成了男同学们茶余饭后的笑料。

患病的学生越来越多，校医老师不得不上报给学校，学校发给每个患病同学一份流调问卷，进行病因调查，最后才发现是我们那个食堂的饭菜出了问题。食堂里的菜以炖白菜为主，缺乏富含核黄素的绿叶蔬菜，那些患病的同学，吃不到绿叶蔬菜，家境不好，也吃不起肉蛋类食品，因而导致核黄素长期缺乏，形成了核黄素缺乏性阴囊炎……

红梅一边说，一边笑。我却怎么也笑不出来。我依旧陷在当年杨柳对我的伤害中不能自拔。

想当年我也曾是我们小学、初中、高中的红人，从小学习好，能歌善舞。小学阶段一直是班长，中学时一直是校团支部书记，高中时语文老师经常把我反锁在办公室里，让我给她所带几个班的学生批改语文作业。我的作文写得好，经常登在校园里的黑板报上。被老师当成范文在各个班级念，还传到了其他学校。高中定文理科时，语文老师对我说："学文吧，你将来一定会是个了不起的作家。"我家人却说："死狗才学文哩。"于是我才学了理科，进了医学院。上小学四年级时我就列席了全县的团代会。我被学校推荐在万人大会上发言，当时我还太小，个子够不着立式话筒，办会方就在麦克风下摞了三块砖，让我踩在上面发言。上小学时，全国普及集体舞，我被学校派到周围几所学校去教舞，那些学校的老师都把我当宝贝一样看待。我的一个老师拍着我的头说："这娃将来一定能成为一个好戏子。"小学快毕业前，县文工团到我们学校来选演员，一支歌没唱完，一段舞没跳完，文工团的老师就把我选中了，但我家的人不让我去，说这辈子不进大学校门，会后悔一辈子……

我看着红梅的嘴唇一开一合，脑子里却全是以前的自己。我弄不明白，这样一路走来的我，怎么上大学后会那么自卑，会那么仰视杨柳，喜欢她到了像恋人的地步。

又过了许多年后，红梅笑着对我说："你那时对杨柳的喜欢的确有些过分，用现在的眼光看，简直有些像同性恋……"

我当然把她的这句话当玩笑听，因为我后来知道我的性取向并没有问题。但那时到底是怎么回事，其实，就是到了现在，我也还没想明白。

26

自那天在神经内科医生办公室与杨柳发生那件事后，我不仅调换了宿舍，还与别的同学调换了实习科室，努力避免着与杨柳的见面，如果看见她远远地过来，我就立即绕道而行。如果不幸在食堂或楼道里狭路相逢了，我也会视她为透明人。我不理她，她也就不理我。所谓爱得深恨得切，那时她成了我在这世上最狠的人。

实习即将结束，面对毕业去向，每个人的条件不同，心理状况也就不同。那时的毕业分配，原则上是从哪里来到哪里去，但大家都渴望着能去大城市里的大医院。同学们之间流行着一句口头禅"宁去天南海北，也不去新西兰"，"天南海北"当然指的是天津、南京、上海、北京。"新西兰"则指的是新疆、西藏、兰州（甘肃）。

准备考研究生和留校的同学设法想法不去科里上班，不分昼夜地钻在医院的阅览室或示教室复习功课。一些家里有门路的同学已经联系好了大城市里的大医院，这些同学心里高兴，走路都哼着歌。家里没有门路的同学就只能听天由命，一脸的苦瓜相。

我属于后者，心里便对那些哼着歌在楼道和水房里晃悠的同学十分厌恶。你说他们哼啥歌不好，偏偏爱哼《绿岛小夜曲》《请跟我来》。因为和杨柳情感的破裂，我本来就几乎恨所有人，看谁都不顺眼。现在看这些在楼道和水房哼歌的人，就觉得他们都是一脸的淫相。他们一脸的淫相却要哼出人家冯同学和高同学在一年级春节晚会上唱出的那种甜美清纯的声音来，人家冯同学和高同学，当年可是我们年级的金童玉女，而他们，哼，简直就是东施效颦，让人觉得恶心。

最让我受不了的，就是哼那首《请跟我来》。请谁跟你来？跟你来了，你能给我在你要去的那家大医院安排工作吗？真是的！

让我最最受不了的，还是那个我曾经试图去恋爱的宋同学，他每次哼歌都只哼一半，然后就来来回回哼那几句，也不知是因为后面的那几句他不会，还是因为后面的音太高他哼不上去，反正他来来回回总是哼那几句。这要是搁以前，我最多会产生一种冲动——帮他把后面的唱完，因为憋在那里实在难受，那感觉就像吸了口气，永远都没呼出去。可现在不同，我们分属于两个不同阵营的人，而且，有关他的那些恶心事早已传到了我的耳朵里，我已在很长一段时间里为自己曾经试图去与他恋爱而感到耻辱，咋还可能帮他唱歌哩，憋死他算了。

可我错了。我很快就明白过来，这事憋死的不是他，而是我。

事情是这样的，有天下夜班，我在水房里洗衣服，这货不知怎么也到水房里洗衣服来了。我们谁也不理谁，各自低头洗自己的衣服。他又开始哼起歌来，哼的又是《请跟我来》，一直在"我踩着不变的步伐，是为了配合你的到来，在慌张迟疑的时候，请跟我来"这几句上循环。二十多分钟过去了，他还在那几句上循环，每一遍，我都在心里暗暗给他使劲，想着这遍该过去了，结果，他就是过不去。我都快被这货逼疯了，真想把盆子里的洗衣粉水泼到他脸上，让他闭嘴。他那样子，让我不认为他是诚心气我都难。可最后，我还是控制住了那个冲动的魔鬼，使劲把两个盆子往起一扣，端起盆子气鼓鼓地离开了水房。就在我扭身准备往出走的时候，他突然停住了嘴，不唱了，还没事人似的冲着我的后背问："你咋不洗了？好像还没投干净衣服呢！"

到底发生过什么事情，让我觉得他恶心，还记得我们班那个女同学吗？就是生理老师期末答疑时她挤在我和杨柳前面非得问老师精子到底是怎么进到子宫与卵子相遇的那货，也不知道她是真"二"，还是发育的太慢，脑子开窍得太晚。大一学解剖课时，我们就知道了人体总共有206块骨头，可到大五进入骨科实习时，她却偏说不对。

那是一次骨科手术,老师带着她和我分别做二助和三助。等待麻醉的时候,老师给她和我提了个问题:"考你们个最基本的问题,人体总共有多少块骨头?"

"206块。"我果断地说。

"不对,207块。"她当即反驳说。

要是在别的有关学习的问题上我们俩的答案出现分歧时,我肯定首先会怀疑自己,因为我一直都没有她学习用功,记性也不好。但这件事情上,我却对我的答案很肯定,因为学解剖时,我和杨柳曾对着解剖图谱一块一块数过,因为那时我们觉得,人体咋可能有那么多骨头。

"明明是206块——不信咱翻书。"不等老师裁决,我抬杠似的说。

"我研究过,书上这话有毛病。确切地说,应该是男人有207块骨头,女人有206块,男人比女人多一块……"

"铺单,手术!"老师不让她继续说下去,命令我俩道。我看见麻醉师与器械护士对望了一眼,然后,从他那双露在口罩外面的眼睛里,流露出一种坏笑。

中午去食堂打饭时,我气愤地把这事说给一个男同学,并让他做裁决。那男同学说:"这事,你别问我,你得问咱班宋同学……"说完,他就离开我走了,脸上全是不好意思的怪笑。

不知怎么,这事很快就在我们同学中传开,大家私底下给那"二货"起了个外号叫"207",而给我起了个外号叫"206"。等我真正弄懂她的那个"207"是咋回事后,我就气得七窍生烟,这事受羞辱的好像还是我。从此，我再看宋同学和"207"时，就觉得他们简直恶心透顶了。

事情还远不止这一桩。有天下午，我去外科楼西边那个操场边的小树林里看书，远远地就看见宋同学正抓着"207"的胳膊，见我过来，他忙红着脸对我解释说："我俩正在复习肌肉的走向哩——"

我没搭理他。

"肱二头肌的起始端在这里，它绕过这里，然后止在这里，收缩时……"他的手，一只抓着"207"的胳膊，一只在"207"的皮肤上比划。

那天从水房回来后，我直接去了科里。我的成绩由于受第一学期不愿意学医的影响根本不够参加留校考试的资格，但留在市中心医院还是很有可能。因此，那段时间，我几乎将全部精力都用在实习上。我十分认真地对待着每一个病人、每一份病历，努力给老师留下一个好印象。

对于杨柳，我当然仍难以忘怀，她像扎在我心上的一根刺，不碰疼，碰了更疼。因此，我不让任何人在我面前提杨柳，谁提，我就歇斯底里骂谁。我不再关心杨柳的任何事情，无论她是上天还是入地一概与我无关。但不幸的是，她的事情还是不可避免地断断续续地传到了我的耳朵里。

27

自从杨长生那天来找过杨柳后,杨柳就游离于我们这些人之外,既不属于张狂的走路都要哼歌的那一伙,也不属于忐忑忑忑沉着一张苦瓜脸的这一拨。

杨长生那天从市中心医院返回部队后没几天,就打来电话到神经内科护士站找杨柳,说他被抽调去打前站,在大部队出发前,先去熟悉阵地,领受任务,马上就要出发了。并告诉了杨柳他们出发的具体时间和地点。

他们出发那天,杨柳跑到火车站时,却不见军列,更不见杨长生的踪影。只有几列客运火车像往常一样不紧不慢地出站或进站。杨柳急得直搓手跺脚。她到处向人打听,最后,终于打听到拉载杨长生他们的军列因怕影响了客运火车的正常通行,临时决定停靠在建有货运仓库的西站了,但这时,杨长生却已经来不及通知杨柳。

当时,在西站聚满了欢送的人。送行的战友敲锣打鼓,异常热闹。几个军区的文工团还在那里举行了短暂的慰问演出。杨长生他们那些即将奔赴前线的人,个个胸带红花,被亲戚、朋友们包围着,千叮咛万嘱咐。只有杨长生和一个勤务兵寂寞地坐在车厢里。

杨长生的家在农村，父母生了七个孩子，他是老小，前面有五个姐姐夭折了两个，还有一个哥哥，因此父母待他的心有多重可想而知。如今父母已经年迈，如果得知宝贝儿子要去打仗，还不得急出个好歹。为了避免发生意外，杨长生决定不把自己去打仗这件事告诉家人。

杨长生爬在车厢窗口，一直往外张望着，试图找到杨柳的身影，可直到列车开启，他依然没有看见杨柳的影子。

当杨柳上气不接下气赶到西站时，杨长生他们的列车已经开走，只留下正在撤离的欢送的人群。杨柳蹲在西站的月台上，痛哭出声。哭完后，她就像跟谁赌气一样，一路狂奔着跑到公交车站，坐车回到宿舍。她当即给杨长生所在的军党委洋洋洒洒写了一封长达三页的信，介绍了自己的情况以及自己与杨长生的恋情，她说，自己愿意与杨长生并肩作战，为国家安危担起一个八十年代青年该担负的责任。

那封信充满激情，十分感人。军首长看后，立即批示，同意接收她入伍，同时，批文将此信刊登在军报和战地报上，以鼓舞前线将士的斗志，还下令部队对杨柳的事迹进行专题报道。

杨柳的信寄出去没多久，军政治部就派人到我们学校对杨柳进行政审、考核，考核一结束，他们就签发了接收函，而且还说，会尽可能把她与杨长生安排在一起。与此同时，杨柳也给我们医学院党委写了信，要求毕业后分配到部队去。校党委连夜召开紧急会议，研究并批准了她的请求。第二天，几所实习医院，就都盛传着杨柳的热血事迹。

一石激起千层浪，不出几天，就有另外几个女生也给校党委写了请战书，要到部队去，要到前线去。

就在杨柳她们几个女生点燃激情，准备奔赴前线轰轰烈烈燃烧一把她们的青春时，一些未来的企业家悄悄地在我们的同学中诞生了，他们挣了他们人生中的第一桶金。

这两件事并在一起传进在市中心医院实习的我们班的其他人耳朵里时，我们都出现了短暂的迷茫。但很快，我们就都整理好了自己的心境，确定了自己的方向。

一九八六年夏天城市的街上，已经不再只有黑、蓝、军绿、灰、白五种色彩了，搭眼望去，简直就是一个五彩缤纷的花花世界。一些时髦女孩在她们的烫发、超短裙和露肩衣服装配的肉体上，挂上了形形色色的耳环和项链。

医学院的二附院和市中心医院都在市里，但二附院的同学却明显要比我们市中心医院的同学活泛，尤其红梅的男朋友——贾小兵，听人说，他就是那个先知先觉者，首先发现了扎耳朵眼这一商机。他和另外三个男同学，利用周末在街上摆上桌子，用从实习科室偷拿出来的盘子、镊子、酒精、消毒棉球、针、持针器和粗一些的缝合线在街上摆摊给人扎耳朵眼挣钱。他们穿着白大褂，戴上白帽子、口罩，别上医学院的校徽，桌上摆上用病历纸写的牌子"免费量血压，扎耳朵眼"。

很快，桌子前面就围满了人，年老的量血压，年轻的扎耳朵眼。

他们说："扎一对耳朵眼，收一块钱。"

对方瞪圆了眼睛问："这上面不是写着'免费量血压扎耳朵眼'吗？"

"对呀，'免费量血压'，但扎耳朵眼前面没写免费——这是两句话，中间是逗号，不是顿号。"贾小兵解释说，"我们可以给你免费扎，但这些东西是医院的，得给人家把成本收回去……也就一块钱，你这么漂亮、时髦，还在乎这一点钱！"

女孩儿们哪受得住穿着白大褂、神气十足、高大帅气的大学生贾小兵的忽悠，当即就坐下来，把耳朵交给了贾小兵。

有了第一个，就有了第二个、第三个。天黑收摊时，他们四个人，一人就挣了二十块钱。二十块呀，这可是一个二级工人一个月的工资。

贾小兵他们第一次尝到了用自己的知识换来金钱的甜头，深刻体会到，知识就是生产力，就是金钱，觉得自己这些年的辛苦学习终没有白学。第二周他们又去了。很快，二附院的许多同学都去了街上"免费量血压，扎耳朵眼"。实习结束前贾小兵他们靠扎耳朵眼就已经每人挣了一千多元。

等我们班同学听到那"一千多元"时，羡慕得口水都块掉下来了。他们有人当即也从实习科室搬了一张桌子，偷了一些器具出去如法炮制，但他们很快就发现，市场已经饱和了，三步两步，就能看见一张扎耳朵眼的桌子。他们的肠子都快悔青了。有个同学家在附近城市，

99

他灵机一动，马上拉起了一个四人小组去了他家那个城市，在那里开辟了新战场。

28

一九八六年六月二十二日，我们这些在外实习的同学，结束了为期一年的临床实习，全部回到了校本部。我们没能住进生活区最里面的六号楼，而是住进了靠大门口的三号楼。从大三上临床课开始，我们就再没有全年级在一栋楼里住过，时隔两年半，现在，我们又男男女女住到了一起。

本以为以前的那些美好又会回来，我们又能听见五层男生宿舍里传出来的何同学的二胡声和张同学的口琴声；一些男同学在下晚自习后，又会在楼道里练哑铃，在水房里练习洗冷水浴；一些女同学又会在楼道里学日本电视连续剧《排球女将》里的小鹿纯子练倒立；水房歌手又会在水房里大声放歌；一些女同学还会三三两两相约着去男生宿舍看"老乡"或"谈年级的工作"……可我们很快就发现，一切都已回不去了，就像我和杨柳的关系回不到当初一样。

两年半的临床学习，尤其是最后一年的临床实习，已让我们从里到外改变了许多，一个个都打上了"社会"的烙印，有了一定的经历或阅历。人世间的许多美好、无奈、悲苦都在我们这四百多张曾经单纯如一张白纸的脸上留下了一道道难以抹去的印迹。我们有了更重的心思，有了更复杂的人际关系，有了更深层的苦恼，当然，我们也重新认识了自己，认识了生活，在一定程度上，还认识了人性。毕业分配这件事，还让我们实实在在地看到，人生不只有诗和远方，还有眼前的苟且。

如果把五年前的我们分类的话，大概只能分为男的和女的，农村的和城里的，漂亮帅气的和不漂亮不帅气的，高的瘦的和胖的矮的，有点文艺细胞的和没有文艺细胞的，体育好的和体育不好的，性格外向的和性格内向的，喜欢学医的和不喜欢学医的，勤快爱干净的和不勤快不讲卫生的……不外乎这些。可现在如果分类，除了上述这些，还多了许多，诸如家里有门路的和家里没门路的，心术正的和心术不正的，能独当一面当大夫使的和啥都一知半解不敢把病人交给他的，能溜须拍马阿谀奉承走上层路线的和踏实务实不把领导放在眼里的，有组织才能当领导的和心甘情愿被人领导的，甘心一步一个脚印在医院成长的和想当企业老板挣大钱或出国留洋的，等等。

三号楼上，再没了二胡声和口琴声，也没了水房的歌声，整天死气沉沉。一些同学见面，几乎懒得打招呼。每个人都显得行色匆匆、神神秘秘或心事重重。常有外面的男女青年进入宿舍楼，进入某个宿舍，然后再成双成对地与我们的同学一起出去。他们中的一些人已无所顾忌，从楼道出入还要牵着手或挽着胳膊。

我一个人,曾在一个晚上,走到六号楼前,站在昏暗的树影里,默默地望着六号楼上的一个窗口出神。刚入校门时,我们满以为告别了苦行僧般的高中生活,一步跨进大学校门,就进入到了另外一个世界,这个世界里充满了心灵深处最愿意拥有的浪漫和多姿多彩。可等我们真正踏进大学校门后,才发现一切都不是想象中的样子。大量枯燥的东西等着我们去背,老师还在后面不停地提醒着你:"人命关天,不能背错一点点","当医生,一只脚踩在医院,另一只脚踩在法院"。每天饥肠辘辘走进食堂,看到碗里饭菜上飘着的油花花,马上就会联想到刚在标本上解剖过的那些肌肉和脂肪,顿时,胆囊里的苦胆就会翻腾入胃,冲上嗓子,喷到外面。在很长一段时间里,我都不敢看那些飘着油花的饭菜,只能拿着一个馍,端上一碗稀饭急匆匆往宿舍走。

在那些郁闷枯燥甚至有些绝望的日子里,正是从楼上飘出来的何同学的二胡曲《光明行》、《赛马》和张同学的口琴曲《绿岛小夜曲》像一颗颗明亮的星星,点亮了很多同学的生活。

多年以后,我们同学回到母校聚会,已经年过半百的我们集体回到六号楼,在那里驻足凝望,我们仿佛又看到了那一个个熟悉的年轻的身影,仿佛又听到了那飞扬着青春荷尔蒙的二胡曲和口琴曲。聚会结束后,许多同学都专门为六号楼写了诗,写了文。有同学写道:六号楼,是我们一生的记忆。

而对于我,六号楼是个藏有秘密的地方,这秘密就是我对杨柳的刻骨铭心的情。

短暂的总复习后，我们便开始了毕业考试。考最后一门课时，正值闷热的下午。我被安排在微生物楼阶梯教室里一个靠窗的位置上，西晒的太阳正好炙热地烤在我的身上。我旁边坐着的是十六班的班长任同学。他高大、清秀、帅气，很有几分儒雅气。

　　就在考试进行到一半时，任同学突然合上卷子，不答了，并开始不停地扇扇子。我注意到他在扇扇子是从那一阵阵的凉风拂到我的脸上开始的。当时，我正闷着头答卷子，头上、脖子上的汗不住地往外流，一不小心，就会滴落到卷子上。滴到卷子上的汗迅速将我写的字洇开，就像眼泪落到卷子上一样。看着洇开来的字，我突然有些走神，我想起了我和杨柳。如果面前的卷子是总结这五年的生活的话，那么，整整五年，我的生命里好像只有杨柳。一想到杨柳，我的心就疼。吧嗒，真的有一滴眼泪滴落到了卷子上。

　　一阵阵的凉风让我清醒过来，我扭头寻着凉风的源头看过去，才发现任同学已合上了卷子，正拼命扇扇子，流动的空气吹到了我的脸上。他大汗淋漓，十分烦躁的样子，见我看他，咧嘴一笑，漏出一排洁白的牙齿。

　　我继续低头答卷子，任同学却拍了拍前排一个男同学的背，问："你交不交卷子，我要交了——快热死人了。"

　　说着，他站起身，准备从我这边往出走。我赶紧起身给他让路。

　　他拿着卷子和扇子与前排的那个男生迅速离开了座位，在教室前面交了卷子，一溜烟似的走了。

考完试，我刚走出教室，便听到了一个可怕的消息——任同学死了。

原来，他交完卷子，就和那个同学一起去了附近的军区大院游泳馆游泳。那时，游泳馆还没上班。他们不知怎么偷偷钻了进去。他游泳好，进去后就直接去了深水区，一个猛子扎下去就没再起来。同去的那个同学刚学会游泳，进去后一直待在浅水区里扑腾，扑腾过一阵后，抬眼四处找任同学，却看不见任同学。他上到池子上面去找，结果，就在深水区里看见了已经死了的任同学。

任同学的死，给我们大家的心里都蒙上了一层阴影，对我的打击更大。我一直很自责，觉得那天要是我不起身给他让路，他或许就不会那么早离开教室去游泳了！

红梅却劝我说："这跟你有啥关系，他烦躁成那样，毕业考试这么重要的事，他都能半途往外跑……用迷信的话说，那就是有小鬼在催命哩……"

29

难过归难过，毕业前的一切工作并没有因为任同学的死而停止。一考完试，学校就开始了毕业分配工作。校园里拉起了红色横幅，张贴出红红绿绿的标语，号召我们"一颗红心，两种准备"，"到祖国最需要的地方去"。年级刘老师不分昼夜地跟我们每个人谈话，了解可能的分配去向和自己的想法。

在杨柳她们几个的事迹感召下，一些男同学自告奋勇要去"新西兰"。而我则大言不惭地问刘老师："我能去市中心医院吗？"

大家都拿着学校发的红色毕业纪念册在每个宿舍间穿行，向其他同学索要照片、留言。五年里不曾说过一句话的人，此刻见面就拥抱，彼此都成了难舍难分的好友。有点诗性的同学还在留言处写了诗，但真正独创的却很少，大多都是抄来的琼瑶的或古人的诗句。暗恋的人也都陆陆续续浮出了水面，在纪念册上多贴了对方一张照片，给对方的留言里多写了几句深藏心底的深情的话。

我给每个人都留了同样的几句话：五年的时光已匆匆流过，数不清校园里多少欢乐，相聚的时候有几人珍惜，分别时再回首一片落寞，错！错！错！

留言活动开始时，我想了半天，最后还是把纪念册的第一页空了下来。但我却没有去找杨柳给我留言。她也没有找我给她留言。红梅很想从中撮合，说我们仨，应该一起出去，到照相馆照张相，她把照片上的字都想好了，说写：千尺情。杨柳都答应了，我却还过不了心中的那道坎，我们便没有照成。

各班开始张罗吃散伙饭、照集体合影。返校回到三号楼后，我们原来五班的人又都回到了五班。我们班买了些食物在女生宿舍里吃，算是散伙饭。我们都喝了格瓦斯,结果六个女生全部醉了。我醉得最早、最厉害。我被他们弄到架子床上面我的铺位上后,就一直闭着眼。眼泪却哗哗地奔涌出来,我用我残存的意识,一直流着没完没了的眼泪。

毕业典礼那天,学校为杨柳她们几个自愿去前线和"新西兰"的同学专门举行了隆重的欢送仪式。杨柳代表这些胸戴红花的同学在全校师生面前发了言,各级领导也都纷纷发表了激动人心的讲话,场面一度让很多人泪目。

但那天我却没有去,托词生病。

30

七月三十号开始,我们的派遣证就陆陆续续发了下来。我如愿被分去了市中心医院呼吸科。拿到派遣证时,已是下午四点。我没有回宿舍,直接坐上公交车去了市中心医院,赶在下班前办完了报到手续。结果,我不仅迅速逃离了学校那片伤心地,还拿到了七月份半个月的工资。

欢送仪式一结束,部队来的车就将杨柳一行人接走了,她们被分配到不同的连队。

杨柳穿着一身新军装回到家里,与父母和弟弟妹妹告别。父亲一听她要去前线,顿时就双腿一软,蹲在了地上。母亲"啊"了一声后,就开始不停地擦眼泪。

杨柳的父亲在县供销社工作,母亲是家属,平日里吃斋念佛。他们都是非常善良、通情达理的人。杨柳是父母从一出生就抱养过来的孩子。他们因为不生育,抱养了她,可抱养她后,却先后生了一个儿子和一个女儿。但他们对她却一直像对亲生女儿一样。而且,家里一有好吃、好穿的从来都是先尽着她。周围人不解,她母亲就解释说:"正因为她是抱养的,我才应该对她更好。"

那天,杨柳的父亲蹲在地上半天不说话,一个劲地吸手里的烟,一支烟吸完后,他才长叹一声,说:"这军装都换上了,我们再说什么还有啥用?!"他把纸烟头在地上一捻,边往起站边说,"那就去吧……要照顾好自己,给我和你妈囫囵着回来……"

杨柳的母亲见老伴这么说,先是一愣,接着就什么也没说走到厨房点火烧水了,她要给杨柳擀碗长面,让她吃了再走。杨柳后来说,直到那时,她才意识到她这是要去打仗了,才意识到自己这一去很可能就再也回不来了。

31

"女士，现在上菜吗？"服务员大声问，吓了我一跳。大约她已经问过我一次了，我没听见，她才提高了嗓门。

"不是给你说了，等我的朋友来了再上吗？"我没好气地瞪着那个服务员说，心里为她打断了我的思绪而不悦。

这时，我却看见了一个十分富态的女人正坐在我的对面静静地打量着我。那女人身穿一件黑色吊带背心，上面罩着一件没有系扣子的白底黑花短袖上衣，烫着一头短发。

"这是咋回事？"我以为服务员要让我与别人拼桌，就质问服务员。

"冬月，是我。"不等服务员开口，对面那个女人边用手背抹滑落到下巴上的雨，边微笑着说。

"你是？"我一时想不起她是谁。

她咧开嘴笑了笑，漏出两个深深的酒窝。

啊？杨柳！

我一时窘得竟不知如何是好，只好手忙脚乱地为她递水，语无伦次地吩咐服务员赶紧上菜。

"现在人人都烫头,你那一头很有特色的卷发,竟没显出来。"我努力为自己的冒失解围。

"主要是你没想到我会胖成这个样子吧!"她解释说。

"心宽体胖,看来过得不错!"我打趣说。

"嗨,一言难尽!"

她的一句话又将刚刚轻松下来的气氛拉了回去。我看见,在她的脸上掠过了一丝凄凉。

"你倒看着不错,反比上大学时精神了许多。"她微笑着说。

"我那时可是咱们年级的十大胖之一……再不瘦下来,自己都要嫌弃自己了。"我努力将话题往轻松上引。但接下来,却又不知该说些什么,只好不停地往她的盘子里夹菜。

"战后就一直想给你和红梅写信,可每次提笔都不知从何写起,内心里有千言万语一股脑儿往出涌,反而一句话也写不出来了。"她端起茶杯,一边摇晃一边看着里面的茶水说,"加之战后我的地址也一直在变,也就没与你们联系。"

"我知道。"一时,眼泪竟不听使唤地流了出来。天知道,看见她这样子,我的心有多疼。

"我知道你惦记我……当年,你所做的那一切其实都是为我好,我那时就知道……只是故意不接受。"她说着,眼眶也红了。

我们半天都说不出一句话,眼泪就这样肆无忌惮地在两双眼睛里流着。

我伸过手,从桌上抓住她的手,用手指摩挲,轻声道:"不说了,都怪我……没能理解你。"

"不过,我不后悔,毕竟轰轰烈烈地爱过、活过……如果人生能够重来,我肯定还会做出同样的选择。"这时,我在她的脸上又看到了当年的那份自信和阳光。

"还是先说说你吧?听同学们说,毕业后你如愿分到了咱们实习的市中心医院呼吸科。"

于是,我就将她去前线后,在我身上所发生的一切毫无保留地告诉了她。

一半是快乐 一半是忧伤

中部

1

我如愿在市中心医院呼吸科上班后，便一头扎进工作里，几乎不与任何同学来往。大学五年，是我人生最落寞、最不得志、最怀才不遇的五年，没有什么值得我念念不忘、需要经常去回忆和抱着不放的东西。当然除了杨柳和红梅。可我与杨柳的关系已成为伤我最重的一件事，而且那时，我和杨柳还深深地赌着气。而红梅，她和贾小兵都顺利地留了校。红梅被分配到医学院第一附属医院的耳鼻喉科，贾小兵被分配到医学院第二附属医院的急诊科。他们除了上班，便是忙着见面，过二人世界，根本顾不上来见我，我也无意去当电灯泡。因此，我和红梅虽同在一个城市，却很少见面。

我到市中心医院呼吸科上班后没多久的一天晚上，与我一起分到市中心医院的一个男同学突然到我的宿舍来找我,那天恰逢我的室友不在。

他哼唧了半天,才对我说:"冬月,我请教你一个问题,你要保证不给别人说。"

"啥问题,这么神秘?不过,我保证不给别人说。"

"我给你讲个故事,你看这算不算色诱!"

我这同学被分在普外科,值夜班时经常会与一个三十出头的护士遇到一起。那护士已经结婚,但与丈夫长期两地分居。她喜欢读书,也有一点姿色,穿衣打扮、言谈举止透着一股文学青年的味道。我们这同学聪明、爱说笑话,没事时经常在护士站与当班护士聊天。这个护士便成为我那同学主要的聊天对象。

有天晚上值夜班时,这女护士走进医生办公室对正在写病程记录的我那男同学说:"你能帮我个忙吗?"

"能呀!"我那男同学爽快答应。

这女护士把我同学引到护士值班室,然后,把一张膏药递给我同学,说:"你把门关了。"

我同学去关门。转身时就看见那护士脱去上衣,只留了胸罩。他惊得不知该咋办。

女护士说:"我的背疼,我自己够不着贴膏药,你帮我贴一下。"

我同学一想,也是,她丈夫在外地,是没人给她贴,她自己又够不着。

"贴到哪里?"我同学站到她身后问。

"你用手摸,摸对地方了,我就叫停。"

"是这儿吗?"

"不是,再往右一点。"

"是这儿吗?"

"不是,再往左一点。"

如此这般,我们同学几乎把那女护士的背摸了一遍也没找准地方,最后,只好草率地贴在一处,夺门而出。

"这算色诱吗?"他问我。

"你个生瓜蛋子!"我已经笑得直不起腰了。

"冬月……咱俩谈恋爱咋样?"他看着笑成一团的我,突然直愣愣地问。

"我不要生瓜蛋子——"我依然笑得上气不接下气。

"我不是生瓜蛋子……我只是不想犯错误,她有丈夫……更何况,我喜欢的是你!"

我不笑了。

按说,我这同学的条件也不错,我们是同学,又同在一个医院,交往起来也方便。八十年代的我们,谈恋爱就意味着结婚,没有非常特殊的理由,一般都会从一而终,哪怕在还没走进婚姻前就发现了对方的种种让自己无法忍受的劣根性,也会打掉了牙往肚子里咽,绝不会轻易提出分手。那时,在人们的心目中,提分手跟提离婚是一个性质。

但今天这事实在有些突然,我还从来没怎么留意过男同学,更何况他了。

"是这样，你容我考虑考虑，好吗？"看着十分认真的他，我认真地说。

就在我决定不了要不要与我这个男同学发展成恋情的时候，王振海来我们医院看我了。我们自然聊到了杨柳，我知道，在他的心里一定还惦记着杨柳，他一定是想从我这里打听到杨柳的情况，于是，我破例讲起了杨柳。我将杨柳是如何入的伍，又是如何去的前线一五一十全告诉了他，当然，我回避了我与杨柳翻脸的事。我说这些的时候，王振海没有插一句话，他既不抱怨也不指责，只那么静静地看着我，默默地听。

看着眼前这个为爱被杨柳所伤的优秀男生，我的心里隐隐生出同情与怜悯。我也在内心里再一次涌出对杨柳的怨恨。

自那以后，王振海时不时就会来市中心医院找我，我们坐在宿舍或医生值班室聊天，赶上吃饭时间，我就请他在医院的食堂里吃饭。我们聊彼此的工作，也聊一些周围的人和事。当然，聊的最多的仍是杨柳。关于杨柳去部队后的事情我知道的并不多，没人告诉我，我也不去打听，于是，我和王振海之间的谈话就只能是车轱辘话说来说去，说得我自己都觉得有些乏味了。

聊到我们彼此的工作时，王振海会给我讲他的研究生课题进展，讲他在学报上发表的学术论文。不过，他更愿意听我讲，听我讲医院里的那些趣闻趣事，听我讲接诊过的那些病人和惊心动魄的抢救过程。不可否认，王振海的再次出现，让我的生活有了些许生气。

慢慢地,我发现王振海似乎并不怎么关心杨柳了,因为每当我提到杨柳时,他总会打断我的话,顾左右而言他。我在他看我的眼神里也看到了一种与以前不一样的东西,那东西让我欣喜,更让我害怕。我不敢,也不愿意相信自己看到的那种东西,我对自己说:"你多想了,他这只是与杨柳分手的断奶期还没有过,某种意义上,他把你当成了杨柳,毕竟你曾与杨柳好得像一个人一样。"

可两个月后,我就得到了真实答案:我的猜测是对的——王振海爱上了我。

"其实你也不必那么难过……你那么优秀,还愁找不到一个优秀的女孩?!"那天,当我说到杨柳再一次被王振海岔开话时,我劝王振海道。

"你不用劝我,对我而言,那一页其实早已彻底翻过去了,倒是你,还没有翻过去。"

"我有什么翻不过去的?我们只是五年的同学,彼此都只是对方生命里的一个过客。"

"既然能翻过去,那是否就该好好考虑一下我们之间的事了?"

"我们之间有啥事?"我虽已有心理准备,但听到他这么说时,还是吃惊不小。

"你是真不懂还是装不懂?"王振海嗔怪道,脸上的表情有点不好意思。那时我们正坐在我们宿舍两个架子床中间放的那张桌子的两对面,西下的太阳正映在他俊朗的脸上,看上去很是迷人。

"如果你不懂,那就让我告诉你。"他绕过桌子走过来,坐到我身边的床沿上，两只手抓过我的一只手，眼睛看着我的双眼，"我的女朋友已不再是杨柳了……而是你！"

"你开国际玩笑吧？！"我像被蝎子蛰了一样，猛地从王振海的手里抽出手，从床上跳了起来。

王振海在我的眼里一直都是一个十分完美的男生，不然，我也不会那么伤心伤肺地去干扰杨柳与杨长生的相恋。但他毕竟是我最好的朋友杨柳的前男友，我和杨柳现在闹成这样，杨柳知道此事后会怎么想？别人知道了会怎么看？别人会认为我是第三者，从中拆散了他们。更何况，那时我好像还没有做好准备，去爱一个男人，和这个人共此一生。

"不行，这绝对不行！"我态度坚决地说，不给王振海任何回旋的余地。

自那天起，我开始回避与王振海见面，每次他来，我都托词有事不见，来电话找我，我也不接。谁知，一天中午，当我和几个单身同事从食堂吃完饭准备回宿舍休息的时候，远远地就看见了王振海。他手捧一束鲜花正站在楼门口往这边张望，等我们走到他跟前时，他竟扑通一声单膝跪地，双手将花举给我，说："冬月，做我的女朋友吧！"

他的这一突如其来的举动，不仅将我，就连一起回宿舍的同事都震住了，我们都突然站在那里一动不动，不知怎么是好。片刻的尴尬与愣神后，我的身边爆发出一片掌声和起哄声。弄得我十分难堪，走开不是，上前接花也不是，只好走过去狠狠地对他说："你神经病呀，起来!"

他在好几双含义复杂的目光中,洒洒脱脱地起身,然后跟在我身后,上到楼上我的宿舍。

一进宿舍门王振海就说:"你不就是怕别人说闲话吗?我这样做,就是要让他们知道是我追的你,与你和杨柳之间的事情一毛钱的关系也没有。"

我被王振海的勇敢打动,他的勇敢也证明了他的真诚。我在脑子里迅速回忆着这几年来我与王振海相见的种种情景,回忆着王振海在杨柳和我面前的各种表现,尤其是杨柳与他分手后,他对我所做的一切,给我所说过的每句话。平心而论,有王振海这么个人做我的男朋友,也是件荣光的事情。

事已至此,我只好不再顾忌别人的闲言碎语,嘴长在别人身上,由不得自己,况且,王振海这么一跪,我就是不与王振海好,闲话照样会很快传到杨柳的耳朵里,传到许多医学院同学的耳朵里。我只好接受了王振海的花,也接受了王振海的感情。

2

王振海的英语一直很好,一次,一个美国斯坦福大学无线电专业的教授来交大进行学术交流,王振海被选去做现场翻译。王振海的出色翻译给来访的教授及交大的领导都留下了极好的印象。

一九八八年春节刚过,王振海就接到了美国斯坦福大学无线电专业的录取函,待六月份研究生一毕业,他就可以被交大公派去斯坦福大学留学了。

这真是千载难逢的好机会。

我和王振海在双方老人的建议下,迅速办理了结婚手续,在王振海的家乡举办了一场比较像样的婚礼。

我没邀请医院里的任何同事参加我的婚礼,也没将结婚这件事告诉医学院的任何同学,包括红梅。

五月份,王振海办完一切手续准备远去美国留学时,我却发现自己怀孕了。王振海与我商量:"要不就不去了,我给导师讲讲,换别人去,我留校。"

"干吗不去?机会多难得。"我劝王振海。

那时,留学的费用对于国人的低工资收入而言,简直就是天文数字,因此,渴望去国外深造的莘莘学子都把留学的希望寄托在公派留学上,可公派留学的名额少之又少,许多人都只能望留学兴叹。

"那你生孩子怎么办?"王振海忧心忡忡、哭愁着脸问我。

"我是大夫啊,吃住在医院,随时可以到产房去生——不会有啥闪失!"我故意把这事说得十分轻松,好像生孩子跟母鸡下蛋一样简单,"孩子生了后,我可以让我妈来伺候月子,然后再找个保姆帮着带。"

一九八八年炎热八月中旬的一天,王振海恋恋不舍地离开了我,去了美国。在美国,他除了吃饭、睡觉,整天都待在实验室里做实验。起初,他的实验做得很不顺。每天天不亮他就走进实验室,一直做到深夜,可好不容易弄出来的结果却是个失败的结果,他那沮丧的情绪可想而知。

那时,他每天都是怀着希望而去,却都是失望而归,弄得他寝食难安,情绪跌到了谷底。

他写信对我说:"……我感觉自己快要崩溃了,经常一屁股坐进沙发里,再没一丝力气站起来……"他产生了回国的念头。可回国以后怎么办?学校还会再要他吗?这样回来又算什么?怎么面对父母、我、周围的老师和同学?

那段时间,他坐着在想实验的事,走路在想实验的事,洗澡也在想实验的事,吃饭、睡觉、蹲马桶都在想实验的事,整个人几近疯狂。

我那时挺着个大肚子,一边忙医院里的工作,一边还要不断写信安慰他:"万事开头难,总有解决问题的时候""科学研究要是那么简单,那是个人都能搞科研了""每失败一次,就离成功近了一步"。

我知道自己的话缺乏说服力,但不这样又能怎样。

一天,他正在蹲马桶的时候,突然脑洞大开,灵光一现,有了解决问题的办法。那时已是晚上十点半,他刚拖着疲惫不堪的身体从实验室回来。他二话没说,就起身返回实验室重新开始做实验,第二天,终于看到了一个成功的结果。

这次的成功让他兴奋不已,重新点燃了希望之火,重新拾起了自信。他兴奋地打越洋电话过来,给我详细讲了整个过程,他还对我说:

"我从这次的实验中总结出了一个经验和教训,就是此路不通的时候,一定不要还在这条路上折腾,突围,钻牛角尖。一定要另辟蹊径。"

他问我:"你知道我是怎么突然茅塞顿开的吗?"

我如实回答:"不知道。"

"我想到了我与杨柳和你的关系。"

听到他这句话,我的心里很不舒服,但我并没有说什么。

3

王振海的实验越做越顺,给我的信却越来越少。

一九八九年三月二十日下午两点半,我顺利生下了我与王振海的女儿——鸿雁。"鸿雁"这个名字是我起的,因为自从怀上女儿后,我与王振海之间的联系基本都靠鸿雁传书。鸿雁的长相完全取了我和王振海的优点,她的皮肤像王振海,白皙细腻,身材也像王振海,头身比例无懈可击,但她的五官却像我,双眼皮,翘鼻子,厚嘴唇。

西北三月的天气还有些寒冷,月子里,我无法出去给王振海打越洋电话,只好写信将这个天大的喜讯告诉王振海,没想到,他既没有给我打电话过来询问,也没有回信给我。

我感到了什么地方不对劲,孩子满月后的一天,我就到邮局给他打电话,这是自他出国以来我第一次主动给他打越洋电话。他刚去总喜欢打电话过来,说学校里遇到的事情,我告诉他:"没什么急事就不要打电话,越洋电话那么贵,这些事完全可以写信说。"但他就是不听。可现在,他既不打电话,信也不回了。

那天,我把电话打到他的实验室,接电话的是一个女生,她用英文接了电话后,听到我说找王振海,就立即换成中文问我:"你是王振海的什么人?"

我纳闷王振海的实验室怎么会有如此不懂礼数的人,哪有这么问人的,就问:"王振海不在这个实验室?"

对方忙解释说:"在,在,只是他这会儿不在,你有什么事就告诉我,我转告他。"

凭着女人的直觉,我感到这女人一定与王振海有着不寻常的关系,但我又无法确定。

"我是他爱人,你告诉他,孩子生了,长得很像他。"我气哼哼说完就挂断了电话。

回到家,我写了一封信质问王振海到底发生了什么,但转念一想,又觉得不合适,毕竟没有什么根据。就在我还没有想好该不该把那封信寄出去的时候,王振海的信来了,他提出要与我协议离婚,说他愿意做出牺牲,不与我抢孩子,把孩子归我。

这一切来得如此突然,我几乎想不出任何应对之策。王振海见我迟迟没有回信,就接着来了一封长信,苦口婆心劝我想开一点,把婚离了,这样对谁都好。他说了他要求离婚的原因,并让我理解他,成全他。

原来，那天接我电话的那个女生果真与他有染。他告诉我，他们是在一个教授的家庭聚餐中认识的。身处异国他乡，学习压力很大，生活清苦、寂寞。那次聚餐后，那女生经常会来找他，陪他做实验，两人还经常一起看球赛，一起逛街。她还会将他叫去她住的地方为他做饭，改善生活，很快他们两人就产生了感情，住到了一起。

王振海说，起初，他并不想与那女生怎么样，只是互相抱团取暖。但后来那女生告诉他，她怀孕了，美国不允许堕胎，没办法，他只能负起责任来，与我离婚，与那女生结婚。

他还说，他不想回国了，留学结束后他要留在美国工作。从目前的情况看，他再奋斗几年完全可以拿到绿卡，长期定居美国。既然他不回国了，与我这样两地分居对彼此都不人道。

如果主角不是我，我会觉得他的话句句在理，可不幸的是，我是这出悲剧的主角。

王振海原来是一个如此赤裸裸的利己主义者。那一刻，我突然理解了杨柳，理解了她为什么一直接受不了王振海，即使他再优秀。我这才意识到，即便是杨长生没有出现，杨柳可能最终也不会与王振海走向婚姻。

我被王振海的自私激怒了，拿起笔，刷刷刷在离婚协议上签了字，然后寄了回去。

王振海的父亲是独子，到了王振海这里又是独子，一门单传了两代，到了我的孩子这里，王振海的父母多么希望是一个男孩！可我偏偏生了个女孩。得知我生的是女孩后，他们托词忙，只寄来了一些小孩衣服和用品，人都没来看一下，更不用说伺候月子了。现在得知我们要离婚，他们更是表现出让人无法理解的平静。

他们根本不提要孩子的事，只写了一封信，劝我想开点，说感情这事没法勉强。还说，现在的离婚率那么高，也不是什么丢人的事。说知道我的心情一定不好受，让我出去旅游一段时间，走进大自然，看看大自然，就会觉得人类是何等的渺小，一段婚姻是何等的无足挂齿。

王振海父母的信我没有看完就撕成碎片扔进厕所里让流水冲走了。

刚离婚时，我彻夜难眠，奶水突然就没了，我想到过死，可面对嗷嗷待哺的孩子，我又于心何忍。王振海父母的这封信突然让我振作了起来，我为什么要死呢？为了他们这样一家精致的利己主义者吗？！

离婚后，我不愿意见任何同学，也不想再在这座城市里待下去，这个城市带给了我太多的耻辱与创伤。

那时，已经有一部分同学南下，到广州、深圳、珠海一带工作，我联系了深圳市人民医院，然后拎着一条大前门烟和两瓶西凤酒去找市中心医院的院长，希望院长能放我走。在此之前，我从未给任何人送过礼，因此，心里十分别扭，甚至有些害怕。怕被人看见，怕遭院长拒绝。待我东张西望，做贼一样来到院长家门口时，我感到我的心脏几乎都要从嗓子眼里跳出来了。

所幸院长不在家。我长出一口气后，蹲守到院长家那栋楼的一个角落，守株待兔，等院长回来。

可我等到天黑，也不见院长回来。我突然想，我为什么要求人呢？我可以考研究生啊，一来提高了学历，二来，也可以曲线离开这个城市！

我把孩子带到父母家交给母亲，并迅速请了一个保姆帮着母亲给我带孩子，我则不分昼夜地拼命复习。

那些日子里，我每天除了上班，便一头扎进书本里，没有周末，更没有节假日。我给自己定了细致的复习计划，每天看多少页内科学背多少英文单词和多少道政治题，对这些计划我严格落实。值夜班的时候，等把病人的事情处理完已是后半夜，常常困得睁不开眼睛，我就用凉水洗把脸，然后坐到桌前复习。遇上抢救病人，一夜未看成书，第二天就加倍努力把头一天未完成的任务恶补上。短短半年，我就瘦了三十斤，整个人都脱了相。但我如期完成了全部复习计划，顺利通过了研究生入学考试和后来复试时的面试，进入医学院读呼吸科专业硕士研究生。

现在回想起来，那半年，应该是我人生中最艰难的半年，但却是我人生中最充实的半年。我除了上班必须跟人说话外，不与任何人说一句闲话，好似在与谁赌气一般。其实我心里明白，我是在与自己赌气，与命运赌气。

4

一九九〇年至一九九三年我上研究生期间，正是邓小平南方谈话后全国掀起经济大潮的时候。我们同学中有人上了一半学就退了学，他们忍受不了做学生的清贫。

大家都埋头挣钱，社会上已经出现了很多万元户。物价飞涨，我们这些穷学生因为囊中羞涩不敢出门。因为出不起那高得厉害的份子钱而不敢参加同学的婚礼和朋友孩子的满月庆典。我们只能钻在实验室做实验，待在宿舍里看书。一些男同学便学会了打麻将，经常在晚上或周末聚在一起打，为了一毛、两毛钱的彩头，经常弄得急赤白脸。

因为和卫生管理系（卫管系）的本科生住在同一栋楼里，一些男生就趁机追求卫管系的女生，完全不顾及自己在家里还有老婆，甚至还有孩子，弄出了不少婚外情。

几个有诗人气质的男同学还给卫管系的女生一首一首写情诗。已经是结了婚的男人了，什么不懂？！那情诗写得赤裸裸，全是白的不能再白的男欢女爱，再没有了舒婷式的朦胧。

人们突然变得很实际。我们年级一个女同学做了一个大她十几岁的银行家的情人，弄得人家离了婚，从此，这同学便整天被车接车送着来学校，穿着高档衣服，戴着高档首饰在我们眼前晃悠。和她一比，我觉得自己简直就算不上女人。

她的双胞胎妹妹曾与她一起青睐过这个银行家。银行家被她独占之后,她妹妹就发誓要找一个比这个银行家更有钱的情人,结果,还真找到了个做钢铁生意的大老板,听说这老板家里还很有背景。

我成天钻在图书馆里查文献,免得遇见她们姐俩后受刺激。

我从以前的杂志上抄有用的知识,零零散散抄写了厚厚的一大本后才找到了科研方向。我隔三差五去导师家汇报研究进展——那时我们还叫导师,后来的研究生就把导师都叫老板了。

我的课题在检验科完成。指导我实验的老师在我去的第一天就说:"一些研究生,为了省科研费,总是把检验科的试管、试剂连偷带拿带摸揣地往外拿……"吓得我在整个课题完成过程中,都不敢对检验科的那些试管、试剂有一点非分之想。

三年的研究生生活很快就结束了,毕业时已不实行统一分配,而是自己去给自己找工作。

改革开放如火如荼,一股南下淘金热在全国蔓延。我们同学中有四分之一留了校,四分之一出了国,四分之一回了原单位,另外四分之一去了南方。我去深圳市人民医院联系工作,恰逢周末,深圳市人民医院门可罗雀,病人说的话全是粤语,一句也听不懂。去餐馆吃饭,吃的馒头、花卷和包子里全都放了糖,我站在深圳的街上,难过得想哭。

我一咬牙,离开深圳来到了北京……

她一直很认真地听,直到我讲完这一切,她都没有插一句话,面前的食物几乎没吃几口。

"你看,你光顾着听我说话了,饭都没吃几口,赶紧吃点,饭菜都已经凉了。"

我将鸭肉蘸了酱,放进一张极薄的面饼里,再加些黄瓜条和葱丝,然后卷好递给她。

"那段时间,你为什么不与红梅联系?一些事情也许红梅能帮你。"她仍陷在刚才我说的那些事情里,接过鸭肉卷时问我。

"红梅的事情你不知道?"我问杨柳。

"最近才打听到了一些,但也是支离破碎。"

于是,我就将我所掌握的有关红梅的情况尽可能详细地告诉了她。

5

毕业时贾小兵分到医学院第二附属医院的急诊科,红梅分到医学院第一附属医院的耳鼻喉科。一附院位于南郊,二附院位于城里的北门口,两人见面要穿越整个南北城区。于是,贾小兵找到分配到一附院急诊科的一个同学,调换了单位。他对那男同学说:"这样一来,既成全了我俩,你也能离开'农民讲习所',到城里去上班——"医学院、师大和外院都在南郊,远离城区,是省城高校里有名的三所"农民讲习所"。那同学一听，便答应了。

上大学时，贾小兵是学生会主席，与分配办的老师混得很熟，老师说："学校没意见，只要你俩商量好就行。"于是，贾小兵改签了派遣证，到了一附院急诊科上班。

刚到单位工作的我们，都非常兴奋，工作的积极性都非常高，个个摩拳擦掌，想大干一场。因为在这之前，自己只是个小实习医生，任何事情都得在住院医师的吩咐下去做，干的最多的就是跑腿送标本、贴化验单、记病程、换药、拉钩等没有什么技术含量的活。每天还要有眼力价，要及时拎起暖瓶给老师们打开水，到吃饭的时候帮老师们去食堂打饭。简直就像个农村学做木匠活的学徒。

现在不同了，我们每个人都有了真正属于自己的病人，自己可以独立依据病人的病史和自己的查体所见，给病人开出检查单，做出诊断，然后根据诊断下医嘱了。原来总看我们这也不对，那也不好，被我们称作老师的那些老资历护士们也得乖乖地拿着我们的医嘱去执行了。早上查房时，当自己站在病人面前，被病人"大夫""大夫"地叫着，笑眯眯地诉说着他的病情明显好了时，我们内心里的感受简直比吃了蜜还要甜，腰杆一下子就挺直了许多。更何况，现在我们的屁股后面也跟着几个实习生，供自己指手画脚，授业解惑，批评教育，呼来唤去。

任何事情都要一分为二地看，我们毕竟才刚毕业，有许多东西书本上说的和临床实际情况还是有一定的距离，这些都需要我们在工作实践中总结学习和积累。因此，我们每天都提心吊胆，生怕自己下错了医嘱，治坏了病人。以前跟着老师实习时，无论遇到什么病人心里都不会害怕，想着天塌下来自有老师撑着，所有疾病的诊治也就都只知道个皮毛或是原则，具体如何一个一个检查开出来，一个一个医嘱下出去，还要认真琢磨研究。尽管上边还有二线、三线帮你盯着，你也不能事事都麻烦人家，否则，要你干啥。尤其是诸如胸穿、腰穿、骨穿等基本操作，做实习生时，你一针没有扎进去，心里并不怎么自责，也不怕别人笑话，因为你对自己说，人家还是学生么。可现在不行了，你必须一次成功，否则围着你的那一圈实习生就要你看看我，我看看你，在眼神的交流中嘲笑你。没办法了，你还得去请上级大夫。上级大夫边四平八稳地走，边给你讲操作流程，好像你实习时就没认真实习，连这点基础技能都不行一样。上级大夫一边操作，一边给你讲："你看，先应该这样……然后，再是这样……这不，一切 OK。"你不敢解释什么，只有点头弓背，一副恍然开窍的样子，一脸钦佩的表情——毕竟人家帮你救了急，毕竟人家操作成功了。上级大夫站起来，潇洒地脱掉手套，摘掉帽子和口罩，然后一扬头，一甩头发，走了。留下你在身后点头致谢的身影，还有那帮实习生喊喊促促的议论声。之后几天，你的心情都不爽，看见那些实习生就没好气。更要命的是单独值班时遇上危重病人，上级大夫给你指示了一堆，然后你就得迅速落实下去，病人平稳了，上级大夫去睡觉了，你却得一直守着病人。病人的情况突然有了变化，你不知道该如何处理，怕自己的处理会把好不容易得来的胜利果实丢了，但你又不敢去叫上级大夫，他正睡得香着呢，万一他起来一看，"就这情况，你也不会处理？！"那时，你就简直像个受气的小媳妇,上级大夫还会在你的医疗技术水平上打一个大大的问号。

因此,那段时间我和红梅都一头扎在科室,守着自己的病人,结合病人看书,苦练技术,几乎没有见面。但我们会经常通电话,报告彼此的情况。尤其当我俩的夜班碰到一起时,我们就会痛痛快快聊一次,当班护士看见就打趣说我:"又在煲电话粥了。"

夜深人静,我把实习生赶到示教室去写病程记录,自己则把医生办公室的门一闭,抱起电话与红梅聊自己遇到的那些趣事和糗事。她也会给我八卦她们科里同事和院里同事之间的是是非非,比如谁又和谁吹了,谁抢了谁的男朋友,谁喜欢上了他们的科主任等等。聊的最多的当然还是我们自己的心事。我们仍像上大学时一样,高兴的事、痛苦的事都说。

"我们也聊你,但都没你太多的消息,只能就以前上学时我们仨之间的那些事说来说去。"我在杨柳的眼睛里看到了羡慕的眼神,赶紧补充说。

随着上班时间的延长,我们对临床工作的好奇心逐渐减小,工作中、生活上遇到的麻烦事又越来越多,加之好长时间我们都没见面,彼此可聊的人和事越来越有限,因此,上班半年后,我和红梅这种煲电话粥的时候就基本没有了,除非有事找对方,一般连电话都不怎么打。

我生孩子时,红梅和几个同学买了炼乳、麦乳精来看我,当着那么多人的面,我们也没聊太多事。

一附院只要是结了婚的双职工就可以分到一间筒子楼里的单身宿舍，没结婚的单身只能四人住一间。为了要房子，红梅和贾小兵在一九八七年五一劳动节那天结了婚。

可不知为什么，婚后他们一直怀不上孩子。起初我以为是红梅不想要，毕竟毕业还不到一年，临床工作还没有完全拿下来，再说，每个医院也不让过早要孩子，嫌影响工作。可两年过去了，红梅还没有怀上孩子，我就感到有些纳闷。一次，我有事给她打电话，顺便问起这事，红梅叹了口气说："不是不想要，贾小兵的爷爷已经八十多岁了，特别想在闭目前看见重孙子。可就是一直怀不上。"

"你有没有去检查？"我问。

"查了，不是我的问题，是贾小兵的问题……精子的活力不够。"

"没有治疗？"

"咋没治？！中药吃得贾小兵现在一闻见那味儿就想吐。"红梅停了一下后又说，"本来我和贾小兵都不想这么早就要孩子，这怀不上了倒让人迫切地想要了。"

"可能太累了，你让贾小兵注意休息——急诊科的工作天天都跟打仗似的。"

"我忘告诉你了，他已经离开急诊科了，现在的工作清闲着呢。"

我吃了一惊，说："贾小兵离开一附院急诊科了？那他到哪里去了？总不会是去机关了吧？那多没意思，机关那些活，叫个高中生干就能干得很好了。"

"哪里，他下海了！"

"下什么海了？"

"嘿嘿，到一个外企做医疗器械推销工作了。"她见我什么都不懂，就笑着解释。

"啊？这是啥时候的事？"

"已经去了一年多了。"

"哎，你可太不够意思了，我生孩子后你来看我也没提这事。"

"又不是什么光彩事，有啥说的。"

6

当年实习结束时，大家在一起聊天谈最喜欢的科室，贾小兵说："这一圈实习下来，我还就最喜欢急诊科。"

大家都不解，说："急诊科的工作又累风险又大，急诊科大夫的神经整天都紧绷着，比别人衰老得都要快。"

"那是消极的看法，积极一点去看，你们不觉得这就跟打仗一样，多刺激，多有挑战性。"贾小兵的看法与众不同。

毕业后，他不仅如愿分到了急诊科，还与红梅调到了一个医院，内心的喜悦自不必说。他跟我们一样，自那天到一附院急诊科报道以后，就一头扎进工作中。他眼疾手快，急诊科的每个角落都有他的身影。为了能尽快适应工作，多看些病人，贾小兵几乎吃住在了科室，一附院的同学经常看见红梅给他打了饭送到急诊科。

我和红梅都认为贾小兵很快就能成为急诊科的骨干。没想到,一年多以后,他就厌倦了急诊科的工作。他给红梅抱怨说,每天上班,不是看着一个血头烂面的外伤病人被搀扶着进来,就是看见急救车将一个心梗或脑梗昏迷的患者送来。每一个病人都是要命的病,都要争分夺秒去处理,神经一直紧绷着,一天班上下来,整个人从内到外都像被掏空了一样。尤其是值夜班的时候,无论你困成什么样子,突然来个需要紧急手术的病人,你就得迅速保持高度清醒,进入作战状态。常常一个病人还没处理完,另一个甚至一拨病人又来了。不是喝敌敌畏、割腕自杀,就是一家子煤气中毒……常常紧张忙碌了一个晚上,第二天还不能及时下班,还有一堆医疗文书要完成、有好几个病人要往相关科室转,可转科又岂是那么容易,常常磨破了嘴皮子也转不出去。

就在贾小兵开始厌倦急诊科的工作时,王同学来看他了。王同学把一辆白色的宝马五系轿车停在一附院的院子里,胳肢窝里夹了个黑色皮包,昂着头走进了急诊科。当大家得知那辆白色宝马是贾小兵的同学的坐骑后,都向王同学投去羡慕、敬佩的眼光,向贾小兵不断地咂舌感叹:"你有个了不起的同学呀!"

一附院的院子里不是没停过宝马车,毕竟是西北五省最牛的医院之一,但那都是某个很有来头的病人的车,从没见哪个教授和院领导有过这么牛的车,更不用说像贾小兵这样毕业没几年的一般医生护士了。那时大家在一起讨论的都是排量 50ml、125ml 和 250ml 的摩托车

135

和轻骑，谁要是买了辆排量 250ml 的摩托车，就够他炫耀一阵子，让大家羡慕一阵子的了。

那时的贾小兵就连排量 50ml 的摩托车都还没敢想过呢。因此，当他得知那辆白色宝马的主人就是王同学时，他简直惊诧得差点掉了下巴。还讲究是个先知先觉者带着大家在钟楼摆摊扎耳朵眼、验血型挣过钱的人哩，竟混得不如一直都不怎么起眼的王同学！

一直都那么骄傲的贾小兵，突然感觉自己简直就是个小丑，就是个笑话。

为尽地主之谊，贾小兵在医院职工食堂请王同学吃了中午饭，吃饭间，他详细询问了王同学开上宝马车的过程。

7

大学毕业时，王同学被分配到一个偏远地方，他不愿意去，就没领派遣证，请求学校给他改派，但学校就是不答应他，分配办的老师说："都像你这样，分配工作还怎么做！"

日子一天天过去，眼见着同学们全都离开学校到工作单位报到去了，自己却还滞留在三号楼的男生宿舍里，没有任何进展，王同学不甘心，就每天去分配办找老师磨牙，可任他怎么说，老师就是不松口。他一个人住在空荡荡的楼里，心里不免着急。

有天，他买了一瓶白酒，一个人在宿舍里喝。半瓶白酒下肚后，他就决定干些什么来发泄一下心里的愤懑。他去上厕所，看隔在水房和厕所之间的那堵墙怎么也不顺眼，就到宿舍找来一把螺丝刀，一点一点在墙上抠，竟然在水房与厕所之间的那堵墙上抠出了一个很大的洞。

这个洞很快就被分配办的老师知道了，老师找到他说："古人凿壁偷光，是为了念书学习，你这凿壁，纯粹是为了发泄私愤！"

分配办老师把此事报告给了学校，校领导怕他再弄出啥幺蛾子，就赶紧给他改派了一个好一点地方的一家医院把他打发了，但同时也给了他一个处分。

他背着处分到那家医院报到后的第二天，院领导就找他谈话，婉转警告他，他们医院可不姑息这种耍横的人，要他"洗心革面"，好好做人，并把他分配到没有病房只有门诊、治不好病至少也治不死人的皮肤科。

这可是王同学人生的第一个工作单位，刚一报到就遭受了这一出，他觉得就跟吃了苍蝇屎一样没劲。

没上两天班，王同学就发现来看病的人中，有一半都是看性病，另一半中的一半是看牛皮癣。

他问科室的一个高年资大夫："咋这么多人得性病？我们学皮肤病学时可没说性病发病率这么高？"

高年资医生唉声叹气地说："世风日下啊！市场经济催生出许多服务行业……路边那些小旅馆、发廊，都是金钱与生理需求交易的场所，可不就让性病和肝炎成倍地增加呀……"

为验证高年资大夫的话，王同学专门去了发廊，进行暗访。

那天晚上吃过饭，他走进离医院有段距离的那家发廊。一个胖胖的服务员给他干洗头。她一边给他摁头，一边把她的一对大奶子在他的头上蹭。他闭着眼，假装啥也不知道。按完头，胖服务员领着他去后面洗头，他就看见了坐在后面凳子上的一排袒胸露臂、甚至露臀纹的服务员。

就在他四下里查看的时候，胖服务员问他道："要不要到里面去？"他落荒而逃。

这次暗访给了王同学一个灵感——开家专治性病和牛皮癣的诊所，发廊和小旅馆制造性病，自己这边就专治性病，流水作业！

那时，无论是社会道德层面还是公立医院的普世观，对性病都是遮遮掩掩。许多患者不好意思去公立医院看，生怕被熟人看见了或传到熟人耳朵里。公立医院也没有设立专门治疗性病的科室，许多病人去了不知道挂哪个科的号，也不敢问人。

王同学充分意识到了这中间的市场和经济利益。

王同学迅速向医院递交了辞职报告，然后向亲朋借钱，在他们医院附近盘下一间临街门面房，挂上了专治性病和牛皮癣的招牌。他还印了上万张小广告、传单，雇人到处散发，一些传单甚至发到了四川、广州、河南、山西的二三线城市。等大家在电线杆上、厕所门上、街边墙上发现到处是专治性病和牛皮癣的祖传秘方小广告时，王同学已经挣得盆满钵满了。他发现市场已经饱和后，便迅速转行，专治起了肿瘤。当然，这是后话。

那天在一附院食堂吃完饭、聊完天，王同学准备打道回府，在坐进他的宝马车前，他问贾小兵道："附近哪里有能加97号油的加油站？"他刚才来时找了好几家，都只有93号油没有97号油。

好马配好鞍，好马也要喂好料。

贾小兵一脸懵懂地说："这还真不知道！"

王同学走后，贾小兵便陷入了深深的沮丧中。凭什么自己就该过这种苦日子？自己大脑的沟回又不比王同学的浅！

有天，香港一家医疗器械公司的钱经理到一附院急诊科推销医疗器械，一聊才知这人原来是贾小兵中学同学的大学同学。一来二往，贾小兵便与钱经理熟悉起来。钱经理经常请贾小兵出去吃饭，闲聊中给贾小兵透漏了自己的收入。贾小兵简直不敢相信自己的耳朵，人家一月的收入，比自己一年的收入还要高。而且，工作就是整天坐着飞机到处跑；就是住在高级酒店里看电视、游泳、蒸桑拿；就是穿着灰色的高档西服，打着领带，手里拿着大哥大、腋下夹着皮包到高档饭店里陪客户喝酒、吃饭、天南海北胡扯。

这种人被人们戏称为"高级灰"。

"高级灰"的生活是何等的惬意！最要命的是，眼前这个"高级灰"竟是其貌不扬，说话也不怎么利落的自己的同学的同学。贾小兵想，我要是成了"高级灰"，肯定会做得比他好很多倍。

贾小兵开始在"高级灰"面前抱怨急诊科的工作太累，压力太大，

还挣不到几个钱。"高级灰"一听,马上两眼放光地说:"那就离开呀!来我们公司,我们公司正需要像你这样的人才,做过学生会主席,脑子又灵活,人脉又很广。"

贾小兵被他说动了心。

"我如果去了会是什么待遇?不奢望与你一样,差不多就行。"

"我不敢保证你别的,但肯定能保证,不出一年,你就能买辆桑塔纳,不出三五年,就能住上你自己的单元房。"

贾小兵回到家,兴奋地与父母和红梅商量,却遭到了一致反对。

贾小兵的父亲是某单位的党委书记,听到这话后很不屑地说:"这不就是投机倒把吗?跟那走乡串户的小商小贩有啥区别?不务正业!"

贾小兵的母亲是一个单位的会计,自觉懂得经济,认识上会比丈夫更高一筹:"你去推销医疗设备,是你求别人,而你坐在急诊室当大夫,是别人求你。况且,推销东西,吃的是青春饭,不像医生,越老越吃香……"

"你们别把话说得那么难听行不行?!一句一个推销东西、小商贩的……这叫营销!"贾小兵生气地打断了母亲的话。

"营销就是推销东西么!只是换了个说法罢了。你想没想过,这个市场总有饱和的那一天,等每个医院都有这些设备了你去干什么?"母亲问贾小兵,贾小兵没有吭声。是呀,市场饱和了,自己做什么去?走出这一步,的确有些冒险。

"你是啥态度?"贾小兵的母亲把脸转向站在旁边一直不作声的红梅。

"我就是觉得放弃急诊科的工作有些可惜,学了整整五年,说放弃就放弃了?"红梅将目光从婆婆脸上转向贾小兵,贾小兵还是没有吭声。

"你去问那谁……对,钱经理,他当初为什么会放弃医院的工作而去这家公司,肯定是分配的医院不理想或者科室不满意。你可不一样,多少人想留校留不成,急诊科又是你最喜欢的科室。"见贾小兵不吭声,贾小兵的母亲就进一步说。

"瞎说什么,人家就不是学医的,是学机械的。"

"那不就得了!我就说么,有谁会那么傻,让孩子放弃铁饭碗,去做小商贩。"

"又来了!"贾小兵生气地说,"这事先这样,我再想想,你们也再想想。"说完,就拉起红梅出门走了。

母亲和红梅的话不是没有道理,这件事也就暂时被贾小兵搁置了下来。可没过多久就接连发生了两件事情,这两件事情促使贾小兵下定了离开体制的决心,开始了他下海经商的人生。

8

一天下午,一附院传染科主任韩教授正给学生上课时,突然倒在讲台上,学生们急忙跑上讲台,手忙脚乱地将他抬到急诊科。

当时贾小兵正在值班，他忙上前听诊检查，结果发现韩老师的心跳和呼吸都已经没了，他立即实施了机械通气、心外按压、气管插管、心脏除颤……抢救了半天，没见韩老师有任何生命征象复现，心电图仍是直线，贾小兵只好宣布韩老师死亡。

死亡病例讨论会上，大家一致认为韩老师平时身体健康，没有任何疾病，死亡原因只能是猝死。那年，韩老师还不满五十八岁。

韩老师的二儿子韩老二与贾小兵同在急诊科，两人平时关系很好。韩老师家在一附院住院部后面的家属区，离住院部只一墙之隔，韩老二经常带着贾小兵穿过那道小门去他家。因此，贾小兵与韩老师很熟。他曾目睹韩老师如何在八小时之外辛苦地工作，如今，目睹他猝然离世，心里受到的打击不亚于韩老二。

料理韩老师后事的过程中，贾小兵一直陪着韩老二。眼看着一个活生生的人，突然被累倒，化成一堆骨灰，贾小兵的内心突然感到一片凄凉和茫然。

还没等贾小兵从韩老师离世的阴影里走出来，又发生了一件可怕的事情——外科一位姓孟的教授，做完手术回到家，躺在沙发上休息时，突然死了，死亡原因也是猝死，年仅五十岁。

这两件突发事件在很长一段时间里，都像一层厚厚的乌云压在整个医学院人的头上。兔死狐悲，大家的心里都充满悲凉。但没有办法，每天仍要面对看不完的病人，面对那些紧张繁忙的临床工作。不仅如此，还要面对晋升职称的压力——要晋职称，就得有论文，要有像样的论文，就需要在八小时之外查文献，做实验。除此之外，每年还要完成一定课时的带教任务……

贾小兵被这些压得有种喘不过气来的感觉。他最后给父母和红梅来了个先斩后奏，毅然决然离开了急诊科，离开了一附院，去了那家香港的医疗器械公司。

"咋样？挣得是不是比医院多？"我插话问红梅。

"还行吧，他已经买了一辆桑塔纳车，给我们在外面租了一套一室一厅的单元房。"红梅的声音里有抑制不住的喜悦，"算了，不说他了，还是说说你吧……最近和王振海还有联系吗？"

"已经离了。"我的声音低沉下来。

"离了？你咋不告诉我？啥时的事？"

"这不是正要告诉你么……半年前的事。"

"……离了好！与那样一个只考虑自己的人过一辈子就是浪费生命！"

我没吭声。

"那孩子归谁了？现在在哪？"红梅接着问。

"自然是归我了，在我妈家里——雇了个保姆帮忙带。"

我把离婚时王振海的反应和离婚后他家人的表现没有告诉红梅。对我而言，这道伤疤还没愈合，一碰还疼，所以，我不愿意给红梅说得太多。说了也于事无补，只会让自己更加痛苦。

可谁能想到，就在我们那次通话二十多天后的一天上午，我正在查房，就听到楼道里办公护士扯着嗓子喊我，说有人找，急事。我被

吓了一跳，以为是我妈打来的电话——别是孩子有啥事了！

我狂奔到护士站，气喘吁吁地拿起电话，电话那头传来了红梅兴奋的声音——她怀孕了！

"……我要把这喜事第一个告诉你……要是能联系到杨柳该多好，她知道了也一定会替我高兴。"她一股脑儿说了一大串话，最后，喜极而泣。

"镇静，镇静，我的张大大夫！千万别动了胎气！"我也兴奋不已，"太好了，太好了。你还不赶紧把这天大的好消息告诉贾小兵。"

"我在犹豫要不要马上告诉他。"红梅的声音立即低了八度。

"啥？这孩子不是贾小兵的？"我吃惊地脱口而出。

"胡说八道！不是贾小兵的是谁的？亏你想得出来。"

原来，她想来年考研究生，怕一旦贾小兵及家人知道她怀孕了，不让她去上学——好不容易怀上了孩子，可不能因上研究生而有啥闪失。

"幸福的女人，你的智商已降到零了——等你明年九月上研究生时，孩子已经出生了。"

我问了她的末次月经，按在学校里学的公式，在电话里与她推算她的预产期。

"可是，即便把孩子生了，他家人也肯定不愿意让我丢下孩子去上学。"

"车到山前必有路，到跟前再说，你先把这喜讯告诉人家啊，不然，人家也会产生同我一样的误会。"

我告诉红梅，我正在复习，也准备参加来年二月份的研究生入学考试。

"那我就考吧，这样，我们又可以做同学了。"红梅的困惑顿时烟消云散。

9

上天好像总在与人开玩笑，意外的事情总会不期而遇。

因为贾小兵脑子灵活，很快就做了地区经理。他仍不甘于为人打工，就自己做了老板，与几个朋友、同学一起开了家生物制剂公司。他挣得钱越来越多，一九九〇年上半年，就提前达到了自己的致富目标，在离一附院不远的一个新建小区里买了一套两居室的商品房。

那段时间，红梅天天忙着值班、做手术，贾小兵天天忙着在酒桌上应酬，两人聚少离多，一周见不了几面。

一天晚上，邻居发现红梅去值夜班后，贾小兵就将一个女孩领回了家。次日早晨，邻居因要送孩子上学，天没亮就起了床，出门时竟撞上了头天晚上看到的那个女孩正从贾小兵家里出来。看见这邻居，那女孩显得十分尴尬，眼光躲躲闪闪。

后来，邻居经常会发现贾小兵在红梅值夜班时带女孩回来，而且不是同一个人。有时，到了半夜，贾小兵的房间里还会弄出很大的动

静，弄得楼下的人极为反感，就站在床上用墩布把捅楼顶。对门和楼下的女人恰恰又都是长舌妇，将此事添盐加醋说给了小区里的许多人。小区里有个女人听到此事后坐不住了。这女人曾多次找红梅看过病，一来二去与红梅很熟。她实在不忍心和别人一样瞒着红梅，看红梅的笑话。她借口看病找到红梅，说："你能不能给医院说说，以后别值夜班了！"

"我才当医生几年，哪能不值夜班？我们这行也是多年媳妇熬成婆，估计二十年后我就可以不值夜班了，现在么，肯定不行……除非不当医生。"红梅笑着说。

"不当就不当，工作和家，还是家重要啊！"那女人说。

红梅当时没多想。那人走后，她才觉得这人今天有些怪，上次看病还跟她说："你们当医生的多好啊，看好一个病人，人家记你一辈子。"后悔自己当初没学医。可今天却怎么让自己别当医生了？跟变了个人似的。她越想越觉得不对劲。肯定有什么事！可她又不便去问。

一天晚上，本来不是红梅的夜班，临下班时，夜班大夫突然打电话说，孩子发烧，她老公出差不在家，让红梅替她值班。红梅爽快地答应了。

红梅给贾小兵打电话，说她临时换了班，晚上不回去了，让贾小兵别等她。贾小兵生气地说："你心里还有这个家吗？成天不是值班就是加班！"

"这不人家孩子病了吗，谁还不会遇上点事啊，明晚我早点回来，啊！"红梅使劲解释。

"行行行,谁让我也曾是一名白衣战士呢,理解万岁!"贾小兵很不情愿地说。

"我就说么,咱小兵主席是谁?可不是普通人,觉悟高着呢!"红梅急忙鼓励。

他们一如往常在电话里甜甜蜜蜜地对话,引得坐在护士站桌子后面的护士直咂舌头:"啧啧啧,结婚都三年了,孩子也都快出来了,还这么腻腻歪歪,还让我们这些单身狗活不活了?"

那天晚上九点,那个值班医生突然又来了,说他爱人回来了,孩子也退了烧,红梅怀有身孕,连着值班,第二天还要配合主任做一个大手术,怕红梅撑不住,就来医院了。

红梅想给贾小兵一个惊喜,就没给贾小兵打电话,鬼使神差地直接回了家。没想到,打开门进到卧室的瞬间,面前的一切顿时就让她目瞪口呆——贾小兵正和一个女人赤身裸体躺在自己的床上。她脑子里迅即想起小区里那个女人给她说过的那些话——她是在提醒自己呀。可自己却浑然不知。

红梅气得嘴唇发麻,手脚发凉。她迅即转身跑出来。等贾小兵穿上衣服追出来时,她已不见了人影。

红梅走在寂静的街上,不知该怎么办。她走啊走,直到走不动了,才想到我,就挡了一辆出租车,来到我家。

那时,我住在医院分的筒子楼里,十几平方米的房子里摆着一张双人床、一个用来放衣服的布质迷你柜、一个简易书架、一张写字桌和一把椅子,做饭在楼道里,用蜂窝煤。

当我打开门看见她那失魂落魄的样子时，瞬间就明白了一切。同学们早就在私底下议论了："贾小兵本来就长得帅，现在又天天戴个墨镜，拿个大哥大，开个桑塔纳，不是与这个美女主任见面就是与那个美女同事或小秘书一起出差，不出事才怪呢。"

看来，还真让她们言中了。

我给红梅弄了些热水，安顿她洗漱完，就和她一起在床上躺下。

"你想怎么办？"我问。

"还没想好。"

红梅睁着一双大眼睛，望着天花板直挺挺躺了一夜，她知道我那段时间复习备考，睡眠极其缺乏，就尽量不翻身弄醒我。其实，我哪里能睡得着。

第二天，红梅打电话给她们科，请了病假，在我家住下。

那几天，白天我照常上班，晚上就陪着红梅躺在床上，一起呆呆地瞅着天花板。我不怎么劝她，因为我知道，这不是能劝和劝得好的事情。这个痛苦的果实必须靠她自己慢慢去消化。

10

红梅在我家住的那几天，贾小兵每天都会来，来了就苦口婆心求红梅回家，说他就是一混蛋，让红梅原谅他。红梅根本不听。

贾小兵第一天来时，红梅根本就不允许他说话，边哭边歇斯底里地喊："滚！别让我再看见你！"

"我也是一时糊涂，才犯了这个错，但我向天发誓，这绝对是第一次，也是最后一次……以后绝不会再犯了。"他举着右手，非常后悔、非常诚恳的样子。

贾小兵再来时，也不顾我在场，扑通一声就跪到了地上，请求红梅原谅："看在你肚子里咱们孩子的份上，你就原谅我吧！"贾小兵甚至哭出了声。他的确是后悔了。

我第一次听男人哭，那声音是那么的难听，简直跟牛吼一样。在我们心目中一直都是男神级的贾小兵，瞬间显得那样卑微。

"你还是先回去吧，她现在这么激动，别再动了胎气。"我把贾小兵从地上拉起来，拉到屋子外面，"等过几天，她平静些了，我给你打电话，你再来把她接回去。"

贾小兵落魄地走了。

后来的几天，贾小兵仍来，不过，都只到门口，红梅根本不让他进屋。

贾小兵每次来，都会买许多东西，有水果，也有各种点心和零食，甚至还给红梅买了一些换季的衣服。说实话，我都被贾小兵的行为感动了："原谅他了吧，谁都会犯错误。你没听人说吗，男人都是靠下半身思考问题，与女人比，男人这东西还没有完全进化成人，动物的属性更多一些……你看你，怀孕后怕流产，一直没跟人家在一起，现在都快生了，人家总是满足不了，借着那些送货上门的臭不要脸的女人

解决一下生理问题，这也能理解不是……"

"那你为什么要与王振海离？按你这个逻辑，王振海也是为了解决生理问题！"红梅气愤地说。

"王振海和贾小兵不一样。贾小兵爱你，爱你肚子里的孩子，在外面只是玩玩。而王振海，哼，只爱他自己。如果他能像贾小兵这样诚恳地悔改的话，也许我就不会离了——"

在我的一再劝说下，在贾小兵一再的发誓悔改下，红梅终于原谅了贾小兵，被贾小兵接了回去。

可红梅回去没多久，贾小兵又与一个女孩发生了关系，这次不是红梅将他和那女孩堵在家里，而是那女孩把红梅堵在了一附院耳鼻喉科的走廊里。

那女孩说贾小兵已经和她在外面租了房子，过到一起了。还说贾小兵跟她承诺了，要和红梅离婚，让红梅知趣点，趁早离开，别再纠缠着贾小兵不放。

红梅哪受得了这种羞辱，恨得能把牙咬碎，但她还是强装欢颜，一字一句地说："他——已——经——归——你——了。"

"啊？真的？"那涂脂抹粉的女孩一听，不敢相信自己的耳朵，"你不会反悔吧？"

"不会！"红梅又一次笑了笑。

女孩来时高抬下巴神气十足的样子顿时消失殆尽，怯生生地说了句"谢谢！"

女孩边往楼梯口走，边回头看红梅，好像在看什么稀有动物。脚上七厘米高的细高跟鞋一拧,差点把她歪倒在地。

周围的医生护士和病人都懵了,没听见开头那一句话的人还以为她俩在说一件什么东西,被红梅让给了那女孩,那女孩很感激。

红梅又住进了我家,贾小兵又如法炮制天天来我家,来时又买了很多东西,比上次更多的东西,可都被红梅扔了出去。

贾小兵又跪在门外解释、发誓。红梅不等他说完,就轻蔑地说:"大丈夫敢作敢当,你这样,只会让我更加瞧不起你,更加感到恶心……离吧!给你自己留一点尊严——"这次,红梅几乎没用一个脏字,更没有歇斯底里地喊叫,她一直语气平和、低沉,但却字字掷地有声,彻底摧毁了贾小兵的自尊。贾小兵这才意识到,他和红梅已彻底地完了。

这次,连我也不劝红梅了。贾小兵的行为真应了那句老话:"狗改不了吃屎。"

离孩子出生还不到三个月。贾小兵又找到红梅,他哭丧着脸说:"实在要离,也等把孩子生下来后再离啊!"

我觉得贾小兵说的有道理,好赖等孩子生下来再说。可红梅谁的话都不听,执意要现在就离。

红梅离婚那天,我不放心她,就请了假陪她到街道办事处门口。

她与贾小兵办完离婚手续出来,贾小兵要用他的那辆桑塔纳把我和红梅送回去,被红梅拒绝了,她非常平静地对贾小兵说:"我们以后再无瓜葛。"

我和红梅挤上公交车后,红梅一直背对着我扶着身旁的一个座椅后背站着。我想给她找个座位,问了好几个人,他们都不让座,跟没听见我的话似的。直到有一站,我身边的那个女人下车了,我才给红梅占到了一个座位。

我把红梅拉过来,让她坐下。在她转过身时,我看到了她那满眼、满脸、满胸的眼泪。

我心疼极了,眼泪顿时也溢了出来。我紧紧地贴着她站在她的身边,一只手抓住上边的栏杆,一只手撑着她的座椅后背,守护着她,不让人挤到她的肚子。

回到我家后,红梅就一头躺倒在床上,一躺就是两天两夜。期间我从科里跑回来,硬是把她叫起来,让她扒拉了几口饭。

"你要是难受就哭出来吧!别憋在心里……这样对你、对孩子都不好……"我劝她说。

看她这样,我心里很着急,也很担心,可她仍是一句话不说,只是那么闷头闭着眼睛睡。

第三天下午,等我从科里回到家,红梅已不见了。我吓坏了,生怕她寻了短见。

就在我准备跑出去寻她的时候,却看见了她在桌上那一摞复习资料下面压着的纸条。她说孩子马上就要出生了,她必须赶在孩子出生前把住的地方安顿好。她们科一个医生在单位的单身宿舍有一张空着的床铺一直没有用,她想回去借来收拾收拾。

11

离婚后，红梅像变了一个人，往日快言快语乐观开朗的她，突然变得沉默寡言。她把全部的精力都用在了工作上，成天挺着个大肚子待在科里。一有时间她就坐在医生值班室吃东西，好像饿了几辈子似的。

眼见着红梅的肚子迅速长大，整个人从脸到两只胳膊、两条腿再到屁股，都圆滚滚的，像吹涨了的气球。她后来对我说，生孩子前，她胖得每次上厕所擦屁股都很困难。

离婚前，贾小兵曾想让父母替他到我家向红梅求情，劝红梅不要离，但被他父亲拒绝了，他父亲狠狠地批评儿子道："早知今日，何必当初……我要是红梅，也要跟你离！简直是道德沦丧！"

贾小兵的母亲心疼儿子，背着老伴悄悄到我家找到红梅。她说都是他们教子无方，劝红梅不要离婚。但红梅根本听不进去，仍是一个字："离"。

他们离婚后，贾小兵的母亲又到医院，劝红梅将来把孩子生下后给他们，这孩子对他们贾家何其重要，而且红梅那么忙，根本没有时间和精力带孩子，不能让孩子跟着红梅受罪……

红梅一直没吭声，等贾小兵的母亲说得口干舌燥了，她才冷冷地

回了一句:"我怎么能让我的孩子面对一对男盗女娼的男女?!"

贾小兵的母亲顿时就翻了脸,大声说道:"你也讲究是个读书人哩,怎么能说出这么难听的话来……你也不想想,这事就跟你一点关系也没有吗?"

"跟我有什么关系?他把别人领到我的床上,倒跟我有关系?"红梅没想到,一向通情达理的婆婆竟然会这么不讲理,气得她两眼直冒火——这天下还有公理吗?!

"……你天天值班不回家,不尽一个妻子的义务,小兵他毕竟年轻,也有生理需要不是……"婆婆见红梅气得不轻,就放缓了语气,"再说,现在是个老板、经理,哪个身边不围着几个好看的女秘书……现在的那些女孩子也都太贱,见钱眼开,直往小兵的怀里钻,他哪抵抗得住这种诱惑?现在的男人,有几个没有外遇?你没听人说,'外面彩旗飘飘,家里红旗不倒',这些话听起来很糙,但理不糙啊……你以为别人家都风平浪静啊?人家只是不说就是了……出了这种事,好好说说,让他改了不就完了,可你偏偏不饶不依,闹到这步田地,最后受害的还不是孩子和你……"

红梅起初还念着她们毕竟婆媳一场,不管她与贾小兵发生什么,都与公公婆婆无关,都尽可能不与婆婆翻脸,但此刻,听到婆婆竟是如此轻描淡写地看待这件事,如此厚颜无耻地替自己的儿子开脱——为了开脱自己的儿子,竟不惜轻蔑做人的道德,她就再也忍不住了。她本想回敬婆婆说:"你也是女人,如果你男人在外面做了这样的事,你也是这种态度吗?"但她把到嘴边的话咽了回去。她觉得,与这样的人，根本没必要再费口舌！她与贾家那点残存的感情也就彻底消失。她不再与婆婆说一句话，一个手势就把她请了出去。之后，红梅果断地断绝了与贾家所有人的往来。

一九九〇年七月六日，红梅的孩子准时出生，是个男孩。在孕期，红梅拼命吃东西，导致孩子太大，加之头盆不称，最后她不得不做剖腹产。

术后七天拆线后，红梅回到了自己的宿舍。我建议红梅把她母亲叫来伺候月子，红梅不愿意。

红梅的父亲是老牌大学生，曾参加过解放战争，是老革命，现在在宁夏一个国营工厂当厂长。红梅的母亲是父亲厂里的工程师。他们对红梅和她哥哥、妹妹的教育，都非常"革命"、非常传统。他们怎能允许家里出现这样的丑闻。因此，自从得知贾小兵那些丑事后，红梅就一直瞒着家人。她在给家里每月一封的书信中全是报喜不报忧，把贾小兵和贾家说得要多好有多好。因而，她的父母对她的怀孕、生孩子也就十分放心。

不能让她妈来，我只好托人给她请来了一个甘肃保姆。

她不让任何人把孩子的事透露给贾家，说："这孩子已经和贾家没任何关系。"她让孩子姓了她的姓，起名张志强，小名强强。

可是，天下没有不透风的墙，更何况在贾小兵曾经工作过的一附院生孩子，要让贾小兵不知道，那怎么可能。贾小兵和他母亲很快就找到了红梅的宿舍。他们为孩子带来了许多东西，有衣服、包被、毯子、奶瓶还有炼乳,但都被红梅扔了出去。

为了躲避贾小兵一家的纠缠,强强满月后,红梅就带着孩子,与保姆一起去了保姆甘肃乡下老家,每月除了给保姆工资外,再给保姆家一些生活费和住宿费,红梅那时日子的困难可想而知。

她在保姆的老家休完产假,就给孩子果断地断了奶,把孩子留给保姆一家,自己一个人回到了一附院上班,读在职研究生。那时我们已经开学几个月了,研究生处对红梅做了特殊照顾,让她休完产假才来上课,因此,红梅的很多基础课都是在甘肃保姆家自学的。

上班后,红梅拼命工作,每天连做几台手术,谁叫她帮忙都去。她尽量多值班、多替班,以便节假日能回甘肃看孩子。她将自己忙得精疲力竭,经常穿着工作服,鞋也不脱就在值班室倒头睡着了。她对我说:"只有这样,我才能少想孩子一点儿。"

红梅的付出带来的好处是,年年被评为先进,手术水平迅速提高。在我们这一届毕业的同学中,她最早晋升了主治医师和副主任医师,被评为了副教授。

她慢慢地从用工作发泄内心的情绪到喜欢上了工作。她没事就在医院的图书馆看文献,看最新的杂志。医院开展的大会诊,她分析病例头头是道,总能有独到的见解,给人以启发。她的手术做得既漂亮又快,别人用一小时才能完成的手术,她半小时不到就能拿下。还在她做主治医师的时候,他们主任就已让她做副主任医师才能做的手术了。

12

读研究生那三年，我与红梅又做了三年的同学，但我们见面的机会却并不多，因为她是在职生，除了第一学期的基础课与我在一起上外，其他时候她基本都在科里上班，利用休息时间完成研究生课题和毕业论文。

我与她的每次相遇，都只匆匆聊几句，问问彼此的孩子，课题的进展，我们再不关心别人的张长李短，包括贾小兵和王振海。我们也不再对同学间的那些八卦新闻感兴趣。因为我们深知我们的时间和精力都不允许我们在那些毫无意义的事情上分心分神。

研究生毕业答辩前的一个晚上，红梅突然拎了两件连衣裙和两双皮鞋来到我的宿舍，要我试穿，然后让我从中挑选一件我认为满意的连衣裙和一双舒服的皮鞋。我被她弄得莫名其妙。

"难道你又要结婚了？我要成伴娘了？"我边试衣服边不解地问。

"低俗，结婚有啥意思——那些臭男人，没一个好东西。"

"可不能一概而论——杨长生就是好男人。"我脱口而出，说完才意识到自己说秃噜了嘴。

"这会儿说人家杨长生好了，当初你要么看，就不会和杨柳闹成那样，也不会发生你和王振海的那一出！"

"这跟王振海有啥关系？"

"没有和王振海深处前，杨长生做了王振海的陪衬，让我们觉得王振海在做男朋友方面，各方面都很有优势——要才有才，要貌有貌，要前途有前途……"

她也觉得王振海比杨长生更适合做杨柳的男朋友，只是她没我那么固执、霸道，非要杨柳按我的想法去做。我把在这件事情上她和我所表现出的差别归之于她没有我更在乎杨柳。

"也不知道杨柳现在在哪里？"这是我和杨柳分手后第一次主动向红梅问杨柳的下落。

"我也不知道……感觉她好像突然从人间蒸发了一样。"

我们都陷入了沉默。

"哎，你还没说这衣服到底是干啥用的？"过了一会儿，我问。

"比结婚更重要、更有意义的事——研究生毕业答辩！"

那段时间，我一直忙毕业论文的事，竟没想到给自己找一身像样点的衣服答辩时穿。

为了节约经费，论文写完后，我就一直跑着找人给我用电脑打论文，找印刷厂印刷、装订，最后送到每个答辩委员会委员老师的手里。听师姐师哥们说，参加我答辩的那个病理学教授，最善"鸡蛋里挑骨头"，提尖锐怪僻的问题，常常弄得答辩学生下不了台。上一届学生，就有好几个栽在了他手里，把实验重做了一遍，重新申请了答辩，最后才延期毕了业。

听了师姐师哥们的话后，我一刻也不敢耽搁，赶紧坐下来没黑没明地看书翻文献,准备答辩时老师可能提到的问题,哪还顾得上考虑穿什么衣服参加答辩。

正是答辩季,学校的每个打字室里都有一堆论文排着队要打。为了能提前把论文打出来,我只好跑去附近一个单位的打字室。那打字室的打字员是个三十来岁、有点姿色的临时工。我把一点钱塞给她后,她就对我说:"你放心,我专门学过五笔输入法,打字特别快,后天下午下班前你来拿,我肯定就给你打好了。"

可到了后天下午下班前我去拿论文时,她却告诉我还没有打完。我还有一堆事情要做,就对她说:"你接着打,我先回去,明早再来拿。"

"别别别……你别走!"

我只好在门口等着。

我傻傻地在门口来来回回踱着步等着的时候,就见一个五十多岁的男人不断地从隔壁的门口探头看我。我觉得奇怪,但也没有特别放在心上。

工作人员陆陆续续下班锁了办公室门走了后,那老男人就悄悄进到了打字员的办公室。我听见他进去时反锁了门。

很快,我就听见里面有了不小的动静。我不知道该咋办,大声问里面的打字员:"我还要等多久?"

打字员没吭声,但里面的动静小了下来。

过了一会儿,门从里面打开,老男人从门里出来。他衣冠不整,那"地方包围中央"的一缕头发从秃顶上掉到了额前,很是狼狈的样

子。他瞪了我一眼，就去隔壁他的办公室了。

我突然理解了打字员不让我走的意图。我冲进打字室，质问打字员："刚才咋回事？是不是他欺负你了？"

"他有老婆，还老是……"打字员整理着自己的衣服，沮丧着脸，说了一半不说了。

"告他呀！"我气愤地说，"你要是不敢，我陪你去！"

"他是我领导……我不想丢了这个饭碗……"她说，想了想，就像下了啥决心似的又说，"你还是先走吧，明早来拿你的论文。"

我摇摇头，生气地走了。

那天，我选了一件灰底、蓝红相间碎花图案的连衣裙和一双低跟米色皮鞋，红梅穿了剩下的那一件西瓜红纯色连衣裙和那双黑皮鞋。这些衣服是她从他们科护士借来的。我们突然都美了好几个档次。

"俗话说，人靠衣裳马靠鞍，还真是这样，啊！"我感慨地说，"要是能有个人给咱俩照张合影就好了。"

"你看，这是啥家伙？"

呵，照相机！

我们将一个蓝色床单钉在门上构成幕布，从隔壁叫来一个同学，给我和红梅在床单前照了一张合影。那是这几年里，我和红梅都感到最开心的时刻。我们仿佛又回到了大学时代，单纯、浪漫、美好，生活带给我们的那些磨难似乎已让我们忘却了这份美好。

13

毕业后,红梅还回原科室上班。我曾动员她离开一附院,离开这个城市,与我一起远走高飞。可她说她读的是在职研究生,不能走。

研究生毕业到北京工作后,我一直都和红梅有书信往来,只是时间一长,通信的频率不那么高。她在信里告诉我,毕业没多久,她父亲到我们学校所在的那座城来出差,才发现了她离婚的事。听完她的述说,她父亲只说了一句话:"不愧是我的女儿!"声音洪亮如钟。

红梅的父亲在省城办完事后就直接带上红梅去了甘肃,从甘肃把强强和保姆带回了宁夏。回到宁夏后,他当即让红梅的母亲办了辞职手续,回家专职带强强。

强强与保姆很亲,一时离不开保姆,红梅的父亲便把保姆留在家里陪伴了强强一段时间,待强强适应了家里的人和环境后才让保姆回了甘肃。

为了红梅母亲专门辞职回来带强强,红梅的嫂子在私底下对红梅的哥哥发牢骚:"咱儿子是亲孙子,你妈都不愿意辞职回来帮咱们带,这一个外孙,倒那么果断地辞职了。"

"红梅的情况你又不是不知道,咱家人再不帮她谁还能帮?!"

红梅的嫂子也还算通情达理,这事从此也就没再提说。

一九九六年夏天,大学毕业十年,同学们回去参加聚会,我没有去。

红梅来信说,同学们的变化都很大。下海的人很多,一些人干得非常好,在海里游刃有余,有了自己的大轮船甚至航母,资产上千万,生意做到了海外。一些则在海里扑腾了几年,呛了水,差点被淹死,最后不得不爬上岸来,重回体制内,继续干老本行——当医生。有些则介于这两者之间,虽没被淹死,也没有自己的航母或大轮船,但有了自己赖以生存的小船或小舢板。这次全年级数百人聚会的所有开销都是那几个实力雄厚的同学所出。他们为同学们安排了城里最豪华的酒店吃住,给每个同学配发了水晶相册。同学们都以曾是他们这些精英们的同学而骄傲。

我问她:"贾小兵是被淹死的那一类还是划小舢板的那一类?"

"你怎么就知道他不是开航母的?"红梅问我。她似乎已经不怎么恨贾小兵了。

"就他那样,把精力都用在别的上面了,哪会有大出息。"

"你还真说对了。"

14

贾小兵离婚后就开始走了背字。一个和他在生意上有过往来的香港人,一直欠着他的五十多万不还。那人并不赖账,每次贾小兵打电话找他要钱,他都说:"下周我就有一笔款到账了,一到账,我就给你打过去。"

可到了下周,他就又是这句话。永远是下周,明日复明日,整整折腾了贾小兵一年多,一分钱也没打到贾小兵账上。

有天,贾小兵得知这人住在深圳一家酒店里,就带了自己的副总赶往深圳,把这人堵在了那家酒店,说这次必须拿到钱,拿不到就不让他走。

当时,那人身边还有一个同伴。那人说让他的同伴出去倒腾钱去,倒腾到了就送过来,留下他陪贾小兵。

贾小兵与这人在一间房间里待了一天一夜,他的副总把饭送到他们的房间里。他们一起吃饭、聊天,依然是两个老朋友。

第二天晚上,一群警察突然冲进来,抓走了贾小兵,说有人告他非法拘禁他人。按照《刑法》第238条,限制他人人身自由超过24小时就够上犯罪了,有可能判三年以下徒刑,剥夺政治权利。

贾小兵努力给警察解释,警察却说:"一码归一码,他欠你钱是一回事,你非法拘禁他是另一回事。"

贾小兵被关进了看守所。

这期间,那些整天像苍蝇一样围着贾小兵转的女人顿时都作猢狲散。没一个去看贾小兵。

两个月后,贾小兵被移交到了法院,并被判了三年刑。

由于表现好,贾小兵在里面只待了两年半,就被提前半年释放了出来。

同学聚会时,贾小兵刚被释放出来不久。他没去参加聚会。

15

"恶有恶报",按说贾小兵遭此一劫我和红梅都应高兴才对,但是,我们却谁也高兴不起来,反而心里很难受。那一瞬间,我像红梅一样,也不恨贾小兵了。毕竟他和红梅轰轰烈烈爱过一场,毕竟因为他们的相爱,我也曾和贾小兵那么近距离地交往过。

一九九七年,一附院给了红梅一个访问学者的名额,让她去德国访问交流一年。回国时红梅路过京城,我们聊了一个下午,她给我说了她在德国的情况,还说,她回去就准备复习,考博士。

上个月红梅来北京参加全国耳鼻喉专业学术年会,她打电话给我,说了她住的酒店。晚上,我去酒店与她在大堂里见了一面,因为晚上她还有一个杂志的编委会要开,我们只聊了一小时就匆匆告别了。她说,她去年就考上博士了,这次就是和她的博士导师一起来的。强强马上十岁了,已被她接回她自己的家,在南郊一所小学读五年级。她还说,她曾多次问强强将来想当什么?强强的回答从来都是"医生"。

强强选了医生,而不是老板。这让红梅感到很欣慰。

"学医好啊,咱们仨至少有一个接班人了。"杨柳一直都在认真听,这时插嘴道，脸上露出喜悦的表情。

"女士，请问你们还加什么菜吗？后厨马上就要下班了。"服务员问我。

"不要了，我们马上就结束。不过，请给我们再续些热水。"

"说说你和杨长生吧，自从离开学校就再没有你们的消息。"我对杨柳说。

"我随着接兵干事去了部队，在那里进行了短暂的培训以后就去了前线。"

为了让我能听明白，她先从杨长生说起。

16

刚从军校毕业下部队时，一些年长的兵油子仗着年龄比杨长生他们大，就不服杨长生这些"学生军官"的管教，动不动还给他们出难题、找茬。他们私底下发狠话："老子打出去的子弹比他娃这辈子吃的馍都多，他娃竟想在老子面前指手画脚，门儿都没有！"

那次军演以后，杨长生他们这些"学生军官"的威望大增，无论是队列表演还是射击成绩，都要明显高出那些老兵。尤其是杨长生，自从被称作"神枪手杨长生"后，他们全连的官兵都有些沾沾自喜，仿佛那神枪手就是他自己。杨长生手下的那几个老兵，一改以前的傲

慢无礼,恭恭敬敬地服从了"神枪手杨长生"排长的管理,从心底里萌发出对杨长生的敬佩之情。

他们过分的矜持反让杨长生感到不自在,杨长生便在一次全排的例会上说:"我不要求你们怎么样,我只要求我能做到的,你们也能做到。"

杨长生说到做到,他每天和战士们一起出操,一起在训练场摸爬滚打,一起在会议室学习政治和军事理论。

可就在这时,百万裁军落实到了他们头上,他们团要被撤并。团首长找到杨长生,说:"像你这么优秀的人才肯定是要留在部队,但有两个去处你要选择一下,一个是到位于ⅩⅩ地方的ⅩⅩ集团军,然后去前线参战,另一个是到ⅩⅩ地的ⅩⅩ集团军,不用参战。"

话音未落,杨长生就说:"我去ⅩⅩ集团军参战。"

团首长一惊,看着他的眼睛说:"你不必马上做出选择,可以回去跟家里人商量商量,一周之内回答我们就行。"

"不用商量,我肯定选择去作战部队。养兵千日,用兵一时,我们上军校、训练,不就是为了国家需要我们的时候能冲得上去吗。"

杨长生的话让与他谈话的两位团首长深受感动,他们曾担心有人会选择不去参战部队,毕竟生死难料,而且人家即便是选择了不去参战部队你也无可非议,因为上级让人家进行选择!可前方正在持续着的战事是多么需要像杨长生这样的"学生兵"啊!十年动乱,部队几乎没进行过什么军事训练,部队几乎没什么战斗力,只有这几年培养出来的这些"学生兵"才让他们稍感安慰,看到了希望。

谈完话杨长生回到连部。他立即给周安峰和刘英伟——他们"三剑客"中的另两个去了电话,他说:"猜猜看,我要去啥地方了?"抑制不住兴奋的心情。没等他们回答,他就说:"哥们要上前线打仗去了!"

周安峰和刘英伟一听,马上坐不住了,他们跑到团部找到负责撤并工作的团首长,要求也去参战部队。周安峰还联合了十几个军校同学写了一封请战血书,那种慷慨激昂、视死如归的血色浪漫情绪迅速在全团弥漫开来。

最后,杨长生他们"三剑客"又都进入了同一个军、同一个师、同一个团,而且,还编入了同一个连。杨长生前去打前站时,周安峰和刘英伟也一起去了。

杨长生他们从西站坐着军用专列出发后,一路行进得很慢,因为要给沿途的正常客运火车让道。

他们开开停停,一些老百姓想搭乘火车,他们便爽快地拉上来,还为这些老百姓让出自己的座位。在过绵阳之前,沿途的许多火车站都集结了欢送的队伍,异常热闹。但火车一过绵阳,就再没有了欢送的人群,因为自绵阳之后,当地没有驻军,没有参战部队,就没有组织送行。

火车缓慢前行,钻出一个山洞又进另一个山洞。等热闹退去之后,留下的只有咣当、咣当单调的车轮声和每个人心里那些复杂的思绪。他们知道,战场正在渐渐地朝他们逼近。

沉闷的车厢里有人低声哼起了歌。

再见吧,

妈妈!

再见吧,

妈妈!

军号已吹响,

钢枪已擦亮,

行装已背好,

部队要出发……

听到歌声,很多战友也不自觉地跟着哼唱起来,这歌词、这旋律似乎就是他们此时此刻最想表达的情绪。杨长生默默站起来,从头顶的行李架上拿出他的红棉牌吉他,开始为他们伴奏。

……你不要悄悄地流泪,

你不要把儿牵挂,

当我从战场上凯旋归来,

再来看望亲爱的妈妈。

啊,

啊,

我为妈妈擦去泪花。

有了杨长生的吉他伴奏,整个车厢的人都跟着唱了起来,大家放开喉咙,使出每天饭前一支歌的劲头,扯着脖子整齐合一地唱。歌声越来越响,带动得其他车厢的人也唱起来。于是,在祖国南部的山脉中,就响彻着这样一个感天动地、无比豪迈的声音。

再见吧,
妈妈!
看山茶含苞欲放,
怎能让豺狼践踏。
假如我在战斗中光荣牺牲,
你会看到美丽的茶花。
啊,
啊,
山茶花会陪伴着妈妈。
……

唱着,唱着,有人的歌声里就掺进了哭腔。唱着、唱着,更多人的歌声里掺着了哭腔。等整个歌唱完时,已是哭声一片。

杨长生收起吉他,默默地坐回座位上。他将头靠在窗玻璃上,望着窗外夜色里起伏的灰蒙蒙的山川,在心里给杨柳写信。

亲爱的杨柳:
如果我没有回来,请不要为我悲伤,我的使命在战场……
天慢慢亮了。
不知什么时候窗外出现了一片片芭蕉地和甘蔗地,有人惊呼:"快

| 一半是快乐 一半是忧伤 |

"看，芭蕉！甘蔗！"

一车厢正昏昏欲睡的战士突然被惊醒，大家不约而同地挤到窗口往窗外看去。这些兵和杨长生一样，都是西北人，很多人从来都没有见过芭蕉，甘蔗也只是在街边的小摊上见过，没吃过。顿时好奇声、争论声充满车厢，一些人还兴奋得手舞足蹈，笼罩在心里的那种壮怀激烈的情绪顿时一扫而空。

"哪个是甘蔗？"刘英伟问坐在一边的杨长生。

"那个！那一片地里好像都是甘蔗！"杨长生试着回答。

"胡说，不是甘蔗！甘蔗是根黑棍棍。"周安峰坚决否定了杨长生的说法。

"就是甘蔗！"后面一个兵说。他们回头一看，是那个高干子弟，他们就不再作声了，人家说的肯定对，因为人家吃过。

17

一九八六年六月六日，他们到达了指定位置。那是一片旷野，距离支撑战事的后勤保障点有两小时汽车路程，距离前沿阵地约两小时四十分钟汽车路程。团部要在这里建立训练基地。两周以后，大部队就会来到这里，进行为期半年的战前集中训练，然后上去接防。

杨长生他们这些先遣部队的任务是在大部队到来前完成营区的基

本建设。

一到目的地，团首长就以连为单位迅速划分了营地。杨长生他们领到划分给他们连的营地后，便马上开始动手建设营区。

他们将地推平，然后在上面搭建起一排排帐篷，再在每个帐篷里支起床铺。他们建起伙房、连部、武器室，用水管将水从山腰的小溪引到山下四面环山的营区，然后接上水龙头。他们还在营区的空地上建了一个小小的花坛，从溪畔挖了许多野花种在花坛里。

夜晚来临，杨长生拿出吉他坐在花坛边弹奏，几个要好的战友就地躺在他周围听。杨长生最喜欢弹的是《月光》。

两周后大部队到了。大部队一到，他们便开始训练。每天早上跑五公里，每晚背着水壶、枪和手榴弹负重爬山，来回两小时。他们不断增加训练的强度，以提高体能和对当地酷热潮湿灌木丛生环境的适应能力。

在高强度训练中，一些士兵因体能不够而被淘汰，个别士兵还出现了心脏骤停等训练意外。

训练五个月后，他们开始一边训练一边逐步分批接防。

正式接防前，连主官先去熟悉阵地，对阵地已经不陌生了才开始正式接管阵地。

杨长生被命令为阵地长。

一九八六年十一月轮到杨长生他们接管阵地的那天，汽车离开营地开出去十五公里，穿过弯弯曲曲的盘山路后，就隐隐约约看到了阵地上

已经被炮火炸成白色的山包，这个时候，杨长生和他的战友们才真切感受到，战争离自己是如此之近，紧张的情绪很快就笼罩了所有人。

他们藏身的地方是一个个在山体上挖出的只能同时容纳两个人的洞子，每个洞里都有半圆形具有一定抗压性的波纹钢管支撑。洞与洞之间以堑壕相连，战士可以通过堑壕互相走动，也可通过敲打堑壕上的钢管互相传递信息。

洞里十分闷热、潮湿，洞壁上渗出来的水顺着洞壁流到地上的气垫床下，一些战士的被子潮湿得能拧出水。杨长生他们这些北方兵对这样闷热、潮湿的环境很不适应，许多人患上了严重的皮肤病和烂裆病，只能穿着裤衩或纸裤头守在洞里。

刚上阵地那几天，战士们十分紧张，一到晚上，老鼠从前面跑过，守哨战士都会开枪射击，以为是遇到了敌军的偷袭。

为了防止敌军特工夜间来袭，杨长生他们每天傍晚都会在阵地附近布很多地雷，这些地雷每晚布下，第二天撤掉，谁布的雷谁撤。有战士因为过度紧张，忘了自己布雷的地方，就误炸了自己。因此，刚下阵地那几天，造成了不少误伤。对此，杨长生加强了教育、管理，制定了严格的纪律，同时，每天布雷和收雷他都要跟着监督。

"实在对不起，我们要打烊了。"服务员走过来不好意思地说，我抬头一看，整个饭店里，就只剩下我和杨柳两个人，头顶的一些灯已经熄灭。我们只好起身往外走。

街上霓虹闪烁，雨早已停了，路面上留有一个个深浅不一的水洼。

我邀请杨柳去我家里住,她说还是回酒店去住,因为第二天早上有学术会,第二天早上再从我家出发,怕赶不上。

她是自费来京参加一个眼科界的学术会议的,我可不能因为要聊天而耽误了她宝贵的学习时间。于是,我拦了一辆出租车,陪她去了酒店。为了方便说话,我和她都坐在出租车的后座上。一路上,她仍继续给我讲她和杨长生的故事。

18

杨柳入伍后没多久,便随大部队一起去了前线。她和其他几个女军医被安排在军部和炮兵营附近的战地医院。而那时,杨长生已经进入阵地,她只能在电话里将自己已经到了和自己所在的位置告诉给杨长生。她问杨长生情况怎样,杨长生告诉她一切都好。可当天下午就从他们阵地上撤下来了几个患病的战士。这几个战士里,有人发着高烧,皮肤溃烂,溃烂处还流着黄色的脓液,散发出一股股恶臭。有些人因为呕吐、腹泻,出现了严重的脱水状况。

杨柳顿时为杨长生的身体情况担心起来,但她又不能去看他,急得坐卧不宁。

她们刚到,一切情况还不熟悉,战地医院的政委在欢迎她们的时候重点强调道:"这里离前沿阵地只有四十多分钟的车程,周围情况十

分复杂，经常会有敌军的特工出没。大家一定不要远离医院……去吃饭和上厕所都要至少两人一起，一定不能单独行动……"

政委的这些话瞬间给了杨柳她们几个女兵一个下马威。有人甚至在政委讲话时还偷偷回头看了一眼，生怕身后出现敌军特工偷袭自己。

政委看出了大家的情绪变化，立即放缓声调说："不过，大家也不要害怕，只要你们严格控制度办就不会有什么问题。"说着，他将目光从每一个人的脸上滑过，然后压低了声音接着说："另外，大家要尽快各就各位，熟悉工作环境，说不定什么时候就会有伤员送下来。"

"那你到啥时候才见上了杨长生？"我急切地问。

"一个多月后的一天夜里，车队要往阵地送炮弹，我便主动请缨要求担任车队医疗保障任务。这样，才得到一次与杨长生见面的机会。"杨柳说。

"因为不能暴露目标，车队关闭了车灯，缓慢行驶在山路上。当行至山底时，便看见了那段百米冲刺线——那段百米冲刺线在天光下，白晃晃的，异常醒目。"

"为什么叫百米冲刺线？"我插话道。

"因为那段路在敌军炮火的射程之内，而且毫无遮蔽之物，赤裸裸暴露在那里，只要敌军想打，你根本无处可躲。"杨柳解释说，"大家都紧张地把心提到了嗓子眼。寂静的百米冲刺线上，除了车轮碾压路面的声音，便是我们的心跳声。车子迅速驶离了百米冲刺线，进入对面的山路，我们紧张到极点的心才得以舒缓。对面的山脚到处都是被敌军炮轰后留下的石头和坑坑洼洼的弹坑。汽车小心翼翼地从这些石缝和弹坑中绕过，一路缓慢往山上开去。

"到了半夜，炮弹终于被安全送达目的地。趁着他们卸车之际，我在一个战士的带领下，顺着堑壕找到了杨长生所在的洞子。杨长生从洞里钻出来时，我几乎没认出他来。他比上次在医院见到时消瘦了许多，穿着一条纸裤头，头发蓬松如一堆乱草，满脸的胡子，已经有三四公分长，完全像个野人。我的眼泪禁不住哗哗地流了下来。这是我的白马王子吗？这哪是我朝思暮想的杨长生呀！我一步上前，紧紧抱住他，泣不成声。哭过了，我又将他推开，用双拳捶着他瘦得皮包骨头的胸：'这就是你说的好着呢？！这就是你说的好着呢？！'

"他一边用他那汗腻腻的双手替我擦眼泪，一边故作轻松地说：'哎，到底是半路出家，没什么素质，就这都看不得，那要是我断胳膊断腿了呢？'

"'别胡说！'我忙堵住他的嘴，'要是真那样了，我就亲手给你做手术，然后做个假肢给你戴上。'我看着他的双眼，他看着我的双眼，我们四目相望，谁也不认为这是一句玩笑话。

"我将包里给他带的一些常用药掏出来递给他，他转交给洞里的战友，然后拉着我顺着堑壕往卸炮弹的地方走，在我们的前后各有一个持枪的战士一起走着。

"'为什么把胡子留这么长，完全有时间剃掉的呀？'我边走边问杨长生。

"'我们团有三个大胡子，一个是营长，一个是连长，一个就是我这个排长，上阵地时我们就发誓，战争不结束，就不剃胡子，我们要

将胡子留到胜利会师的那一天。'

"上车前,杨长生顺手从身边的灌木丛中折下一朵花递给我,我知道,那一刻他多么想送给我一件礼物,一件能表达他那时那刻心意的礼物,可他身上除了一条纸裤头和一脸的长胡子就什么也没有了。

"回程的路上,车队依然关着车灯,在山路上小心前行。我坐在副驾驶位上,回头望着渐渐远去了的杨长生和他们的哨所,心里涌出一股难言的感伤和悲壮。

"当车快行至山底时,突然,车身一歪,向右侧翻了过去,我的身体被重重地甩到车帮上。紧接着,我的右侧锁骨部位就出现了剧烈的疼痛。我强忍着疼,努力想爬出车去,可怎么也动不了。身边的司机,一边呻吟,一边问我有没有事。

"这时,与我们这辆车保持一定车距、紧随我们之后的两辆车上的人赶了过来。在他们的帮助下,我们这辆车才终于被翻过来,拖回到路上。

"经勘查发现,造成翻车的原因是道旁有一个炮弹炸出的大坑,紧邻大坑的地方泥土松动,车子转弯时,右前车轮正好碾压在那坑边松动的泥土上,就顺势跌进了那个大坑里,造成翻车。坐在车厢里的两个战友被甩了出去,好在周围山势平缓,道路四周都是灌木丛,他们才没有生命危险,都只是皮肤刮伤。只有我和司机受的伤最重——司机的右腿骨折了,我的左侧锁骨骨折了。

"返回营地后,我和司机被紧急送到战地医院救治,后来又被转到轻伤救助站进行疗养……"

杨柳的话突然停了下来,我这才发现出租车已经停到了杨柳所住的酒店门口。我掏出钱夹准备给出租车司机付车钱。

"多少钱?"我问。

杨柳也在掏钱包,抢着要付车费。

"我不收你们的车钱……我怎么能收你们的车钱!"出租车司机扭过头来说。

他的话让我和杨柳一愣,我这才认真看了看那司机。那是一个四十出头、面色黝黑、头发已经有些稀少的中年男人。

"谢谢你,不是她付,是我付。"我忙解释说,递过去二十元钱给司机。我明白他的意思,他一定是被杨柳上面的那些话感动了。

"这与你无关,这是我请战友的。"司机用力将我的手推开,说。

"你是?"我和杨柳不约而同地问。

那司机摘下左手的手套,露出缺了三根指头的左手。

"我也是从那场战争回来的老兵。"司机说。

我的眼泪顿时就湿了眼眶。

19

酒店的电梯口有几个男女在等电梯,我和杨柳站在他们后面。我们都不说话,但我的心里却似翻江倒海。正当我和杨柳的前男友王振

海花前月下的时候，正当我和王振海都在心底里怨恨着杨柳的时候，杨柳却断了一根锁骨，躺在战地医院的病床上……

我们一直沉默着乘电梯上到酒店的21层，进到2108房间。在2108房间的桌子上，我发现了几个药瓶，我拿起来看，有降压药，有降脂药，还有一瓶安眠药。

杨柳见我拿着药瓶看，就苦笑一声，说："前些年不知道珍惜身体，现在疾病缠身，疲劳性肥胖，接着血脂升高，脂肪肝，肝功异常，血压升高，睡眠不好……就像多米诺骨牌，哗啦啦，全倒了。"她苦笑过后，马上又像是给谁表决心一样说，"不过，等我把医院干起来，一切走上正轨了，我一定要把身体放在第一位，好好锻炼身体。"

她一边换拖鞋一边碎碎叨叨地说着，我的眼泪又一次悄悄地流了出来。

"我得上床让腿伸直。坐了一天，脚已经涨得像两个面包了。"她倒了杯开水递给我时说。

我接过她递过来的水，将椅子拉到床旁，尽量坐得离她近一点。

"要不要我给你捏捏腿？"我问。那一瞬，我感到我们又回到了大学时代。

"不用不用，你还是那么会心疼人！"她笑着说。

"我哪里是会心疼人，我只是心疼你。"我的眼眶又湿了。

那一夜，我似乎有着流不完的眼泪。

她斜靠在床背上，接着给我讲她和杨长生的故事。

20

"杨长生他们在阵地上守了三个月就撤了下来,换了另一批战士上去。他们撤回原来的营地进行休整,计划休整三个月后再上阵地。在杨长生休整的那段时间我们结了婚……"杨柳说。她面对着我,眼睛却一直落在我手中的茶杯上。

杨长生一撤下来,杨柳便直接把他领到她们的战地医院为杨长生彻底清理了身上的破溃处,然后让杨长生小心翼翼地洗了个热水澡。

杨长生实在太困了,他顾不得与杨柳卿卿我我,急忙回到训练基地,一头躺倒在营区帐篷里的木板床上整整睡了两天两夜。在过去的三个月里,他几乎没睡过一个安稳觉。

第三天杨柳借巡诊之机去营地的帐篷里看杨长生,杨长生一见杨柳,就问:"什么是幸福?"

杨柳被问得一头雾水,还没等她搭腔,杨长生就伸了个长长的懒腰,说:"幸福就是能躺在干干的、软绵绵的床上,安安稳稳睡上一觉。"

就在杨长生他们撤下来的第六天下午,阵地上突然起了炮声,两个小时以后,一个战士就被抬了下来。杨柳上前检查,发现那战士脸色苍白,呼吸、心跳都已经停了。可她在那战士身上并没发现任何大

的伤口，只是在左胸前发现一个红点。她立即组织人实施抢救，一边抢救一边询问送那战士下来的两个战友情况。

那两个战友说，下午两点，敌军突然向他们的阵地发射了一枚炮弹，几分钟后又接连发射了几枚。这些炮弹都是在半空中爆炸，弹片飞得很远。当时，他们三个都在哨所执勤，听到炮声后都立即往掩体里钻。第一声炮声后没有了动静，他们就都走出掩体继续执勤，可谁知，敌军又接连发射了几枚，这些炮弹都在距离他们哨所一百多米外爆炸，感觉不到炸着了他们。可这个战友却突然说感到有些冷，很快就站不住了，他这才意识到自己可能是中弹片了。另外两个执勤战友立即叫来人接替他们执勤，他俩则赶紧把那个受伤的战友往下抬，抬了一个多小时就到了指挥所，那时他已经昏迷，他们不敢耽搁就继续往下跑……

"可能是一个很小的弹片穿进心脏，造成了血气胸……"杨柳对赶来的战地医院院长说。

那个战士的牺牲给杨柳的刺激很大。她找到杨长生，要求立即结婚。

杨长生说："现在结婚不合适吧？正在打仗。"

"正因为打仗，我才要马上结婚。"杨柳不愿意说出她对杨长生再次上阵地的担心，她觉得那样不吉利。

杨长生完全能理解杨柳的心思，他打报告给团部。团部不仅没有阻止他们的结婚请求，还在全团进行了积极宣传，歌颂他们这种战地伉俪美好纯洁的爱情，为他们在基地的营区里准备了一间简易婚房。

按照杨长生和杨柳的计划，只是在婚房里举行个简单仪式，让连领导证一下婚，将刘英伟和周安峰请来简单吃顿饭就行了。可谁知经团里这么一宣传，全团的官兵都知道了。杨长生那二十几个分布在全团各个连队的军校同学和杨柳分配在其他连的两个医学院同学都想方设法跑来庆贺。那个婚礼竟弄得异常热闹、隆重，成为进入前线以来唯一的一次狂欢。

婚后，杨长生照样参加每天的训练，杨柳照常在战地医院上班、上阵地和基地巡回医疗。只有到了晚上他们才能在杨长生营区的婚房里相聚。有时，他们会坐在营区的花坛旁，杨长生弹吉他，杨柳哼唱歌。

那晚，杨长生弹了《血染的风采》《十五的月亮》，引来许多战友围观、合唱。

就在杨长生即将结束为期三个月的休整，准备第二次上阵地时，团部突然传出一个消息，要在最近组织一次"拔点"突击战，目标是素有"绞肉机"之称的敌军X高地，代号为"黑豹行动"。

杨长生所在的连队是尖刀连，这样的任务一定少不了他们。因此，听到消息后，全连的许多官兵都跃跃欲试，积极请缨。一些人为了能被选上还与连指导员发生了争执。战前进行的宣传动员，使这些小伙子们个个热血沸腾，都充满了报效祖国、杀敌立功的革命英雄主义情怀。杨长生他们"三剑客"更是按捺不住激动的心情。他们联名写了封血书去团部请战，要求一起加入突击队，执行这次"拔点"突击作

战任务。他们都把执行这次"拔点"突击任务看作自己军旅生涯中至高无上的荣誉。

团部考虑到杨长生是阵地长,马上就要上去接阵地,就没有批准杨长生,而只批准了周安峰和刘英伟。但杨长生说:"如果这场战争只让我待在洞里不出去大干一场的话,我会抱憾终生的,我强烈要求首长们能批准我的请求。"

这次任务,要从全团抽调八十八名优秀战士,分别组成火力队、战勤队、医疗队和第一、第二突击队。杨长生坚决要求加入突击队,而且是第一突击队。大家都知道,第一突击队其实就是第一个可能会"光荣"的队伍,就是九死一生的"敢死队"。

团领导见杨长生的愿望如此强烈,就批准了。

杨柳也和战地医院的几名医生请缨上阵,但团部考虑到她和杨长生是两口子,杨长生已被批准加入第一突击队了,就没批准杨柳。

从团部回来,周安峰把他们连的一个军校同学董进才叫到营区里一个僻静处神神秘秘地说:"咱们连的八个军校同学都被选为突击队员了,明天就集中,接受任务。"

董进才一听,顿时变脸失色地说:"不可能,我体质这么差!"

董进才上军校时与周安峰他们"三剑客"就在同一个班。周安峰一直看不惯他,说董进才这人"人前一套,人后一套。"是个典型的"两面人"。最让他看不惯的就是董进才的那副遛须拍马、争功争奖的嘴脸。

当年,周安峰特希望他们"三剑客"能好好治治这家伙,但却被杨长生阻止了,杨长生说:"这世界,虾有虾道,蟹有蟹道,看不惯就绕着走,你还真把咱们当成侠客了?"

董进才的一个老乡在校大队部,董进才一上学就与这位老乡搭上了关系,逢年过节都会到这个老乡家送东西。每次放假回来,都会带些家乡的土特产送给这位老乡。

毕业时,董进才找到这老乡,希望能留校,这老乡却说:"军人以服从命令为天职,你就听从分配吧。"

这位老乡是个惜才的人,他没答应董进才,却将杨长生叫到办公室,问杨长生有什么想法,杨长生说:"没想法,如果有选择的话,我愿意去野战部队。"

这老乡本想在杨长生面前卖个人情,没想到杨长生"给脸不要脸",一气之下,报留校人员名单时,就将董进才报了上去。

可阴差阳错,战前裁军、部队整编,董进才又被调整到了杨长生他们连,而且,担任了排长。

在战前训练时,董进才因为体力跟不上,经常累得"心脏痛",经常见他去医务室开药。现在,周安峰他们三兄弟都要去参加"拔点"突击作战了,周安峰就想作弄董进才一番。没想到董进才竟信以为真,当下就跑去团部,给团首长说自己身体不好,有严重的心脏病,不能参加此次"拔点"突击作战。

团首长一听就火了,训斥道:"本来名单上没有你,现在,你还非去不可了!"

董进才一听这话才知道自己上了周安峰的当,但团长已经将他的名字记了下来,要他回去准备,等候集结命令。

董进才从团部出来，就到处打电话，托人为他求情。

第二天一大早，团首长接到了一个上级首长的电话："怎么能将董进才这样一个身体有问题的人派上去呢？耽误了任务怎么办？"团首长一听就明白了，虽然有气，但还是将董进才从名单里撤了下来。

第五天傍晚，杨长生他们分散在全团的三十一名突击队员接到了集结命令。他们被集合到一个秘密军事基地，进行封闭式战前集训。每天凌晨三点他们就起床，训练夜间秘密接敌。白天他们埋头苦练使用武器，最后，他们就是闭着眼睛也能熟练地将火箭炮、手枪、步枪、冲锋枪、机枪拆开，再装起来。

在高强度的作战训练之余，他们还反复在沙盘上进行实战推演。

由于这次任务的特殊性，上级特别批准进行民主选举产生突击队长。杨长生的军事素质和心理素质都很过硬，平时又为人谦和，群众基础好，而且，第一突击队里有周安峰、刘英伟等多名杨长生在军校时的同学，他们都很推崇杨长生，因此，杨长生就毫无争议地做了第一突击队队长，周安峰被推举为副队长。杨长生、周安峰、刘英伟和另一个工兵连的副连长组成了四人指挥小组。

选举刚一结束，周安峰就对团首长说："放心吧，就是我光荣了，也不能让我军的优秀干部杨长生光荣。"

"什么光荣不光荣的，你们都必须给我完整地回来！"团首长批评说。

21

集训开始没几天,第一突击队就接到了任务——迎接刚从战场上下来的队伍。杨长生他们吃惊地发现,一溜卡车开过来,几乎都是空车,送走时二百多人的队伍,如今只有几十人回来,而且大部分都负了伤。这让杨长生他们三十一名敢死队员的心里都感到一颤,让他们充分看到了战争的残酷性。

两个月的战前集训结束后,马上就要上去执行"黑豹行动"了。

这天下午,团里给他们三十一名敢死队员开完会后,让他们回帐篷宿舍里写遗书,然后将写好的遗书和其他私人物品一起打包封存起来。

"如果你们谁不幸光荣了……这个包裹就会寄给你们的家人。"一位团首长说。

三十一名突击队员,虽都骁勇善战,但大部分都是不满二十岁的新兵。他们从会议室出来,一路都不说话,默默地回到宿舍,从各自的床下拉出马扎,趴在床上写遗书。

年仅十五岁的战士王小路写道:"爷爷、奶奶、爸爸、妈妈、哥哥、姐姐,我被选作突击队员了,马上就要上去冲锋陷阵了,如果我死了……"他突然痛哭失声,写不下去。

王小路家在甘肃一个非常偏僻贫穷的地方,家里孩子多,成天吃不饱饭。为了能参军,他父亲托人给他改了年龄,多报了四岁。入伍后,王小路怕被发现自己谎报了年龄再把自己给退回去,就拼命表现,各方面都表现得非常优秀。其实,在这支部队里,像王小路这样的情况根本不是个例,大家都心照不宣,谁也不说破。只有团领导被蒙在鼓里。

杨长生走过去拍拍王小路的肩膀,关切地问:"怎么,害怕了?"

"谁害怕了?!我就是觉得……还没活够……"王小路边用手背抹眼泪鼻涕边委屈地说,眼泪打湿了面前的遗书。

"你不想让你父母太难过吧?你看你这遗书,字都被眼泪洇得看不清了……他们看见了还怎么活得下去?"杨长生安慰道。

坐在王小路对面床前的周安峰这时插话道:"我父亲跟我说过,'再残酷的战争,都有生还者。'说不定,你就是那个生还者。"

周安峰的父母和姐姐都是军人,父亲还是某部队的师级干部。裁军时周安峰他们部队进行整编,周安峰选择了参加轮战部队,当时,他怕父母反对就来了个先斩后奏,可他父亲听后却说:"你把你父母想扁了!……到底是在军营里长大的孩子……好样的,儿子!有血气!"

在部队到达前线后,周安峰父母在跟周安峰的通信中,一直都是鼓励周安峰要乐观面对,说:"要科学训练……进入阵地后,不要紧张,不要自己先乱了阵脚……遭遇敌情,一定要冷静思考,把学校所学和平时训练的技术都用上,就不会有问题……"

在被批准加入"拔点"第一突击队后的那天晚上,周安峰即给母亲去了电话,他没有提"拔点"作战的事情,只说了些家长里短:"妈,你最近晚上睡得好点了没?你不要老惦记我,我挺好的。"

"好点了,估计是更年期闹的。过一段时间就没事了……你甭惦记妈,照顾好自己。"

母亲知道他们的纪律,只要周安峰不说,她就不随便问有关前线的情况。但她会仔细在儿子的说话语气和内容里判断出一些她想知道的情况。

"我爸在家吗?我想跟我爸说说话。"

"你不是总烦他唱高调,对你说教吗?"

"嗨,那是以前,以前不懂事……我爸在吗?我想听听他的声音。"

"儿——子?!"母亲那边突然拉长了声音吃惊地叫道。

"妈,你别一惊一乍的,我没事。"

"老周,老周,儿子电话,要和你说话。"

"别大喊大叫,我就在你后面呢。"父亲就在母亲的身后,一直等着接儿子的电话。

"儿子,是不是要上去了?"父亲的声音关切而沉稳。

"是,爸!以后您能少抽些烟吗?瞧您一天到晚不停地咳咳咳的。还有,以后别跟我妈计较,她要发火就让她发,她现在不是更年期么。"周安峰的声音很低,似乎强忍着哽咽。

有着丰富军旅生活经验的父亲立即明白了一切:"儿子,你给我听好了,再残酷的战争都会有生还者,我和你妈有信心等你回来,你也应该有这信心!"

187

周安峰在父亲坚定的声音里听出了一个老军人的无畏和勇气,更听出了那千丝万缕的父子深情。

此刻,周安峰的话不仅给王小路以安慰,也给宿舍里的其他几个突击队员以安慰。

王小路渐渐收住了哭声,将那张写了一半的遗书撕掉,重新写道:"爷爷、奶奶、爸爸、妈妈、哥哥、姐姐,我们马上就要执行任务去了,我们团长给我们开了誓师大会,当着全团将士的面给我戴了大红花,我心里可高兴了。爷爷奶奶爸妈要保重身体,哥姐费心照顾好他们,等我一执行完任务,就立即回去看望你们,你们就等着我的好消息吧!……"

其实,由于这次执行的是特殊任务,为了不走路风声,团里就没有给他们按照惯例召开誓师会,也没有给他们当着全团人的面戴大红花,更没有按照惯例当众给他们喝壮行酒。他们将酒拿到帐篷里悄悄地喝了,自己给自己壮了行。

凌晨两点半,他们动身乘上卡车出发了。

下卡车后,他们披荆斩棘,在早上六点五十便准时赶到了预定位置,埋伏好。早上七点,我军的"拔点"炮火准时响起。

按照预先部署,进入炮火延伸时,杨长生便带领着三十一名突击队员从隐蔽地冲出去,进入敌"绞肉机"X高地,歼灭全部守敌,摧毁其所有防御设施。

他们的出击行动异常迅速,敌哨兵甚至连枪都没来得及端起,就被从天而降的杨长生他们消灭了。仅仅经过三十五分钟激战，敌阵地的全部守敌就被歼灭。

依照预案，突击队员们将陆续撤回攻击出发时的位置，因为，根据以往经验，紧跟其后，敌人的报复性炮火便会袭来。

杨长生他们回撤到预定地点清点人数时，却发现少了王小路。杨长生不顾大家的劝阻，执意要返回去寻找王小路。周安峰坚决不同意，杨长生就和周安峰发生了激烈争吵。

"五个不丢"是那场出击作战的基本要求。假如伤员、烈士遗留敌阵地或成为战俘，更会被视为奇耻大辱。

王小路的失踪，给杨长生骤然增添了巨大压力。把每个兵都看得很重的杨长生，要用自己的生命作为抵押，担当责任。他不顾一切地向已被敌报复性炮火覆盖了的阵地冲去，力图在增援之敌重返阵地之前，找回失踪的王小路。

周安峰和刘英伟见杨长生执意要去，只好紧随其后也冲出了掩体。

他们穿越炮火，一路飞奔，很快就到达了敌人的屯兵洞口，这是王小路可能冲击到的最远的位置，然而却不见王小路的任何踪迹。

正当杨长生一边喊着王小路的名字，一边四下寻找时，突然听见身后的周安峰嚷道："老大，快看，你的左后方。"

杨长生转过头，只见在他的左后方的一棵矮树上，挂着一只胳膊，他们冲上前去辨认，发现那正是王小路的右胳膊，因为王小路在一次帮厨时，不小心被灶膛里的火烧伤了右手，发生了感染，留下了一块很大的疤痕。

杨长生脱掉上衣,将那只胳膊从树上拿下来,用上衣包裹好,然后绑在自己的肩上。他吩咐周安峰和刘英伟分头在周围寻找王小路身体的其他部分。

他们分开没几秒钟,杨长生就突然听到了敌军的一发炮弹向他们尖利地呼啸而来,他大喊一声:"隐蔽!"同时,就地一滚,滚到了身旁的一个小土坎后。几乎同时,一发大口径炮弹在他的不远处爆炸了。杨长生安然无恙,他爬起来,大喊:"老二,老三,你俩伤着没有?"

"狗日的,好像有个弹片从我的脸上穿过去了。"不远处的刘英伟说。

没听见周安峰的声音,杨长生紧张起来,大声喊:"老二,你咋样?"

四野一片寂静。

杨长生和刘英伟几乎同时看见了不远处的周安峰,他已经被炸得血肉模糊。他们赶紧冲过去,只见周安峰的肠子已经流在了外头,但他似乎还没有咽气,眼睛还在转动。

"别闭眼,老二,你会没事的,我们哥俩一定会带你活着回去!"杨长生大叫着。他将周安峰的肠子往肚子里塞。刘英伟上去拉周安峰的胳膊,试图将他扶起来靠在自己的身上,可他一拉,竟发现周安峰的胳膊与身子之间仅有一点皮连着。

配合杨长生他们执行突击任务的工兵连副连长是这次"黑豹行动"第一突击队四人领导小组的成员,见杨长生他们返回阵地后迟迟没有回来,便不顾一切地组织力量返回阵地搜寻。他们赶到时,正好看见了这一幕。工兵连副连长看见刘英伟一脸、一身的血,立即跑前去查看刘英伟的伤情,刘英伟忍着剧痛说:"别管我,先救周副队长。"

这时的杨长生仍在低着头,努力把周安峰的肠子往里塞,根本没有理会工兵连副连长的到来。工兵连副连长见周安峰的眼睛已经闭上,两个胳膊已经冰凉,没一丝热气,就趴在周安峰胸前听,结果什么也没听见——周安峰的呼吸心跳都已经停了,他说:"周副队长已经光荣了……咱得赶紧往下撤。"说着,就将周安峰的身体一对折,让两个战士抬到担架上抬了下去。

杨长生蹲在原地没有动,刘英伟捂着受伤的脸用肩膀碰了碰杨长生,说:"老大,冷静点,得赶紧撤了!"

工兵连副连长执意要背刘英伟,刘英伟不让,说他腿没受伤,可以走。可等走到半途时,刘英伟因失血过多而一头晕倒在地,杨长生立即背起刘英伟,一直背到救助所。期间,工兵连副连长要换他,杨长生坚决不让换。

到了救助所,医疗救护组立即给刘英伟实施了救治,刘英伟很快就清醒了。可自那以后,杨长生在很长一段时间里都没开口说过话……

杨柳停顿下来,默默地看着自己露在被子外面的脚趾,让自己的情绪尽可能平静下来。

我起身,给她的水杯续了些热水,递给她,然后继续坐在床旁,看着她,等待她的下文。

22

杨柳抿了口水,接着讲她和杨长生的故事。

"那天,按照计划,杨长生他们下午五点就应该回撤到基地。我们做好了一切接伤员的准备。我和战地医院院长跟着团首长早早就在他们出征时的路口等。可左等右等就是不见他们回来。我们都急坏了,我的右眼皮直跳。因为着急,我不断地往路边的草丛里跑,上厕所。

"晚上八点,终于看到了他们的车影。等车子开过来后,我们就紧跟着车子折身往医院跑。到了医院,等候在那里的战友立即分头上到车上将伤亡的战友抬下来。

"他们每个人的衣服都破烂不堪,脸上不是血污就是炮灰和尘土,几乎分辨不出谁是谁。我拼命跑上去寻找杨长生,却不见他的影子。三十一个突击队员,只活着二十二个。我扯着恐惧的嗓子问身边的伤员:'杨长生呢?你们的队长呢?'我顿时失去控制,哇地哭出了声。

"这时,就见一个身影从后面那辆卡车上下来,拖着极度疲惫的身子向我缓慢挪过来。我一看是杨长生,赶紧扑了上去。

"我一边问杨长生伤到哪里了,一边在他身上乱捏,检查他的伤处。杨长生推开我的手,一句话不说,只管木呆呆地往前走。

"我从没见过杨长生的情绪那样低落过,仿佛一个会自动移动的木偶。我跟上去想搀扶他,却被他推开了。

"我看杨长生没什么大问题,就赶紧跑到医院参与到救治其他伤员的工作中,一直忙到次日中午。"

那晚,杨长生径直回到营区的帐篷里,望着周安峰和王小路空空的床铺,顿时就软瘫到地上。团首长看过死伤的战士后四处寻找杨长生却找不到,就把工兵连副连长叫到跟前大致了解了情况,然后就到帐篷里找杨长生。

他们问杨长生话,杨长生只是摇头,一句也说不出。见此情形,团首长只好安排了一个杨长生的军校同学陪着杨长生,他们先去团部开会,向上级上报情况。

杨长生的同学把杨长生扶坐到一张床边上,给他倒了水,将食堂早已准备好的饭菜放到他身边,然后坐下来陪着他抽烟。

杨长生点燃一根烟放到周安峰的床边,又点燃一根放到王小路的床边,最后自己点了一根抽。自己的那根抽完后续上,也给周安峰和王小路的床边各续上一根。就这样,一晚上,他不说一句话,不吃不喝,抽了整整一夜的烟。

天快亮时,杨长生突然一头栽倒,怎么也叫不醒。

杨长生被抬到营区救护点,输上液、吸上氧,很快就醒了过来,可他仍是一句话都不说。直到一周后,他才开了口,但他除了工作中必须说的话外,几乎不怎么说话,别人问他话,他仿佛没听见,完全像变了一个人。

杨柳突然停下来不说了。她从床上下来，吃了片降脂药："我得先把药吃了，一会儿再忘了。"

我看见她又从随身的包里拿出一瓶速效救心丸，倒了几粒，含到嘴里。

看见她吃速效救心丸的那一瞬，我的心疼极了，就颤声劝道："你要难受，就别说了……以后咱再慢慢说。"

她没有理我，含着药移坐到酒店窗子底下的沙发上。我跟了过去，挽着她的一只胳膊，把头枕到她的肩上，眼泪再一次静静地流了下来。

"那次得知杨长生他们第二天就要进入秘密军事基地进行集训后，我曾请了假，买了瓶白酒，从炊事班要了些面、白菜和肉，将周安峰和刘英伟请到我和杨长生的帐篷里，一起包饺子，为他们'三剑客'送行。"杨柳接着讲下去。

周安峰建议，包一枚硬币在饺子里，谁吃到了，就说明谁会平安归来，杨柳不同意，说："你们都会平安归来的。"

但杨长生和刘英伟都很赞同。于是，杨柳只好在包的过程中，除了他们看见包进去的那枚硬币外又悄悄包了两枚硬币分别在两个饺子里，她希望他们每个人都能吃到一个含有硬币的饺子。

结果，包有硬币的三个饺子全让周安峰一个人吃到了。当时，杨柳的心里就闪过一丝不祥的预感。周安峰看看杨长生又看看刘英伟，说："嗨，我没那么幸运吧？"

他已有些醉意，脸和眼睛都很红，舌头有些发硬："其实……我光不光荣都无所谓……一来我爸妈都是军人……想得开……二来，我又没有媳妇惦记……"他醉眼迷离地看了看杨柳，然后拍着杨长生的肩膀说，"不像你……还有咱杨医生呢……你可不能让咱杨医生……独守空房啊！……"

刘英伟插话道："你喝多了，咱之前说了——谁吃到硬币谁就会平安回来——你一下子吃了三枚硬币，说明你肯定会平安无事。"

杨长生打断刘英伟的话说："别回得来回不来的，这就是一个游戏……咱谁都不能光荣，谁光荣了，谁他妈就对不起另外两个弟兄……"他端起盛着白酒的军用搪瓷杯与刘英伟和周安峰一碰，然后一饮而尽。

周安峰放下杯子说："你别说这话……你告诉我俩……你为什么把留了一乍长的胡子突然剃了？结婚的时候让你剃……你都不剃……说一定要等打完仗再剃……可现在仗还没打完……你咋就提前剃了？你不就是怕回不来……得留个好形象去阎王爷那里报道吗？！……我给你说……兄弟我就是自己光荣，也不会让你光荣的……"他转向刘英伟，"还有你……老三，你家住在那鸟都不拉屎的甘肃最穷的地方……你老爸去世早，你老妈又有病……虽弟兄四个，但你最有出息……她老人家就指望你哩……万一你光荣了……老人家咋接受得了！接受不了！……"周安峰说着，就哭了，刘英伟也跟着哭，最后连杨长生也跟着抹起了眼泪。

那天，他们仨商量，如果谁不幸光荣了，活着的人一定要把光荣了的那个的骨灰带回去，一定不能放在南方这地方，这地方离家太远，家里人来看不方便。别说没钱坐火车，就是有钱坐火车，也没那功夫。

并说,活下来的人,一定要替光荣了的那个照顾好他的父母,代其尽孝。

没想到,最后,牺牲的竟就是周安峰。

23

开完追悼会、总结会和庆功会后,他们这批兵就着手后撤。杨长生提出想要护送周安峰和王小路的骨灰回去。上级批准了。杨长生将周安峰的遗物抱回帐篷,准备和周安峰的骨灰一起护送回家。

就在杨长生准备动身前的一个晚上吃完饭后,团部来了个记者,非要杨长生打开周安峰的遗物,将周安峰的遗书交给他,说他写周安峰英烈的事迹要用,而且团里要办一个英烈遗书展。

杨长生打开周安峰的遗物,里面有一个日记本、一身军装,却没有遗书。杨长生和那个记者都很纳闷,就在折叠好的衣服和合着的日记本里翻。杨长生惊诧地发现周安峰在出征那天竟然没有写遗书,而是在日记本里写了一则日记,那日记是两首短诗。

致父母

我愿是大地

静默无语
却能托起东方的太阳

我愿是高山
寂寞孤单
却有承接落日的胸襟

我愿是草根
见不到太阳
却能编织春天的绿茵

我愿是利刃
身裹刀鞘
却能插向敌人的胸膛

我愿来生来世也做你们的儿子
身上永远流淌你们的血
我愿你们为我骄傲
祖国需要我的时候
我依然冲向前方

假如
——写给我挚爱的人

假如你是盛夏
我愿做七月清凉的微风
吹动你的裙角
轻抚你的发梢

假如你是夏日的微风
我愿做湖畔的翠柳
为你摇曳
为你起舞

假如你是婀娜的翠柳
我愿做你脚下的土地
给你水分
给你营养

假如你是广袤的大地
我愿做流淌的河流
流过你的胸膛
注入你的心房

杨长生好生纳闷，他和周安峰从十八岁上军校开始一直关系密切，从没听周安峰说过他有女朋友。他把日记本递给记者，记者看完那两首诗，兴奋地说："太好了！"他突然产生一个灵感，"我要挖掘他的爱情故事，写一篇报告文学。"

记着要把日记本带走。

"这不太好吧？要尊重死者，这是人家的个人隐私……我看，日记还是交给他的父母吧。"

刚毕业那阵，杨长生给周安峰介绍过女朋友，周安峰连见都不见，说："我的心智还不成熟，还没到谈恋爱的年龄，还是先考虑考虑老三吧！"

杨长生见周安峰说得如此坚决，就把那女孩介绍给刘英伟，可人家一听刘英伟家在那样一个偏远贫穷的地方，家里弟兄又多，还有一个生病的老娘，就不愿意了。后来再给刘英伟介绍女朋友时，刘英伟就说："还是省省力吧，等我退伍了，再考虑这事，免得一次次失败，伤咱的自尊。"

既然周安峰从来没有过女朋友，那这诗里提到的女人有可能就是他假想的人，难道周安峰的心理有问题？或者生理上有问题？明明有这么炽烈的情感，却不让人介绍女朋友，或者他已经有了心上人，而这个人不便在他们面前提起？或者……杨长生不敢想了。

杨长生迅速在脑子里闪过周安峰在杨柳面前的种种举动。他们"三剑客"中杨长生最大，刘英伟和周安峰经常在非正式场合叫他老大，他和杨柳正式确立恋爱关系以后，刘英伟就叫杨柳嫂子，这也是部队

的惯例。可周安峰却一直叫杨柳为杨医生。杨长生以前没有在意，因为周安峰平时就文绉绉，喜欢写写诗，咬文嚼字……想到这里，杨长生一把将周安峰的日记本从记者的手里夺过来，说："周安峰生前有交代，不能让别人看他的日记，他说这是个人隐私，一定要交给他的父母。"

杨长生不顾眼前这个一副莫名其妙样子的记者怎么想，迅速将周安峰的日记本夹在周安峰的衣服里，重新打包装箱封存起来。

这记者对杨长生早有耳闻，知道他说一不二的性格，更知道他与周安峰平时的关系，也知道这次周安峰的牺牲与杨长生私自决定返回阵地找失踪的王小路有关，如果与杨长生发生冲突，他不会有好果子吃，他也犯不着为了写一篇报告文学而与杨长生发生冲突，于是就说："那好吧，就写他没有写遗书，坚信自己会凯旋……充满革命的乐观主义！"

恰巧那天杨柳有任务晚上没有回来。记者走后，杨长生便将周安峰的日记本又从那个包裹箱里拿出来。理智告诉他，应该尊重周安峰，不应翻看人家的日记。可很重地压在他心上的疑惑让他无法克制自己。他在房间的地上来来回回走了几十圈，进行了一番激烈的思想斗争，最终还是坐在了灯下，翻看了周安峰的日记。

他是从后面开始往前看的，在"拔点"作战之前，就是进入秘密军事基地集训期间的某一日，周安峰在日记里只写了这样一句话，"如果上天注定要让我和他走一个的话，我愿意是我，我怎能看着你年轻的生命孤独地绽放……"

杨长生再往前翻，就是杨柳为他们"三剑客"送行吃饺子的那天，周安峰在那天的日记里详细描写了那天杨柳的一举一动和他当时的心情，最后，还附上一首诗，虽没写杨柳的名字，但杨长生一看，就知道是写给杨柳的。

亲爱的

亲爱的
你的眉头为何紧锁
你的脸上为何充满忧伤

该来的终将到来
该去的终将远去

你的微笑
从来都是我精神的力量
我将怀揣它含笑奔赴沙场

亲爱的
不要害怕
不要忧伤
我愿看你含笑的模样

即使我战死沙场

我也会像花儿一样

幸福地绽放在九泉之下

杨长生拿着日记本的手开始发抖，他看不下去了。他合上日记本，把它扔到床上，然后，双手抓着头，又开始在帐篷里来回走。

不知过了多久，刘英伟推门进来，问："过两天就出发了，老二的遗物拿回来了没有？"

杨长生没吭声，一屁股坐在了床边

刘英伟在他对面坐下，打量了半天他那阴郁的脸，然后问："出什么事了？"

杨长生依然没吭声。刘英伟掏出烟，递给杨长生一支，自己嘴里噙了一支，然后划着火柴，为他们俩点了烟。

"拿回来了。"杨长生使劲抽了口烟，又使劲吐了出去，然后才低低地说。

"别难过了——人死不能复生！"刘英伟以为杨长生又在为周安峰的死难过自责，就安慰道。

"你看看那个。"杨长生指了指床上周安峰的日记本，"我最好的兄弟，就这样对待我……"

刘英伟吃惊不小，他拿起日记本，迅速翻看起来。他是从前至后看的，看了几页后，他就把日记本翻到最后几页看，看完他便抬起头对杨长生道："你也太小心眼了，人家只是暗恋嫂子。而且，人家和你几乎是同时喜欢上嫂子的,只是在他没来得及向嫂子表达的时候,你已经打了一个突击战,向嫂子出击了,人家只好悄悄地主动退出。"

刘英伟的话让杨长生痛苦的心好受了许多,他说:"我已经和杨柳走到一起了,作为好朋友,他也不应该再有惦记之心。没听人说吗,'不怕贼偷,就怕贼惦记。'"

这话倒把刘英伟逗乐了,他笑过之后,便严肃地说:"爱情这东西是人能把控得了的吗?能像开关说开就开,说关就关?这点,你可比我有经验。"

杨长生没再说话,只蹲在地上抽闷烟。

"再说,老二已经不在了,在他那短暂的一生里,难道不应该有一点爱情的成分吗?……就是有天大的事,也应该过去了,你没必要与一个亡人这么计较,更何况他是咱们的生死战友。"刘英伟有些动情,"如果他能活过来,我想,为他做什么我都愿意——有什么比命更重要的!"

本来周安峰的死就让杨长生的内心充满愧疚,他一直陷在深深的自责中。现在经刘英伟这么一说,倒好像是他抢走了本该属于周安峰的幸福,倒好像是自己谋杀了周安峰。他突然无法面对了周安峰的骨灰,无法面对周安峰的父母。

第二天,杨长生申请改由刘英伟护送周安峰的骨灰回家,而自己只护送王小路的骨灰回去。

杨柳停住不说了,她起身又坐回到床上,伸直了双腿。我知道,

她这是要让自己的心尽量平静下来。

过了一会儿,她才又接着讲了下去。

24

大部队凯旋时,一路所到之处都是热烈欢迎的场面。车上的战士个个都是凯旋的英雄,被人们激动而热烈地欢迎着,可他们不知道,还有那么多战士没有回来,他们永远地躺在了南边的那个烈士陵园里。有些虽回来了,却只剩下了一堆骨灰,被装在一个小小的盒子里。还有那么多的战士正躺在医院的病床上,缺胳膊少腿、没眼睛没鼻子,忍受着生不如死的痛苦。

杨长生看着眼前一个个热烈、热闹的场景,内心却生出一股难言的悲凉。他自豪不起来,也高兴不起来。他就那么冷冷地看着眼前的这些热闹,就像在看一部断断续续的无声电影,那么虚幻、那么不真实。他的脑子里全是周安峰、王小路以及他的那些牺牲了的兵。他们在他的脑子里笑,在他的脑子里匍匐前行,呼喊着往前冲锋……他们反而是那么的真实、生动。那一刻,好像只有他们,才是真正活着的。

回到驻地后,部队便开始了战斗总结和评功评奖。按说从前线回来的每个人都应该给予立功或嘉奖,可是上边对立功和嘉奖的名额控制得很严,给各级分配有指标,而且指标很少。按照以往的情况,如果在部队立过功,复员转业时就会安置得比较好。当年的复转工作马上就要开始,很多人都面临复员或转业。因此,大家对这次评功评奖都看得很重。个别人为了要功,不惜与战友翻脸,找首长吵架,使评功评奖工作难以顺利进行。

按照不成文的规定,牺牲了的战士都会被授予烈士,一等功。因此,周安峰和王小路都毫无争议地被授予了烈士,记一等功。

刘英伟被顺利评为三等功。

评功评奖工作一开始,杨长生就表态,自己什么也不要。可他的那些兵不干。非要为杨长生报请二等功。一级一级民主集中、平衡,最后把立功受奖人员名单报到团部时,关于杨长生立功的问题团部的意见却出现了分歧。有人说,杨长生未经组织允许私自带兵返回阵地,造成了周安峰的牺牲和刘英伟的受伤,所以,不能给立功。另一些人则认为,杨长生捍卫了战场的伦理道德。什么是战场的伦理道德?就是不放弃任何一个战友,哪怕他已经伤残阵亡。只有这样,战士们才会奋不顾身、忘我地往前冲,因为他知道身后的战友们不会放弃他。

就杨长生的立功问题,全团引发了一场有关"战场伦理道德"的大讨论。

杨长生的那些兵得知团部有人不同意给杨长生立功后,便集体跑到团部为杨长生请功,他们说,杨长生在第一轮上阵地的三个月里,作为阵地长,亲力亲为,管理阵地有方,才使他负责的阵地在全团伤亡最小;"拔点"作战那么大一次行动中,要不是杨长生指挥有方,突击队的伤亡会更大,因为他们要到的预定位置离敌阵地很近,为了避免被敌发现,他们在漆黑的夜里快速行进,而且走的全是从来没人走过的高高低低的灌木丛,等他们艰难到达预定位置时,大家都累得躺倒在地上起不来,是杨长生,迅速果断地把大家集合到一个十分隐蔽的地方,才避免了被自己部队炮火的误伤;敌"绞肉机"X高地上布防严密,人员多,武器齐全,杨长生在我军炮火停止后,果断带领突击队迅速包抄上去,顺利歼灭了敌有生力量,才使后续的战斗得以顺利推进……不给他立功,难以服众。

就在这些兵在团部为杨长生的立功据理力争的时候,杨长生冲了进来。他扒开人群走到团首长面前,说:"对不起,给团里添乱了!"

他转向自己的那些兵,说:"我谢谢你们的好意,但你们应当了解我,我不要功是真心话……想想周安峰、王小路他们那些牺牲了的同志和刘英伟那些伤残了的同志,我还能健全地活着已经很知足了。"

他又转向团首长,说:"我建议,将有限的立功指标尽量给那些伤残了的战友,这样,他们回家后的日子会好过一些。"

最后杨长生什么功和奖都没有。坐在表彰大会的现场,听着一个个立功受奖人员的名字,杨长生觉得眼前的这一切离自己是那么的遥远,仿佛他与他们走入的不是同一片战场。

25

送烈士的骨灰回家是一件非常棘手的事,许多人都不愿去。杨长生却与刘英伟主动提出护送周安峰和王小路的骨灰回去。

那天,杨长生与刘英伟换了一身新军装,穿戴整体地抱着周安峰和王小路的骨灰及遗物坐火车来到一个城市,然后步行到长途汽车站,准备在这里换乘长途汽车。就在他们准备上车时,却遭到了一些乘客的反对,他们觉得和骨灰坐同一辆车,晦气。他们把杨长生和刘英伟挡在车门口,不让他们上去。

起初,杨长生还对他们好言解释,说这是烈士的骨灰。可那几个人还是不让上。

"烈士咋啦?跟我们有啥关系?又不是我们让他们去打仗的。"人群里有人说。

"你们说的还是人话吗?"刘英伟叫道。

"既是烈士,就该派个专车,干吗非得跟我们老百姓挤一辆车?"

"就是的,真晦气!"

杨长生瞪圆一双眼睛冲到说这话人的跟前,吼道:"你再说一遍!"他将手里的骨灰盒摞到刘英伟手里的骨灰盒上,准备上前揍刚才说话的那个人。那人见状立即闭嘴不吭声了。

杨长生见对方不吱声了,就转过身,重新从刘英伟手里抱起骨灰盒,准备上车。"我看谁敢挡?"他愤怒地瞪视了一圈那几个乘客。这时,一个四十多岁的男人拿着一个装满茶水的罐头瓶做的喝水杯拨开人群走过来,对杨长生和刘英伟说:"二位请上吧,能护送咱们的英烈走一程,是我们的荣幸。"

"这是我们的司机马师傅,我是售票员小孙,你们请上车吧!"一个身上斜挎着人造革包的年轻女子跑过来指着刚才那个男人对刘英伟和杨长生说。

杨长生与刘英伟在中途分手,杨长生去王小路家,刘英伟去周安峰家。

按照上级指示,刘英伟没有将周安峰的骨灰直接交给他的父母,而是移交给了当地的民政部门,由民政部门安抚周安峰的父母、组织召开追悼会、安葬骨灰。因为上级说,前面发生过一些烈士的家属接受不了孩子牺牲这件事,让部队护送骨灰的人员很难办。

交接骨灰的时候,周安峰的父母在周安峰姐姐的陪同下来到了当地民政部门。周安峰的母亲抱住周安峰的骨灰时,突然双腿发软,站立不住。民政部门的人赶紧搬来一把椅子,让周安峰的母亲坐下。

周安峰的母亲抚摸着周安峰的骨灰盒,叫了一声周安峰的名字,就泣不成声了。周安峰的姐姐也在一旁嘤嘤地啜泣。周安峰的父亲不断地拍着老伴的肩膀,一言不发,眼睛里蓄满了泪。

民政部门的领导在交接单上签完字后,刘英伟就将交接单收起来,装进了自己的军装口袋。他把周安峰的遗物交到周安峰父亲的手里。

周安峰的母亲止住哭问刘英伟："他是怎么走的？走的时候是啥情况？痛不痛苦？"

"甭问了！问这个干啥？！"周安峰的父亲打断了老伴的话。

"阿姨，他很勇敢，走时没受罪，很快，很安详。"刘英伟对周安峰的母亲说。

"可怜我的峰儿，还没有结婚，身后也没个一儿半女，甚至都没谈过恋爱……"周安峰的母亲说着又哭了起来。

刘英伟想说："阿姨，他爱过，他有过非常浪漫、美好的恋情，这恋情让他的生活曾经非常美好，即使最后走向战场，他也是含笑而去的。"可他没有说，因为周围有民政部门的人，他怕说了，周安峰的母亲会进一步追问，她儿子周安峰恋爱的对象是谁，他将无法回答。反正日记里都有，让他们回家慢慢看去吧。

说实话，刘英伟打心眼里羡慕着周安峰，在周安峰短暂的一生里，毕竟那么真实地爱过一个人——即便那只是单相思。这点，比起王小路那些从没恋爱过就死了的战友要幸福得多。如果这次牺牲的不是周安峰而是他刘英伟呢？

民政部门的人出去后，刘英伟忙低声问周安峰的父母："叔叔、阿姨，你们有什么要求，尽管提，我可以向民政部门反映，让他们尽可能满足你们。"

"当兵，就是要在国家需要时随时去献身——我们没什么要求。"

周安峰的父亲说，脸上是不容置疑的坚定。老人的话，让刘英伟顿然觉得自己很渺小。

与刘英伟相比，杨长生去王小路家就没么顺利了。当地民政部门的人互相推诿，迟迟不接王小路的骨灰。终于接了，又不愿为王小路举办追悼会。理由是怕王小路的家人受不了，到时再出点事，不好处理。

看着王小路家老老少少的一家人，杨长生想给他哥哥或姐姐安排工作，就与当地的民政部门交涉，民政部门的一个领导哼唧了半天总算答应了。

杨长生怕自己走后，王小路的抚恤金不能及时给到王小路父母的手里，就向当地民政部门提出，当着他的面落实抚恤金的事。

民政部门的领导很不高兴地说："我们又不会贪污了不给……当下，财政紧张，拿不出来钱，过段时间就给他家人送过去。"

杨长生火了，吼道："你们自己凑，也要凑齐给王小路家……不看着你们把钱交到王小路父母手里，我不会走！"

看着那个民政部领导的嘴脸，杨长生气得真想拍桌子。但他还是忍住了。他一屁股坐在民政部领导的办公室，双手一抱，不走了。

那领导见状，只好出去弄钱。

当杨长生看着民政部领导把一万一千元交到王小路父亲手里时，他的心里说不出的凄凉——这就是一条命的价钱！

杨长生问王小路的父母还有什么要求，王小路的父亲抬眼望着杨长生,说:"能让王小路的弟弟也去当兵吗?"声音和眼光里都充满渴望。

听到这话,杨长生的心说不出的难受,他不知道该说什么好,只把王小路父亲的手紧紧握住,不住地点头。

26

战后,因为部队整编,杨长生和刘英伟还留在原来的团,但离开了原来的连队。杨长生调整到了六连任连长,刘英伟调整到八连任副指导员。

刘英伟随团里的英雄事迹报告团巡回演讲,那句"别管我,先救周副队长!"成为他发言的题目。他在发言稿里不愿说自己,而愿意说杨长生,说周安峰,可政治部审查发言稿的干事,硬是把杨长生不顾个人安危,返回阵地寻找失踪战士王小路的那部分删掉了,还把杨长生的一些事迹改写到了刘英伟的身上。刘英伟不同意,找宣传干事协商,宣传干事却说:"你是全团树起的典型,典型人物的事迹就要典型。你的发言代表的是全团的英模,是英模们共有的事迹,已不仅仅是你个人的了。我们要用这些英雄事迹激励全团将士。可杨长生,连功都没立上,怎么去宣传……"

无奈,刘英伟只好接受。

| 一半是快乐 一半是忧伤 |

在第一场巡回报告团的报告中,刘英伟站在台上,一直都低着头,发言稿也念得毫无激情。他不敢抬头,更不敢看下面的战友。他感到自己好像是个贼,偷了别人的东西,还站在别人面前炫耀,更何况这个被偷的人还不是别人,而是自己最好的同学、哥们、生死战友。他心里发虚,全身都感到不自在。

报告会一结束,宣传科科长就找到了那个宣传干事,劈头就问:"你咋把的关?那个刘英伟的发言那么差!"

"科长,天地良心,刘英伟的稿子我几乎替他重写了一遍!"宣传干事忙解释说。

"重写了一遍还弄成那样……上台前让他好好念念,熟悉熟悉稿子呀!"

"念了,都没发现啥问题,今天面对这么多人,他一定是太紧张了……你想,他哪见过这么大场面,以前上没上过台都两说哩——"

"别贫嘴了,回去组织几个人当听众,让他在你们面前反复练练胆量。"

于是,刘英伟在这个宣传干事的监督、指导下,反复念自己的稿子,再上台时,那种不自在的感觉就明显减轻了。到了第五场、第六场时,他已经能背下稿子,看着台下那么多的听众,他已经能自如地演讲了,在煽情的地方还会适时地加上一两个手势。到第十场时,他已经完全是慷慨激昂了,就连他自己都已经相信,他讲的就是真实的自己,他都被自己感动了。

那些天,刘英伟随着报告团到处演讲,被所到连队的指战员崇敬着、学习着、被上级首长接见着、招待着。他没时间也没心思与杨长生联系。杨长生在他的内心里已经被挤到了一个看不见的角落,要不是那天发生的一件意外事件,他将杨长生彻底忘了也说不定。

27

那是巡回演讲结束后的一个周末,刚刚走马上任八连副指导员的刘英伟,请所在连队的三个担任排长的老乡去县城吃饭。他们来到县城最高档的红星饭店,在大堂里靠窗子的一个桌子两边坐下。

"想吃啥,你们尽管点,可别给我省钱。"刘英伟慷慨地说。

"咱英雄的副指导员就是不一样,有气魄!"一个排长说。他拿过服务员递过来的菜单,"那我可就点了?想死这口饭菜了。"他征求意见似的看着刘英伟。

"点、点、点,别废话!"刘英伟一脸的豪气,"还有你们两个,谁不点好的,谁就是瞧不起我。"他指了指另外两个排长。

"副指导员,咱还是走吧,这菜太贵了。"刚才说话的那个排长一看菜单傻眼了。他把菜单递向刘英伟,让刘英伟看。刘英伟根本就不接菜单:"点、点、点,你怕哥们没钱是咋的?"

那排长就和另外两个排长商量着点了几道菜。

刘英伟大声叫来服务员,朗声说:"给我们上一瓶白酒。"

服务员问:"哪种白酒?"说着将酒水单递了过来。

"最贵的那种。"刘英伟仍是摆手不看酒水单。

酒过三巡,刘英伟已经有些醉了,说话的嗓门明显大起来。他再次举杯:"来,咱再干一个!"

"指导员,你喝得太猛了,别喝醉了!"坐在刘英伟对面的一个排长从刘英伟的手里夺杯子,试图阻止刘英伟再喝。

"没事,没事……离醉早着呢!"刘英伟拨开那排长的手,"来……走一个!"

没人端杯子。

"咋?……都不给我面子?"刘英伟突然吼道,"你们是不是……都瞧不起我?觉得我就是个……欺世盗名的……小人?"他自顾自一口把半杯酒全灌进肚子里,然后就趴在桌子上流眼泪,"你们是不是都认为……我就是个……王八蛋?"他的声音突然变得很小,有气无力,含混不清。

见此情形,坐在里面的一个排长赶紧让坐在外面的那个排长把服务员叫来结账,准备走人。他低声说:"咱结账走吧,不走副指导员肯定得喝醉了。"。

"说啥哩?就这点酒……也能让哥们……醉了!"刘英伟突然抬起头红着眼摆手说。

服务员过来,把账单交给坐在外边的一个排长,那排长一看傻眼了,忙问服务员道:"咋这么多?我们没吃什么啊?"

"菜单上都有价,你们可以加一加。"服务员不屑地说。

刘英伟爬起来,一把抓过账单:"没事……我请客……不用你管!"他接过账单一看,竟两百多,他身上只带了一百不到,而且,这已经差不多是他全部的积蓄了,"啊呀,不够……你们身上带了多少……先凑一凑。"

几个排长都翻口袋,刘英伟将大家掏出来的钱看了看,和他的钱加在一起还是不够饭钱,他问服务员道:"能不能赊账啊?回头……我把钱送来……这打了不到……两年的仗……菜价已经涨这么……高了……"他以为还是打仗以前的行情——他们四人吃一顿这样的大餐,最多五十元。

那服务员翻着白眼说:"哪有赊账的?吃不起就别进饭店呀,到旁边的小摊上吃不就得了——"

这话激怒了刘英伟和几个排长,刘英伟霍地站起来,摇晃着身子冲服务员吼道:"我们出生入死……保护你们,我们又不是……不给钱,只是没带够钱……临时赊账……"

这时,一直坐在刘英伟对面桌子上的几个穿得花花绿绿的男女都把身子扭过来,朝这边投来不屑甚至厌恶的目光。有个留着披肩发、穿着喇叭裤的男青年还边晃腿,边嘀咕了一句:"穷当兵的,还穷横穷横的。"

另一个说:"你瞧那个啥狗屁副指导员,一进门我就看他不顺眼,连菜单都不看就'随便点'、'最贵的',我就知道那傻逼最后付不起饭钱。"

一个描眉画眼的女子接话说:"就是,光他点的那瓶酒就得一百多,那就是饭店坑人的价钱,专宰那些装逼的……咱这些倒腾服装的'倒爷'都不敢这么嚣张。"

"嘿嘿,你可不是'倒爷',你是'倒婆'。"一个头上架着副墨镜的瘦男子笑着说。

他们的眼神被半醉半醒的刘英伟看见,他们的对话也被刘英伟听进了耳朵。他努力用残存的那点理智控制着自己"不能跟这帮混混一般见识"。可就在这时,他听到了一句让他实在难以忍受的话,这话羞辱的不仅是他和身边的这几个排长,还有牺牲了的周安峰和王小路那些英烈。

"有本事可以不去打仗啊!谁稀罕他们保卫啊!"对面一个男子故意提高了嗓门说。显然是在挑衅。

其余几个男女就嘻嘻哈哈附和,你一言我一语的讽刺加挖苦。

"就是,谁稀罕啊!"

"不就是没本事挣钱才去当兵么,还得让咱们这些老百姓养着。"

"养着就养着了,可也不能太不自量力,笨狗扎个狼狗势——"

"就是,还装什么大尾巴狼,也不撒泡尿照照,这地方也是他们能进来的……"那个留有披肩发男不男女不女的男人故意尖着嗓子说。

刘英伟和几个排长憋在心里的火一下子被点燃了,那几个排长手底下的兵打仗回来后进县城买水果、零食,经常被那些小摊贩缺斤短两坑蒙欺骗,他们没少与那些黑心商户吵架甚至发生肢体接触,但他们这些排长当时都以批评教育这些兵为主,说:"你们不要以为自己从战场上下来就有功了,就要被所有人敬重着、爱戴着……老百姓现在都在忙着挣钱哩,谁还管得了这些……要理解他们……"

可现在,当他们自己面对这些羞辱时,却是怎么也忍受不了了。他们与刘英伟几乎是同时冲了过去,刘英伟指着那个披肩发嚷道:"你们试着再说一句?"

"我就说了,咋样?"披肩发使劲把刘英伟的手一拨,刘英伟因为喝多了酒没站稳,一个趔趄,就向旁边的桌子倒过去,倒地前带倒了桌子和旁边的凳子。那几个人见状,顿时一片狂笑。两个女的甚至还拍起了巴掌叫好。

是可忍孰不可忍,三个排长见状,二话没说就将那几个人中的男的暴揍了一顿。他们没有对其中的两个女的动手,不料,一个女的竟从桌上抄起一个空酒瓶朝一个排长的头砸去,那排长的头顿时鲜血直流。刘英伟他们一看,也拎起酒瓶、椅子不分男女地往对方砸。饭店里鬼哭狼嚎,一片狼藉。

其他桌上的客人都被吓得跑到了一边。他们怕被误伤却又想看热闹,就都那样站在不远不近处看着。那几个"倒爷"岂是刘英伟他们的对手,不出几下,就都被刘英伟他们摁在了地上。

刘英伟因为喝醉了,站立不稳,眼睛看眼前的人都是重影,不然,只刘英伟一个人就能把那几个"倒爷"拿下。

饭店的经理早已给派出所打了电话,派出所来了好几个警察,把现场控制住,要将他们双方带回派出所询问处理。饭店经理一听,忙拉住派出所的人说:"不能让他们走——砸坏了这么多东西,得赔呀!"

"他们打伤了我们,得让他们陪我们去医院检查、治疗哩。"那几个"倒爷"中的一个说。

这一幕不知怎么就被一个认识杨长生的人看见了,可他并没有看全,只看见了打斗这一段。他当即出去找了个公用电话给杨长生打过去。他断章取义地说:"……你们一个从前线回来的副指导员带着几个战友在红星饭店吃饭,正被饭店雇的黑势力围在饭店里打呢……"

"那个副指导员长啥样?"

"嘴歪着,两边脸蛋上各有一块很大的疤。"

杨长生一听就知道是刘英伟。他二话没说集合起全连官兵,说:"咱们的战斗英雄在饭店吃饭,却被饭店的人围困在饭店里打哩……走,救人去!"大家一听,个个的胸都快要气炸了。

有人就喊:"还有公理没有?没有咱们在前面用命守着,他们能人模狗样地活着吗?"

"这帮黑心商人,都欺负到解放军的头上了。"

"走,铲平饭店,教训教训这些黑心商户。"

连指导员阻止杨长生道:"别冲动啊!咱们先请示一下上级再说。"

"等请示完上级,上级再请示上级,刘英伟他们就没命了!——我不能让他们好不容易在战场上捡回来的命就这么丢在黑心商户的手里!"杨长生冲着指导员吼道。

愤怒的战士们个个咬牙切齿,巴不得将那些人的皮给剥了。幸亏,战后都把子弹收了,不然那天会出什么乱子还真不好说。

杨长生像在阵地上一样,下达了最简单的命令:"拿上铁锹和铁镐,上卡车。"

杨长生转身对指导员说:"你留下,上级要怪罪下来,我一人担着,别让咱们全连都熄了火。"

说完,就领着连里几十个人,拿着铁锹和铁镐上了两辆大卡车,急速向城里开去。指导员还想劝他什么,他根本不理会。

那时已经是下午四点多,不到五点他们就赶到了红星酒店门口。杨长生吩咐队伍分别从两侧迅速包抄过去,将红星酒店围了,同时吩咐将前后门守住,绝不能让任何人出去,以防酒店经理和那些打手溜掉。

下达完上述指令后,杨长生就带领几个得力干将冲入了饭店。

自然,饭店里已没有了刘英伟和刚才打斗的那些人,他们都被带到派出所去了。

这件事的好处是,让刘英伟又看到了杨长生这个生死战友的存在,看到了自己虚荣心的膨胀。不好的地方是,刘英伟、八连的那三个排长和杨长生都被团里通报批评了。

杨长生和刘英伟对批评都诚恳接受。这要在以往,他们恐怕不只是被通报批评,肯定还会背上警告甚至更高级别的处分,就因为上级首长对这起事件与他们有着共情的东西才对他们网开了一面。

后来,当地的报纸上,就此事还进行了专题报道和讨论。报道称,这不是一起偶发事件,而是从这场战争开始后就一直存在的普遍现象,它反映了参战老兵对改革开放突然出现的经济为主导的社会局面的不适应，心里出现了不平衡和对社会的排斥；也反映了当下老百姓一切都向钱看的趋利心态，以及一些人只用钱来衡量人的价值的一种扭曲的价值观；社会正处在改革开放的环境中，没有给参战军人、英雄以应有的理解和尊重。

28

　　杨长生和刘英伟不在一个连，驻扎的地方也就不在一起。但两个连的宿营地却相距并不远，他们现在又都是连级干部，有一定的自由度，因此，刘英伟就经常利用周末或节假日来找杨长生。

　　他们坐在一起，基本不说话，只默默地抽烟，每次抽烟他们都会给周安峰点一支放在旁边。有时他们也会弄些散装酒、花生米在杨长生的宿舍喝，喝酒的时候也会给周安峰倒一杯放在旁边，就像在军校和刚毕业"打射击教材"时他们"三剑客"常聚在一起时一样。

　　他们也会要上一辆车，一起去周安峰他们家所在的那个城市里的烈士陵园看望周安峰。但他们从没有去看过周安峰的父母和姐姐，他们甚至谁都没提一句，因为他们心里都很明白，去了，就等于揭周安峰父母和姐姐那正在缓慢愈合的伤疤，就等于给人家未愈合的伤口上撒盐——你们和人家的儿子是大学到战场的好同学好战友，现在人家的儿子没了，你们却活着，尤其是你杨长生，如果不是你返回阵地找王小路，人家的儿子就不会死……杨长生甚至觉得自己根本就没脸再去见周安峰的父母。

无论是杨柳还是刘英伟，都无法真正了解杨长生的内心。周安峰的日记不可能不在杨长生和杨柳之间留下阴影，尽管他知道周安峰只是单相思，尽管他知道杨柳一直蒙在鼓里……

其实，就是杨长生自己，也弄不明白他的内心到底是怎么回事。他有时甚至希望杨柳曾经爱过周安峰，她与周安峰之间有过恋情而不只是周安峰的单相思。如果是那样的话，或许，他现在的心就会好受些，就不会有种让人慷慨给予了的窝囊。他恨那片炮弹怎么没有炸着自己，而炸着了周安峰，他多么希望那次"拔点"突击任务中光荣的是自己而不是周安峰！

很长一段日子里，杨长生对杨柳都不冷不热。杨柳以为杨长生是战争后遗症，一直都给予了最大限度的宽容与理解。

29

杨柳从前线回来后，随着地炮团的战友们回到地炮团原来的宿营地——上塘，被安排在团卫生队上班。上塘地处深山之中，二十公里山路后才有一条通往外面的公路。每次出上塘去看杨长生，杨柳需要步行一段，拦乘老百姓的顺路蹦蹦车坐一段，然后才能在公路边拦辆军车坐上。

有次去看杨长生回来，等了半天车都没等到一辆过路车，直到天黑，她才拦着了一辆拉煤车。她坐在煤车上，到宿营地后照镜子，发现自己一脸乌黑。

即便如此，杨柳还是要费尽周折每半月、一月就去看杨长生一趟。

卫生队在一个独立的小院子里，一栋单排两层的独楼，一楼是工作区，二楼是宿舍。一间房子，帘子一隔，里面是床和书桌，外面一个狭小的区域可以做饭——实在不想吃食堂大锅里的饭时，可以在电炉子上做点东西吃。

从战场上回来的杨柳，对这样的生活条件非常满足。令她不满足的是工作。整天不是发点感冒药和膏药，就是巡回医疗，最有技术含量的工作就是给训练受伤的战士清创缝合。不断重复的低水平的工作与"医学专家"的梦想在杨柳的脑子里开始不断打架。她最后下了决心，向卫生队提出去进修。可卫生队长却说："我知道你留不住，迟早要走……但咱们卫生队缺你这样的人才啊！你看这样行不行？等咱们卫生队分来新大学生了，我就批准你走。"

杨柳只好等着盼着。前线回来后的第三年，卫生队终于分来了一个军校毕业生，卫生队长找到杨柳说："你也不要去进修了，去师里反映一下你的情况，让师里把你调到师医院工作吧。"

"队长，我不是嫌咱们上塘地方小，偏远，我的确是想学东西。"杨柳说。

最后，杨柳还是离开了上塘，去了师医院。

师医院在她老家的县城——普县,离她父母的家很近。有住院部和门诊部,而且对外开放——给老百姓看病。

杨柳住进一间小平房里。两个板凳支着一个床板成了床,几个战士给她在门口盘了个泥炉子,生活便安顿了下来。

大学五年级在市中心医院眼科实习时,带杨柳的老师是个十分漂亮、技术好、病人学生的口碑也好的女老师。见她每天穿着裙子,外面套着白大褂,将一头光滑如丝的头发用一个白手绢系在脑后,然后坐在裂隙灯前给病人优雅地检查眼睛;带着他们这些学生自信地查房,穿着手术衣边从手术室往外走,边潇洒地摘口罩的样子,杨柳好生羡慕。从那时起,杨柳就喜欢上了眼科。渴望毕业后也能像这个老师一样从事眼科的工作。

学生往往都是这样,因为喜欢某个老师而喜欢上了老师教的那门课。

调到师医院后,杨柳便想去眼科,却未能如愿,因为眼科的工作人员已经过剩。她被安排在了门诊,每天什么病都看。

社会上打麻将的风气悄然进入师医院。晚上没事时,同事们就支起麻将桌通宵打麻将。这时的杨柳,却把自己关在平房的小屋里看医书。总想把这些年耽误了的时间抢回来。

全军医疗技术比武时,杨柳成了必然的推荐对象,考理论,在狗身上考实操,她代表师里拿到了第二名。回来后,作为奖励医院把一个去广州军医大学中西医结合学习班学习的名额给了她。

重回大学,杨柳的内心说不出的高兴。她完全把自己当作一个新入校门的大学生,投入到大学的各种生活中。她参加学校的诗歌朗诵会，参加课外的英语口语班和健美操班……不想浪费一点点时间。

那段时间，交通、通信不方便，她与杨长生的联系只能靠书信。队里给了他们这队学员一个特殊待遇，每周末可以在队部办公室与家人通电话。杨柳每个周末都会早早去队部办公室给杨长生打电话。可一个电话要打通，需从广州军区打到兰州军区，再从兰州军区转接到他们的军、团、营、连，好不容易打通了，信号却不好，有时还会突然掉线中断。因此，她能和杨长生交流的东西非常有限。

春节，杨柳没有回家，她想让杨长生来广州，看看这个与北方完全不同的世界，给杨长生洗洗脑，开开眼界。可杨长生不愿去。

杨柳一再恳求，杨长生没能抵住杨柳的死缠烂磨，终于来了。

杨柳带着杨长生参观药厂的生产流水线；到白云酒店和东方酒店看五星级酒店的设施；站在花园酒店门口卡着时间数眼前过往的车辆；她也带着杨长生去看羊城之夜，看那么多漂亮的花灯及花卉；她和他一起逛夜市，买从香港流通过来的洗发水和丝袜……

可杨柳很快就发现，眼前的一切根本就提不起杨长生的兴趣，更打动不了杨长生的心。她这时才意识到，在杨长生内心里的某个角落，其实从来就没有真正走下过那片战场。

一年的学习任务很快就结束了。杨柳回到了师医院。可她的人回来了，心却在外面。她再也无法面对这种四平八稳的生活，渴望着出去学习，进一步提高自己，让自己能赶上这个飞速发展的时代。

不久她就争取到了去军医大学眼科进修的机会。

"在军医大眼科的那一年里,我真正体会到了什么是如饥似渴。"杨柳看着我说。

从军医大进修完眼科回来,杨柳被顺利调整到眼科。她发现师医院眼科不光病人很少,业务也很单一。每天除了开些眼药,查几个视力,再没别的事情可做,偶尔遇上一个手术,也只是轻度的眼外伤清创缝合。设备简单、陈旧,就连最基本的眼科手术——白内障手术也无法做。于是,她向医院申请购买了一些基本设备。自己一个人把设备拆箱、组装;在显微镜下用头发做线在纱布上练习缝合、打结,将眼科常见手术开展了起来。

师医院离杨柳的老家很近,经常有家乡的人来找她看病。他们看好了病,回去后便一传十,十传百,吸引了很多人前来就诊。

杨长生的连队与杨柳她们的师医院离得很远,那段时间,他们仍是聚少离多。

30

一九九四年春,杨柳与杨长生的女儿出生了。杨长生给女儿取名思安,小名安安,大家都知道他起这名字是什么意思,但也都不说破。

杨柳工作太忙,无暇照顾孩子。安安半岁后,她便把思安放到了母亲家。杨柳多次建议杨长生向上级打报告,申请调到师机关工作,杨长生都不予理睬。他仍是那么一副与世无争的样子,成天活在自己的世界里。

正因为杨长生的这种状态,使得他在六连连长的岗位上一待就是五年。要不是发生的一件意外事件,他还不会打报告调到杨柳身边。

杨柳医院的一个副院长,在前线时就对杨柳动了歪脑筋,只是苦于当时是战时,杨长生又离得近没敢有所造次。战后,他多次跑到杨柳的诊室向杨柳表达爱慕之心,都被杨柳当作玩笑话岔开了。后来杨柳去军医大进修,进修回来时,这副院长又去了下面的卫生队代职,杨柳也就平安无事。半年前,这副院长代职结束回到师医院后,又开始动起杨柳的歪脑筋来,在没人的时候动不动就对杨柳说一些肉麻挑逗的话,对这副院长的挑逗,杨柳以为他也就是过过嘴瘾而不予理睬,急了才训斥几声。

一天晚上,杨柳正在宿舍看书,突然听到有人敲门,开门一看。竟是那个副院长。她把副院长堵在门口不让进来,说:"有话就在门口说。"

那副院长一脸严肃地说:"有个重要事情必须进屋给你说。"

杨柳只好让副院长进来。可没想到那副院长一进门就抓住杨柳的手,向杨柳倾诉衷肠。

杨柳以为这个副院长是真的喜欢上了自己,就抽出自己的手,将那副院长让到椅子上,礼貌地劝道:"院长,我们根本不可能在一起,都是有家庭的人了,我不可能为你离婚……所以,请你趁早打消这个念头！"

没想到那副院长竟厚颜无耻地说："谁让你离婚了，我们只要偷偷地好就行。"说着，就上来对杨柳动手动脚。

杨柳大吃一惊，大声嚷道："出去！你再不出去我就喊人了。"

杨柳住的是平房，房间与房间隔音效果很差。副院长见杨柳不管不顾，只好赶紧走了。

杨柳本以为此事到此就止了，没想到，一天下班前，当她看完最后一个病人，准备脱了白大褂，洗了手回宿舍时，那个副院长却又进来了。这次，他换了一副嘴脸，说："和你好是看得起你，如果你还这么不开窍，会有你好受的……"

"你想怎样？"

"你说呢？！"

他看杨柳没吭声，就以为杨柳被自己的话镇住了，便换了口气劝道："我就不明白了，你为啥这么执迷不悟？亏你还是从战场上回来的人……你看这人啊，说没就没了，还不及时行乐？你那杨长生，一天到晚不回来，跟个游魂似的……你这不等于守活寡吗？"

"滚！你再胡说，小心我向师里告你去！"杨柳气得全身发抖，打死她也想不到，世上竟有这么厚颜无耻的人。

"告我？告我对你能有啥好处？你也不想想，你如果和我好了，我会在出去进修、晋职称等等许多事情上帮你……"他说着，就往门口走，出门前竟撂下一句话，"记得晚上给我留门哦，我今晚就给你阳光雨露，女人是要靠男人滋养的……"

那天晚上，杨柳没敢在自己的宿舍睡，她抱着被子到科里一个单身护士的宿舍，与那个护士挤在一张床上睡了一夜，她对那护士撒谎说，自己头天晚上发生了"鬼压床"，看见一个白色身影在眼前晃，可就是喊不出声……

杨柳不敢把副院长来骚扰她的事告诉别人，毕竟说出去对自己也不好，别人一定会将此事添盐加醋当成茶余饭后的笑料来谈。但她在第二天一大早就给杨长生去了电话，让杨长生务必马上回来一趟，说有急事。

杨长生心里一咯噔，战后几年来，杨柳从没有这么严肃地给他打过电话，而且一大早就打过来，还以命令的口气让他务必尽快回去。杨长生想，一定是出什么大事了，可有什么大事不能在电话里跟自己说呢？

杨长生安排了工作，请了假，迅速赶去了师医院。

杨柳给杨长生学说了整个过程，杨长生听了后转身就往外走。那时天已经黑透了。

"你去哪？天已经这么晚了。"杨柳问。

杨长生不理她，径直到那副院长家门口，一脚踹开门进去。那副院长正在房子中间支着的折叠桌上和院里的三个干部打麻将，他老婆正坐在床边织毛衣。

杨长生二话没说上去就将那副院长的领口抓住，从椅子上拎起来，然后重重地在脸上给了一拳，这一拳力量之重，那副院长瞬间就被打翻在地，倒地的瞬间他想扶一下桌子，却将牌桌弄翻，麻将牌撒了一地。

"敢再胡来,我就卸了你的腿!"杨长生说完转身出去了。

整个过程实在是太突然、太快了,那三个打麻将的干部和副院长的老婆都还没反应过来,都像被突然叫了暂停定格在那里时,一切就已经结束了。

杨长生回单位后就向团里打了报告,请求调到师医院机关工作。报告打上去后却迟迟不见答复。杨长生便去团里找干部股股长问,股长拿出医院的花名册看了又看,说:"师医院机关里没空位子呀!"

"我不要任何职位,做个干事或助理员就行。"杨长生说。

于是,杨长生被调到了师医院机关,由连长做了干事。

一九九五年秋的一个周一的早上,杨长生踏着秋天的落叶到师医院机关报了到。

31

杨长生到师医院上班后,先是在后勤部战勤科当干事,后又被调整到政工科当干事。无论被调整到哪个岗位,他都毫无二话,坚决服从。他仍是话不多,只埋头把自己分管的那些活认真做好,其他人和事一概不闻不问。

杨柳在部队和当地老百姓中的口碑很好,病人越来越多,可她的职称却一直提不上去,年年都出不了医院就被刷了下来。杨柳找干部科问究竟，干部科的一个干事偷偷对杨柳说，每次干部科往上报的时候都有杨柳的名字，但每次没等上院党委讨论会，就被那个副院长划掉了，那副院长说杨柳思想有问题，重业务轻思想教育，政治学习不积极，经常在政治学习时迟到，而且，杨柳傲慢，目无组织，目无领导。

那副院长分管职称调整工作，他这么说，这么做，谁也没话可说，谁愿意为了杨柳而去得罪他。再说，杨柳也的确有些重业务轻政治学习，经常会因病人的事耽误政治学习。

有一次政治学习，杨柳又迟到了。那副院长问原因。杨柳说："手术没做完！"

"就不能不做手术吗？明知道今天下午是规定的政治学习日。"副院长说。

"人家大老远赶来，不忍心让人家没做手术就回去。"杨柳说。

"好像这世上不只有你一个医生吧？！"副院长说。

这样一来，杨柳对晋职称就再也不抱希望了。

杨长生调到师医院工作后，杨柳便将女儿安安接到身边。杨柳工作忙，安安基本由杨长生带。杨柳发现，带安安后，杨长生的话渐渐多了许多，脸上的表情也丰富了许多。

安安稍大一点后，杨长生就开始给安安做弹弓和木头手枪玩，弄得安安跟个小男孩一样。杨长生对杨柳说："等安安大了，我就让她上军校，当女兵……也成为神枪手。"

对于杨长生将安安当男孩带而且还想让安安将来长大后上军校，

杨柳一直持反对态度，但她又不能多说，每次还没等她说上几句，就会得到杨长生有力的抨击："咋？改革开放了就不需要军人了？我告诉你，任何时候，任何国家，都离不开军人……这就像长江大桥上的护栏，你走在大桥上，感觉不到那护栏的重要，可你试着把护栏取掉，你还敢上大桥吗？"

在杨柳的内心，她希望安安能学医，能弥补自己因为参军而没能上研究生没能做教授的遗憾。

"你后悔当年跟杨长生好了？后悔参军上前线了？"我打断杨柳的话，问道。潜意识里我还想让她承认，当年我为她所做的一切都是正确的，即便是王振海不适合她。

"冬月，你误解了……遗憾并不等于后悔……我一点都不后悔与杨长生相恋、结婚。也不后悔毕业时参军去了前线——"她的眼睛里瞬间有了亮亮的光，"杨长生让我的青春十分有意义，参军上前线让我一辈子都感到自豪……"

听她这么说，我感到有些羞愧。

杨柳拍了拍我的手，接着讲她和杨长生的故事。

一九九八年，国家再次裁军，部队为了稳定，采取逐步消化。许多人转业回了老家。一些人不愿意离开部队，到处托关系。杨柳他们师被撤编了，杨长生被调整到普县武装部，但仍为现役。杨柳当时被调整到军医院眼科，军医院在一百多公里外的另一个城市。那时，杨柳在师医院已经有了自己固定的病人群,她从师医院调往军医院后,那些病人仍到师医院找她看病,无奈,她只好经常往返于正在撤销的师医院与军医院之间,为那些等着她的病人看病、做手术。

这样的日子没过多久,杨柳便果断打报告,要求复员退伍。

一九九九年,也就是杨长生去武装部报到后的第二年,杨柳顺利复员到了杨长生身边,回到了普县,并开始着手建自己的眼科诊所,计划逐步积累资金和经验,时机成熟后再建眼科医院。

"现在诊所的工作已步入正轨,聘用了几名医生和护士,但手术基本都是我自己做……这次,我到北京参加学术会议,就是想看看有什么新技术。"杨柳说,"这几年在部队基层医院待着,单打独拼,只能小打小闹,看一些常见病,做一些小手术,现在有自己的诊所了,我就可以按照当初的梦想,做更多的事了。"说起办医院,她的语气一下子轻松了许多。

"杨长生到新单位适应吗?有没有提拔使用?他那么有能力。"我问。

"嗨,这又是个很长的故事。还记得我给你说过的那个叫董进才的人吗?"

"记得,不就是被周安峰戏弄说他们连的八个军校同学都要去前线,把那家伙吓得找到团部,结果反被团领导批评,把他名字加到突击队名单里,但最后他又通过托关系,没有去前线的那个人吗?"

"对,就是那个人。"

32

杨长生到武装部报到后才发现董进才也来了,而且还和他分在同一个办公室。杨长生虽没把和董进才的关系处成像周安峰与董进才那样僵,但董进才一直也没入杨长生的眼。

刘英伟得知董进才也到了武装部后就劝杨长生说:"你也不学学人家,关注关注人际关系,往上走一走!"他有些替杨长生着急。

"还是那句话,这世界蟹有蟹道,虾有虾道……我觉得我这样挺好。"杨长生很不以为然地说。

"你这叫啥道?怎么说你原来也是个阵地长和突击队队长,弄得现在跟个缩头乌龟似的与董进才这样的烂人待在一个办公室。"

"在一个办公室有什么关系,他干他的事,我做我的工作——井水不犯河水。"杨长生说。

"和这样一个人坐对面你不觉得别扭吗?"

"我早已看周围的人和事是空气了。"

可事情根本没有杨长生想的那么简单,他看董进才是空气,可董进才没把他当空气,他在董进才那里简直就是眼中钉、肉中刺。

"为什么会这样?"我问杨柳。

董进才虽通过关系避免了参加那次"拔点"突击作战行动，但却在团首长那里留下了极坏的印象。战后，他既没有立上功，也没有被提拔使用，被调整到杨长生他们团下面一个连里任排长，和战前在军校的职务等级一样。这小子偏偏又是个不甘平庸的人。"拔点"作战那件事发生后，他恨透了周安峰，在心里暗暗发誓，等周安峰"拔点"回来，他要好好收拾收拾周安峰。可还没等他收拾，周安峰就牺牲了。董进才很清楚，只要这几个团首长在一天，他董进才就休想有翻身的机会。他把这笔账暗暗转移到了杨长生和刘英伟身上，认为那次周安峰作弄他的行为一定也有杨长生和刘英伟的份儿。无奈，战后大家不在一个连，他的报复计划便没机会实施。

就在董进才心灰意冷，准备转业的时候，突然传来一个喜讯，他们团的几个领导都发生了变化，有的提到别的师当师长了，有的转业或退休了。董进才一看机会来了，便趁机托关系，使出浑身解数上调了一级。可谁知好景不长，部队又要裁军。为落实裁军任务，他们师被撤销。他又不得不托关系保留军籍。最后他被调整到了普县武装部，保住了现役待遇。

本来到了此时，董进才和周安峰之间的那件事已经过去了许多年，董进才想报复杨长生和刘英伟的心早已没了，可当他发现杨长生也来了普县武装部，而且被分在同一个办公室后，心里就升起了难以言说的不舒服。他在杨长生面前总感到矮了那么一截，他担心杨长生瞧不起自己，担心当武装部的同事让杨长生讲他和自己的战斗经历时杨长生会把自己那次临阵退缩的事在单位说得人尽皆知。如果让单位领导知道了，纵是自己有三头六臂，有腾云驾雾的本事，也不会有出头之日，好不容易摆脱了原来团首长的"魔掌"，不能再入武装部领导那"如来佛"的手心啊！

董进才越想越害怕，越想越觉得自己应该采取些行动阻止此事发生。可他却怎么也找不到合适的机会。

董进才的心里波澜起伏，表面上却风平浪静。每天上班一看见杨长生，就满脸堆笑主动上前打招呼，一口一个老同学、老战友地叫，旁人看见，还以为他们原来在作战部队时关系非常好呢。

不知不觉一年就去了，又到了每年的转业时间。董进才通过关系，打听到他们武装部当年有三个转业指标，根据全部的情况分析，他和杨长生肯定得走一个。他突然眼前一亮——机会来了！如果想办法让杨长生转了业，不就可以一劳永逸了吗！更何况，这次他和杨长生之间谁转业谁留下本来也是一场你死我活的斗争。

但怎样才能成功让杨长生转业呢？董进才挖空心思，思来想去，整整想了好几天。不久，省军分区党委的十一个常委每人就收到了一封匿名信，说杨长生思想不健康，乱搞男女关系，还附上了一封没有落款的一个女人写给杨长生的情书。

这封情书的内容不胫而走，传得恨不得全军分区和杨长生原来部队的人都知道了。大家私底下议论纷纷，议论最起劲的当属原来部队师医院的那些女医生和护士。这群人最爱八卦别人的事情。

"这杨长生看上去道貌岸然的，没想到竟是这么一个下流胚子。"

"男人，没一个好东西！"

"难怪经常待在单位不回家，原来外面有人了。"

"听说杨长生战后就开始经常不回家，难道那时就已经在外面有人了？"

"这不可能，听说那女人是武装部财务科的，杨长生那时还不认识这女的呢。"

"会不会那时好了一个，现在又好了一个？要不然，杨柳为什么在前几年非要把杨长生调到师医院的机关里呢？不就是想把杨长生放在眼皮底下看着吗？"

"嗨，男人，看得了一时，看不了一世啊，这不，一有机会又出轨了。"

"我咋听说杨长生调来师医院是为了看着杨柳呢？杨柳那时与咱们医院的副院长好。"

"这人啊，可真是看不透。"

"听说那女的五官还没杨柳好看，还不是军人，只是比杨柳年轻，身材比杨柳好而已——你看杨柳现在已经胖成啥了。"

"只要年轻就行，你没听人说'女子十八无丑女'，年轻压倒一切。"

……

与杨长生要好的几个战友却说："这一定是杨长生得罪了什么人，人家故意捏造出这么个事来恶心他！"

"那会是谁呢？"

"他一天见了领导不冷不热的，更不会到领导家送烟送酒，嘘寒问暖，哪个领导会喜欢他这样的。"

"领导不喜欢他,也不至于要给他弄个匿名信恶心他呀。"

"兴许领导想以此把他弄走,眼不见心不烦。"

"那直接报他转业不就行了,犯不着弄这一手。"

"这你就不明白了,写匿名信,既能达到目的,还不得罪杨长生呀,再说,杨长生的工作也让领导挑不出毛病,没理由报人家转业啊!"

"对,对,对,会不会与转业这事有关?想想看,谁最可能被转业而又不想转业呢?"

说着说着,他们不约而同地把目标锁定在了董进才身上。他们私底下找到杨长生,告诉他们的推断,并建议他向上级反映。

"没有根据的事千万别乱猜,我虽然和董进才不是一路人,但毕竟是同学和战友……是谁也不可能是他。"杨长生不以为然地说,"再说,清者自清,浊者自浊,我就不信,一封匿名信能把我怎样?!"

杨长生对这封匿名信虽然气愤,但内心里却并没太把此事当回事,他甚至觉得有些可笑,谁会这么无聊,竟将自己和这类事情扯在一起,这不是搬起石头砸自己的脚吗!

33

出了匿名信以后,军分区曾派了一个干事下来找杨长生和他的上司了解情况,杨长生反问:"你觉得呢?"

| 一半是快乐 一半是忧伤 |

那干事入伍没几年,但他知道杨长生是原来部队里有名的"神枪手",也知道杨长生曾是那场战争中的优秀"阵地长",更知道杨长生因为寻找王小路私返阵地牺牲了周安峰而没有立功。他从心里敬重和佩服杨长生,忙说:"打死我也不相信这信上的内容会是真的,但这是组织程序,我必须找您了解一下情况。"

"组织如果相信我,就不应该让你来找我了解情况,而应该去找写这封信的人问问他到底想干什么。"杨长生气愤地说。

"因为是匿名信,我们无法找写信人,军分区首长这才让我下来找您,看看您有没有线索。"

"没有。"杨长生果断地说。

杨柳当然是最后一个知道匿名信事件的人,而且,传到她耳朵里时,已经出现了好几个版本,每个版本都说得有鼻子有眼。

有说与杨长生好的那个女人是地方女老板的,说那女老板就看上了杨长生一身的腱子肉和杨长生的"神枪手",杨长生不仅是女老板的相好,还是女老板的保镖,每晚女老板出入夜总会,都要杨长生作陪。

有说和杨长生好的那个女的是杨长生他们领导的老婆,只要有领导的老婆罩着,杨长生就可以待在武装部不会被转业了等等,不一而足。

杨柳听了后,简直快把肺气炸了。她立即打电话问杨长生:"发生了这么大的事为什么不告诉我?为什么不去找军分区领导澄清?"

杨长生反问:"你信吗?"

"当然不信!"杨柳果断地说。

"那不就得了，既然没这事，咱怕啥？"

"可人言可畏呀！现在说什么的都有！"

"嘴长在别人身上，爱怎么说怎么说去，身正不怕影子斜！……"

无奈之下，杨柳只好自己跑到军分区，向组织证明杨长生的清白，并要那封信看，想从中找到线索。她说："我和杨长生共同生活了这么多年，他是什么样的人我最清楚——他根本不可能做那样的事，这明明是有人故意恶心他。"

起初，军分区领导根本不给她看那封信，后来觉得从杨长生和武装部那里根本就没得到任何线索，还不如让杨柳看了，兴许她会提供一些情况帮助解决问题。

军分区常委会上，政委说："有什么事情不能逐级反应？非得写匿名信，传得整个军分区沸沸扬扬，人尽皆知，这不仅败坏了杨长生的名声，也败坏了军分区的名声，绝不能助长写匿名信这股歪风邪气。"

军分区党委做出指示："要将此事一查到底。如果属实，就对杨长生进行严肃处理；如果不实，就坚决查处写匿名信的人。"

34

杨柳看了那封信后大吃一惊，信里的一些话竟是自己以前写给杨长生的，尤其是那首爱情诗，那还是她刚认识杨长生时写给杨长生的。

可那笔迹显然不是自己的笔迹,而像一个小学生写的字。

思念,如梦如幻

我的思念,像藤曼

只要一静下来

就疯狂地生长

从城市的这头

穿越到那头

就只为,悄悄地看你一眼

我的思念,像春蚕

吐着一根一根的细丝

一层又一层

把我包裹起来

在茧房里

只要一想到你

我就会一阵一阵地窒息

我的思念,像幽灵

当我在时间的缝隙中安眠

它就在梦里梦外徘徊

寻觅的，全是有关你的

零散信息

于是，在每一个深夜

在每一个梦里

一次一次

你俏然进来

一次又一次

你又默然离开

每一次醒来，黯然叹息

我两手空空

抓不住你一丝的气息

落款是，爱你的人。

杨柳立即给杨长生打电话："你把我写给你的信都给谁看过？"

"我有毛病呀，把你写给我的信给别人看？！"

"可这封匿名信里附带的那封情书里有许多话是我写给你的话，那首诗完全就是我写给你的诗。"

"情书不都是那么写吗？"杨长生不耐烦地挂了电话，他已经够烦的了，杨柳还在这凑热闹。

下班回到宿舍后,杨长生想起杨柳的话,就从床底下拿那个小木箱,那里装着杨柳给他写的所有信。他曾将那些信用剪刀小心剪开信封口,读完信后又仔细将信叠好装进信封里,按照收到的先后次序编上序号,最后整整齐齐地捆好放在那个小木箱里。这些年,他调来调去,许多东西都扔掉了,可这只箱子一直都跟随着他,因为他觉得那是他的青春,鲜活的青春。知道周安峰一直暗恋着杨柳后,他曾想把杨柳写给他的那些信一烧了之,但最终还是没有烧。

杨长生在床底下翻了半天,也没找到小木箱,小木箱不翼而飞了!这就证明了杨柳的判断:这封匿名信与杨柳的信有关,也就是与那个小木箱有关,是谁偷走了这个小木箱呢?

杨长生开始用上自己的侦查能力在单位里逐一排查,他想起了那几个战友的话。

第二天早上,杨长生早早来到办公室,准备当面质问董进才,可董进才却没有来,他问其他同事,都说不知董进才去哪里了。

整个上午,杨长生都在生闷气:"这家伙一定是心虚,躲着我了!"

没想到,快下班时,董进才却回来了,一进门,杨长生就确定了肯定是他。因为董进才看他的目光躲躲闪闪。

杨长生顿时怒火万丈。他向前一步,揪住董进才的衣领,把董进才拉到楼道,他的拳头就要落下去的那一瞬,他克制住了自己。他顺手一推,将董进才推了出去。没想到,这一推,力量过猛,董进才一个趔趄就躺倒在了地上。

董进才以为杨长生要揍他,心想,这家伙的手下可没个轻重,就扯起嗓子喊:"你想干什么?敢做不敢当?!"

"你倒是贼不打自招了?!"杨长生确定了这事是董进才干的,上去就狠狠地踢了董进才一脚。

楼道上很快就出现了看热闹的人。董进才为了掩饰尴尬,忙爬起来,虚张声势地边喊边往杨长生跟前扑:"谁怕谁呀,有勇气搞女人,就有勇气承认……战场上没立功,回来在女人身上立功。"

杨长生将冲到他跟前的董进才只轻轻一推,董进才就又被推出去很远:"滚!打你?我还怕脏了我的手。"

董进才见状更加来劲了,又往杨长生跟前扑:"有种就打一架,废什么话!"

杨长生本来已往办公室走了,听见他这么说,转身就是一个扫荡腿,将董进才撂倒在地。几个回合中,董进才根本就近不了杨长生的身。

楼道里的人没一个人来劝架,都只站在一边看热闹。有人还小声叫好,说:"这小子就欠杨长生这一顿揍——经常背着杨长生说杨长生的坏话。"

原来,杨长生刚来武装部报道时,因为宿舍还没调整好就被临时安排在武装部招待所住下,他嫌麻烦,只把几样必需的生活用品拿到招待所,剩下的行李全放在办公室的文件柜上面,其中就有这个小木箱。宿舍安排好后,杨长生将这些行李又搬到了宿舍,只有那个小木箱一直放在办公室的文件柜上面没有动。

董进才一直很好奇杨长生的那个小木箱里到底锁了些什么，几次想在杨长生不在时打开来看看，结果，那上面的锁子却让他的好奇心没有得到满足。

前不久，杨长生将那小木箱搬回了宿舍。

一天下班后，董进才打开水路过杨长生的宿舍门口。他下意识地往里看了看，正巧看见杨长生刚把那箱子的锁子打开，翻看里面的东西，他本想趁机看看那箱子里到底有啥秘密，却看见杨长生转过来关门，他便赶紧走开，装作什么也没看见。

董进才回到自己的房间后，心里一直惦着那个小木箱，心想，"里面一定有什么不可告人的秘密，要不杨长生为什么还要关门看呢？"

董进才对那个小木箱动起了歪脑筋。

之后的一天晚上，董进才从厕所出来，恰好遇见杨长生进厕所。董进才路过杨长生的宿舍门口，见杨长生的门正好大开着。"现在不动手什么时候动手？！"董进才心里想。

董进才迅速将杨长生的小木箱从床底拿出来，抱到了自己的房间。可他费尽心思弄来的小木箱，又费尽周折将箱子上的锁子敲开后，却发现里面没有任何可用的东西——里面全是杨柳写给杨长生的信。但他不敢声张，也不敢再冒险将箱子放回去。

一天晚上，正当他有意无意地翻看杨柳给杨长生的信时，突然有了灵感。于是，就有了那封匿名信和所谓的情书。

35

董进才为了将杨长生赶走,使出如此下作的手段,不仅没将杨长生赶走,反而使自己的颜面在全军分区上下彻底扫了地。他自动报了转业,卷铺盖走人了。

"那杨长生现在还在武装部上班吗?"我问杨柳。

"最近转业了。"杨柳说。

"为什么要转业?董进才走了,没人跟他过不去了!"

"那件事虽最后证明杨长生是无辜的,但对杨长生还是造成了一定伤害,他突然觉得待在武装部里已没一点意思,今年复转工作还没开始,他就主动打报告,转业了。"

杨长生提出离开部队,杨柳十分赞同,但她不希望杨长生是转业,而应是复员,复员后就可以和她一起办医院,她负责医院的医疗,杨长生替她打理医疗以外的事。但杨长生不同意,他说:"一个军人,怎么能干个体户这种事。"

杨柳拿他没办法,只好由他。

"刘英伟现在在哪?他还在原来的连队?"

"刘英伟几年前就转业了,他因为立过功,组织给他安排的工作很好。"

36

刘英伟转业到普县一个国营企业单位,当了部门领导,户口由农村户口变成了城市户口。转业不久,他就经人介绍找了个在县百货商场做营业员的女朋友。那女子虽家在农村,但已出来在城里闯荡了好几年。刘英伟和这女子认识没多久就结了婚。婚后没几天,这女人就要将刘英伟转业时发的那笔钱拿去做生意,刘英伟不给,说:"这钱还要留着给我妈治病哩。"刘英伟的母亲患有严重的哮喘病。

"你妈那病是个无底洞,哪是这点钱能治好的……如果把这钱拿去做生意,赚了钱,再拿出一部分做生意,让钱生钱,还愁你妈那病没钱治吗?"女人说。

"等你赚了钱,我妈还在吗?"刘英伟依然不同意。

两人大吵一架,随后那女人离家出走,住进了好朋友家。刘英伟前去找了几次,好说歹说劝其回家,可那女人就是不愿回来。无奈,刘英伟只好将钱交给她,让她去做生意。

这女人拿到钱后,也不跟刘英伟商量就辞了百货商场的工作,与人合伙跑到广州做生意去了。半年后,女人回来了,不仅没挣到钱,连刘英伟的那些钱也一分没剩——她被人骗了。

这对刘英伟来说，简直就是致命一击。他家里那么困难，就指着这点钱过日子。一气之下，刘英伟狠狠地臭骂了那女人一顿。

那女人一生气再次离家出走，再也没有回来。起初，刘英伟以为她又去了那个女朋友家，就没去找，想着她过两天就会回来，可一周过去了，两周过去了，仍不见回来，刘英伟就觉得有些不对劲，到那女朋友家去找，那女朋友却说，这段时间根本就没见过他老婆。后来，他经过四处打听，才了解到那女人跟着一个包工队的头头跑到南方去了，具体到南方什么地方，谁也说不清。到现在那女人已经走了好几年了，没回来过一次，也没给刘英伟捎过一句话，活不见人，死不见尸。

这期间，刘英伟的母亲去世了，刘英伟一想到母亲在世时，自己没能拿多少钱给她老人家到大医院好好看过病，没能带她老人家出来好好转过，心里就十分难受。

两年后，刘英伟所在的那个国营企业因经营不善宣布破产，资产转让给了一个私人老板，私人老板从他们工厂挑走了一些技术骨干，剩下的人发放了一点安置费就全部宣布下岗。刘英伟因为没有技术，这几年又一直纠结于自己的婚姻而萎靡不振，自然而然就被划归到了下岗职工之列。刘英伟的情绪一下子跌到了谷底。他想回农村继续种地，可农村已经没有他的地了……

那天晚上，我和杨柳一直聊到很晚。我没有回家，和杨柳挤在酒店的那张床上睡了一晚，临睡前，杨柳吃了一片安眠药，她自嘲地说："我现在都快成药罐子了！"

　　躺到床上后，她很快就睡着了，发出微弱的鼾声，我却睁着眼翻来覆去久久难以入眠。过去十四年发生在我们几个人身上的一切就像一部电影，在我的脑海里不断呈现，直到天快亮时，我才迷迷糊糊地入睡。

一半是快乐 一半是忧伤

下部

1

再见杨柳又是八年后的事了。

红梅二次结婚,我和杨柳相约着一起去参加她的婚礼。

红梅打电话来说她又要结婚了,不想声张,不准备操办,只把两家人约到一起吃个饭就行了,可她思来想去还是觉得应该告诉我和杨柳一声。

"啥、啥、啥?你又要结婚了?谁当年说不再结婚了,说男人没一个好东西!"我吃惊地问,差点把手里的电话掉到地上。

"嗨,嗨,嗨,别这么大惊小怪好不好?事物总是变化的么,更何况人的认识——"她的语气里有掩饰不住的喜悦。

"我现在就想飞过去,看看这个把你重新收入婚姻里的男人到底是哪路神仙?"我对这个男人的确充满了好奇。

"大家都太忙，就别跑了，我只是告诉你和杨柳一声，免得你们将来骂我。"

"道高一尺，魔高一丈——你先说说，这个降住你的男人到底是人还是神？满足一下我这颗不断膨胀的好奇心。"

"你认识——"

"刘英伟？"

"胡说什么呀，咱大学同学——李俊。"

"李俊？"我迅速在脑子里搜罗有关李俊的信息。

我的记忆力很差，加之毕业后一直不与同学们来往，很多大学同学都已忘掉了，但李俊却还清楚地记得，因为他和我曾是同班同学，在市中心医院实习时我们还在一个实习小组待过。

李俊的个子不是太高，但身材却匀称清秀，腰板挺得笔直，一双眼睛非常亮，一看就觉得他是那种非常聪明的人，常常让你觉得他很有气场。

事实上，李俊的确非常聪明，他的记忆力特别好，而且思维的逻辑性非常强。初中毕业时，他就以全年级前四名的成绩考上了位于省城的一个初中专（初中毕业的学生考上的中专），成为全年级几百人羡慕的对象。

李俊聪明，但运气却似乎有些不好。他上初中专的第五十三天就不得不卷铺盖打道回府了。原因是学校组织的入校后体检中，发现他的肺上有片阴影，考虑是原发性肺结核。

学校通知他父亲来商量此事。他父亲带着他去市医院会诊,专家考虑是陈旧性肺结核,说病灶已经钙化没有传染性。可初中专的老师和领导还是担心他肺上的病灶有传染性。他们商量后就对李俊的父亲说:"咱这学校是化工学校,学的东西是三酸两碱合成氨——气味不好,对你孩子的肺不好,你还是让他退学吧!"

李俊的父亲是个老实巴交的工人,听学校领导这么一说,便给李俊退了学,他想,不能为了上个学就不顾孩子的健康啊!

十五岁的李俊又回到了原来的中学,与原来班上的同学一起上了高中。

一天,有个同学找到李俊,问:"李俊,你不是去省城吃大餐去了吗,咋又回来了?"

李俊当初考上初中专时,市教委把大红的喜报贴到他们学校的大门口。他们全年级三百多人,只考上包括他在内四个学生。可想而知,当看到他的名字出现在榜上,他家人还有他自己是何等的开心,周围邻居和学校的同学是何等的羡慕。可仅仅五十三天,他就又回到了原来的学校,简直就像从天上突然掉到了地上。这一巨大的落差本来就让李俊十分难受,现在这同学还说出这样的风凉话。李俊感到羞愧难当,暗暗发誓,一定要考上大学。

李俊终归是聪明孩子,一直学习都很好,两年后,他便顺利考进了医学院,与我做了同学。他在给我们同学讲他的这段经历时说:"这就应了那句老话——塞翁失马,焉知非福!"

李俊虽然聪明，思辨能力很强，但身体的发育却相对缓慢。上大学期间，他也属于那种不知道精子到底是怎么与卵子相遇的男生。因此，当人家男生都在追杨柳的时候，他还在成天恶作剧般逗别的男同学玩儿呢。

"我记得李俊毕业时，被分配到他们家所在那个城市的一家区医院的内科了，后来怎么样就不知道了。"我说。

"他也是个能折腾的人，下过海，差点被淹死，最后又爬上岸做起了老本行——医生。"红梅说。

李俊大学毕业后被分配到他家所在的那个城市的一家区医院内科工作。工作四年后，经人介绍认识了在另一个城市工作的一个女生，一年后两人结婚，再一年后生了个女儿，起名凌子。由于两家老人的身体都不好，凌子只能由他们自己来带。

为了凌子，李俊让爱人办了停薪留职，回到他身边专职带孩子。

凌子三岁那年，住房开始商品化，李俊的单位卖经济房，每平方米四百九十八元，按照他当时的资历，可以买到一套六十五平方米的两居室单元房。总房款三万五千元。他把自己和爱人的所有积蓄搜罗出来，总共九千元不到。于是他从父母、岳父母、哥哥们那里借钱买了房。这意味着他从此就背上了一个巨大的债务。他每月二百五十元的工资，养活三口人都很勉强，如何去还钱。这些钱，他们全家不吃不喝，也需要五六年才能还完。

为了还钱，他们一家只能节衣缩食，从牙缝里抠。一个周末，他对女儿说："爸今天买只炸鸡给你吃吧！"

一只炸鸡二十八元钱。

"爸，钱都没还完呢，还吃鸡呀！"三岁的凌子懂事地说。

李俊的眼泪掉了下来，那一瞬，他突然意识到，作为男人，不能给家人好的生活，至少不能让他们有生存的压力。要还钱，光靠节流根本不行，还得开源！

李俊开始想方设法挣钱。他从报纸上、广播里寻找各种招聘广告，想在八小时之外再挣些外快还钱。

周末，他替医药公司去山里给农民义诊、卖药。那些包治百病的药，让他心里没底。看着那些穷得叮当响的山民，他不忍心给他们推销这些药，去了一次就不去了。

他兼职做医药代表，为了能在正常上班时间出去跑业务，他包揽了科里所有节假日的班，经常用白班换别人的夜班。他曾在下夜班后坐长途车去下面县里跑业务，因为太困在车上睡着了，小偷便用刀片划破他夹克里面的口袋，偷走了他身上仅有的二百多元钱。

这种兼职的工作总归不是长久之计，他只好办了停薪留职，离开医院，开始真正意义上的下海。

他先后应聘于医疗器械公司和医药公司，因为公司本身的问题，他都没能干太久就退了出来。他只好去大舅哥开的公司，在兰州开发市场。大舅哥的公司营销各种智能卡，在南方生意做得很火。

他信心满满地来到兰州，租房、招员工、培训、跑客户。没黑没明累了三个月，却没能打开市场，还赔进了十多万的工资、各种开销。北方人顽固的脑子一时半会儿还接受不了这些新生事物。他最终不得不关停了公司回家。

就在他辞退了员工，决定回家的那天，他爱人打来电话询问情况，他如实相告。他爱人的言语里便流露出他不该下海做生意的抱怨。

他那时的情绪已经低落到了极点，他爱人的话无异于雪上加霜，成了压垮骆驼的最后一根稻草。挂断电话，他站在七层楼办公室的窗口，打开窗子，准备跳下窗子，一了百了。就在他的一只脚已经跨上窗子的时候，他的眼前浮现出了女儿那稚嫩的脸，他仿佛又听见三岁的女儿说："爸，钱还没还完呢，还吃鸡呀！"

他收回了脚。自己一了百了了，可孩子怎么办？

回家后，他一个人把自己灌醉，躺了一天一夜。醒来后，他决定重返医院。觉得自己不属于商海。

重返医院，就要去一个大一点的医院，病人多，效益好。于是，他在同学的帮助下，调进了省城里的一家大医院。

这时，非典来临。他在电视里看到了广州一家医院的护士因为染上非典而殉职，政府给了他家人三十万元抚恤金。他向医院领导申请，要求进入本院的非典病房，内心里多么希望自己也能染上非典，也能因公殉职，也能给家人挣得那三十万元抚恤金。如果真能那样的话，不仅能还了钱，还能使女儿的生活得到很大改善。他这么想着。

可事与愿违，他没能感染上非典，他爱人却因为突发心脏病去世了。

李俊只好一个人带着十一岁的凌子生活。

李俊毕竟聪明肯干。他很快就当了科主任，没几年就当了副院长，最后当了院长。

有了当领导的光环后，许多人给他介绍对象，也有一些女人毛遂自荐主动示好，却都被他拒绝了。他不愿让凌子在经历了那么多苦难后再遭遇一个后妈……

李俊的故事听得我心里直发酸，数度眼睛发热，眼眶潮湿。

"你和李俊是怎么走到一起的？"红梅的话停下来后，我问。

"前年大学毕业二十年同学聚会时，我就听说过他的事，也有同学从中撮合过，但那时我们都没有这种想法，去年凌子上高中后给她爸摊牌，说让他爸找个人，不然的话，她就无法安心念书考大学，觉得是自己拖累了父亲。"

"凌子可真懂事啊！"

"正因为他有这么一个懂事的女儿，我才没有拒绝他的追求。"

"他的追求？"

"是呀，这次，是他亲自来找的我，亲自提说的这事。"

红梅离婚后多少人给她介绍男朋友，她都以"不再结婚"回绝了人家。这次她没有拒绝李俊，让我着实有些想不通。

"你同情他？"

"不，我敬重他！"

2

我和杨柳不顾红梅的反对去了她家，见到了红梅和李俊。当年清秀的李俊现在完全换了一副模样，他的背宽厚了，身板结实了。他穿着天蓝色衬衣，深蓝色西装，没有打领带，整个人看上去充满成熟男人特有的魅力。

我和杨柳望着李俊窃窃耳语的时候，李俊咧嘴笑着问："你俩在说我啥坏话哩？"

他一笑，两个酒窝就露出来。

"我们在说，当年咋没发现你其实也属美男子之列哩。"我说。

红梅再次结婚，她那刚上了医学院的儿子强强举双手赞同。

十六岁前，强强的长相一半像母亲，一半像父亲，十六岁后，他的长相就越来越像父亲贾小兵了。那天，他坐在我和杨柳的对面，我总会下意识觉得那就是贾小兵。

强强的性格既不像父亲也不像母亲。他少言寡语，不喜欢与人交流，也不喜欢出去玩，唯一喜欢的，就是读书。走到哪里，都随身带着一本书,随时随地打开来看,仿佛周遭的一切都与己无关。

强强的性格成为这样完全与他小时候的境遇有关。为躲贾小兵和他父母的"骚扰",红梅一直把强强留在银川自己父母的家里,直到上高中才转学回来。虽然红梅的父母包括红梅的哥哥都特别疼爱强强,从不高声对他说话,更不用说训斥责骂了,有好吃的、好玩的,也都从来尽着强强,然后才是红梅哥哥的孩子,可强强好像天生就会察言观色,还在三岁的时候,他就知道看大人们的脸色行事了,从不对外公外婆和舅舅一家三口说"不"。上学以后,每天从学校回来,总是一个人待在自己的房间里看书,不叫他出来吃饭,他就不出来。

红梅的工作很忙,每年能见强强的时候很少,她对强强的爱和教育就只能体现在经常买书给强强寄去上。在我逼着鸿雁每周背一首唐诗、记几个英语单词的时候,红梅给强强寄去了《格林童话》和《安徒生童话》,让母亲每天晚上念给强强听。她在电话里对强强说:"宝贝,书里有妈妈!"她希望强强能从书里得到慰藉。

强强果真以为书里有妈妈,整天把红梅寄去的书当妈妈一样抱着不撒手,每天晚上都要抱着书睡觉。《白雪公主与七个小矮人》《拇指姑娘》《卖火柴的小姑娘》《皇帝的新衣》……被他外婆讲了又讲,他百听不厌。

强强学会拼音后,红梅便经常给他寄去带有拼音标注的读物,让他借助拼音阅读。《鲁滨逊漂流记》《三毛流浪记》《汤姆叔叔的小屋》……越来越多的书进入强强的脑子。后来,红梅发现儿子除了书就什么也不喜欢了,每年生日、六一儿童节、过年,红梅问他:"强强,想要什么礼物？"强强永远都是说："书。"

阅读给强强打开了一扇扇窗户，让他看到了世界的奇妙，看到了一个个精彩的人生，他迷上了阅读。

随着强强识字的增多，他看书涉猎的面也越来越宽，从《十万个为什么》《傅雷家书》到《资治通鉴》《曾国藩传》，一系列国内外名著、人物传记纷纷进入他的视野。他把外公外婆和母亲给他的压岁钱、零花钱全买了书看。

国内出现电脑后，红梅早早就为强强买了一台。强强放学回来，除了看书还多了一件事——研究电脑。还在上小学的时候，他就把电脑研究了个透，经常给人修电脑，装软件。

强强转学到母亲所在的那个城市后很不适应，学习成绩一度拖了班上的后腿，红梅很着急，要给他找老师一对一辅导，强强却说："妈，你要相信我，我只是不适应，等我适应了，肯定考全年级第一。"

一年后，强强果然考了全年级第一。

今年强强高考报志愿时，红梅改变了主意，不想让强强学医，觉得凭强强的成绩，考上清华、北大一点问题也没有。可强强却说："妈，我还是想学医，而且，就上你的学校。"

强强是想离母亲近点，他不愿再与母亲那么分着。

最后，强强如愿考上了我们医学院的本、硕、博连读。

看到志得意满的红梅和李俊，身边围着一儿一女两个已长大成人、十分懂事的孩子，杨柳不断劝我："你看，再婚没那么可怕……还是找个合适的人嫁了吧……这样对鸿雁也好!"

"我觉得一个人挺好……我又不需要男人。"我说。

鸿雁那时已在京城的一所大学读大二,读的计算机专业,平时住在学校,周末才偶尔回来。她总说忙,不是课业上的事,就是各种社团活动,我想见她一面都很难。我能清楚地看见,鸿雁的世界在外面,我不能因为自己而耽误了她的前程,而我,也只能孤零零地,终了一生!

那一天半里,我、杨柳、红梅,一直凑在一起说话。李俊跟在我们身后拎包、在饭店点餐、买单。晚上睡觉,我们把李俊赶到书房里,我们仨挤在红梅和李俊的大床上聊了整整一个通宵。我们彼此都有太多的话要说、要问。我突然发现,表面上,我们似乎都被生活改变了,其实骨子里,我们却好像什么也没有变。杨柳还是那么浪漫,容易异想天开,我还是那么喜欢杨柳,愿意呵护管教杨柳,而红梅还是那么开朗活泼,喜欢给我们讲国内外的大事。

那晚杨柳对我和红梅说了她办医院的事。

3

杨柳的医院办得磕磕绊绊。一方面要经营原来的诊所挣钱积累建院资金,一方面要给医院选址、买地皮、建楼、通水通电、买设备、招人，每一步都走得非常艰难。这种艰难，主要在办各种手续的过程中，几乎每走一步都要看人家的坏脸色，来自方方面面的阻碍甚至刁难让她几近崩溃。

杨长生那时已转业到县上一个半死不活的国企单位，他整天早出晚归，在单位待着，根本就不管杨柳的事。

一天，杨柳要去县政府办一个建院手续，出门时遇到一个急诊病人来看病，聘来的那个小医生不会看，杨柳只好留下来亲自看。她恳请杨长生给单位请假，替自己去县政府跑一趟，把那个手续办了。

杨长生拿着一堆杨柳给的材料来到县政府。一个三十多岁的女人一手端着茶杯，一手把杨长生拿来的资料摊在桌子上看，看完后说："她不能办医院！"

"为什么不能办？"杨长生吃惊地问。

"没资格。"那女人吹了吹飘在杯子上面的茶叶，吸溜了一口茶水后挑着眼皮看着杨长生说。

杨长生一看她这副嘴脸就有些来气，但他还是强压着火，尽量放缓了语气问："没什么资格？"

"她是中级职称，不是高级职称。"

"她正打算聘请有高级职称的专家来一起干呢！"杨长生解释说，"再说，她在部队医院时就已经独当一面挑大梁了，常见的眼科病都能看，常见的眼科手术也都能做。"

"别给我说部队医院，部队医院啥水平我又不是不知道——那就是个养闲人的地方。"

杨长生最听不得人说部队不好,当下就来了气:"你只说杨柳这事,不要侮辱部队。"

"我这哪叫侮辱部队呀,本来就是嘛,她一年到头能看几个病人?还不是闲待着。"

"她怎么就是闲待着?她在前线负伤的时候,你在哪里?你在这里端一杯热茶喝茶哩吧?"

杨长生的声音很高,招来了隔壁的几个工作人员在门口围观。

"你们看,现在这些当兵的,没啥本事还横得不行。"那女人右手拿着茶杯盖指着杨长生对站在门口的那几个同事说。

杨长生气得两眼冒火,浑身上下直发抖。对方要是个男的,他可能就一拳砸上去了,可对方是个女人,他不能打,也不能与她对骂,只好狠狠地瞪她一眼,拿起桌上的材料走了。

杨长生生了一肚子气回来,杨柳见他铁青着脸,就知道事情没有办成。她对杨长生说:"好事多磨,一个手续哪个跑一趟就能办好的,哪一个不得跑上好几趟——"

"你说你,好好转业找个医院干多好,非得复员,自己干……个体户有啥好?"杨长生第一次对杨柳说这样的话。

"个体户有啥不好?时代变了,你不要还活在过去,用老脑筋思考问题!"杨柳说。

"咋?连你也嫌弃我了?"杨长生生气地说。杨长生被那女人数落了一顿,本来就很窝火,他弄不明白,自己堂堂一个"神枪手"怎么就沦落到了在别人眼里是"没有啥本事"的人了,现在,就连杨柳也这么说自己,他当然受不了。

"你不要胡搅蛮缠好不好!"杨柳说。

"如果他还活着,或许他能与你志同道合——"杨长生突然低沉了声音悲怆地自言自语道。他说的"他"是周安峰。他经常会想周安峰,但没有任何一个时刻像现在这么想他。他突然觉得,周安峰和王小路的牺牲,在一些人的眼里,或许就根本一文不值。他多想知道,如果周安峰还活着,他会怎样看待眼前的这一切,他会和杨柳一样,适应眼前的这个让他看不懂也接受不了的世界吗?

杨长生那凄凉的样子吓着了杨柳,她不再与杨长生争执了,放软了语气说:"你嘟囔啥哩?这手续你就甭管了,回头我再想办法去办!"

杨柳后来才知道,县政府那个女人之所以刁难杨长生,根本不是因为杨柳的职称问题,而是因为县上已经有一家私立眼科医院,而那家眼科医院的院长得知杨柳要办眼科医院后,怕对他形成竞争,就拿着一万元钱专门找到这个女人,让她想办法阻止杨柳办医院,他说:"我打听过,那杨柳只是个主治医生,她以后也不可能再晋升职称了……你就拿不是高级职称这一条卡她,别人说不了啥……"

"你好像连中级职称都没有吧?"女人问。

"我跟她不一样,我的医院是前两年批的,她的是现在要批。"说着,就把一万元放进那女人打开的抽斗里。

得知此事后,杨柳直接找到了县长,县长生气地直拍桌子:"党和国家一再强调,要扶持民营企业,他们怎么敢如此妄为。"

县长立即打电话给相关负责人,责令他尽快帮杨柳把相关手续办了。

不出三天，杨柳便拿到了批文。

就在这时，刘英伟却遇到了麻烦。为了帮刘英伟，杨柳决定让刘英伟来自己的诊所，与自己一起筹建医院。

4

刘英伟刚下岗时曾试着做些小生意糊口。他摆过地摊、开过水果店和花店。挣了一点钱后就和几个战友到北京合伙开了一家专门卖陕西面食的小饭馆。为了能让客人吃到正宗的陕西味道，他们专门从普县请去几个做饭的大师傅，就连吃羊肉泡馍用到的辣椒酱和糖蒜也都是从县上带去。可即便如此，做出来的凉皮、羊肉泡馍和肉夹馍还是没有在陕西时吃到的地道。后来他们总结出原因——北京的水质与陕西的水质不同！

因为经营不善，刘英伟的饭馆很快就关闭了。他只好又回到普县县城。这时，县政府要拓宽通往高速路的那段国道，他住的房子正好在那条路上，房子的墙壁上被县政府用红笔写了一个大大的"拆"字。然后就有县政府的人不断上门找他，谈搬迁事宜。

大部分居民都同意县里给出的搬迁条件，并按时搬走了，只有刘英伟和其他几个钉子户因为生活困难，要求县里多补助一些搬迁费才肯搬走，县政府负责搬迁的人不同意，双方就僵在了那里。无奈之下，县里就采取了断电停水的办法，以迫使他们搬走。刘英伟和几个钉子户便走上了上访之路。

县上拿刘英伟他们没办法，就找到杨长生，说："你是刘英伟的同学和战友，听说，你们原来还有'三剑客'之称……希望你能替组织做做他的工作……"

杨长生找到刘英伟，说："国家已经对得住你了……对不住你的是我……你住到我家里来，我养你。"

这话一出，彻底伤了刘英伟的心，他吼道："就你理解国家？就我自私？……你就是对不住我了，咋啦？你打算怎么偿还？住到你家？那我的老婆呢？你能让我回到过去吗？回到我的脸上没有疤的时候吗？……"

杨长生回答不上来。他知道，他杨长生对不起的不只是周安峰，还有刘英伟，只是他不知道，在刘英伟的心里竟藏着如此深的怨恨。

从刘英伟家里回来，杨长生再一次陷入深深的自责之中难以自拔，整个人又变得霜打了一般，一副了无生趣的样子。

刘英伟虽然怨恨杨长生，但还是听了杨长生的劝，按照县搬迁办的要求，拿了搬迁费，搬出了原来的家。

杨长生让杨柳拿了两万元去送给刘英伟。

"知道你家里困难，这点钱你先拿去用，等医院办成了，咱就有钱了。"杨柳说着，从包里拿出那两万元放到刘英伟面前的桌子上。

"拿走拿走，你们把我当成啥人了？"刘英伟气愤地说，他把钱从桌子上拿起来塞给杨柳。

"你说我们把你当成啥人了？"杨柳也生气了，她把钱放回到桌上。

"我还没到要靠你们施舍来过日子的程度。"刘英伟说。

"你咋能这么想？"杨柳沉着脸气愤地问，她想了想又说，"我有个想法，不知你愿不愿意。"

"啥想法？你说！"刘英伟说，他抬起眼盯着杨柳看了一会儿，见杨柳没往下说，就把桌上的钱拿起来再次塞回杨柳的手里，"这钱你得拿走……你正在办医院，正需要钱——"

"办医院需要的钱多了，这点钱能解决啥问题？！"杨柳把钱再一次放回桌上，"我想请你帮我，咱们一起来办医院——"

"别逗了，我帮你？我有啥能耐帮你？"刘英伟的确不愿意去"帮"杨柳，他认为这是杨长生对自己的施舍，"我不需要你们赏饭给我吃。"

"又胡说了！你怎么会变成这样！当年的热血刘英伟去哪了？"杨柳停顿了一下，然后放缓语气说，"我的确需要你呀！跑关系我可以厚着脸皮去跑，可盖楼、引水、接电呢？我哪有那精力和时间去盯着弄？我哪有那能力？不管你怎么想，反正，无论如何你也得帮我！"杨柳十分诚恳地解释着，"你也看见了，长生根本就指望不上啊！"

在杨柳的一再恳求下，刘英伟答应了去"帮"杨柳建医院，但前提是让杨柳把桌上的钱拿走。不仅如此，他还拿出一部分搬迁费给杨柳，说："你现在正是需要钱的时候，我没有多的，就这一点，你拿去用吧。"

杨柳怕伤了刘英伟的自尊，只好把这些钱全部收下，说："好，那我就先收下。"她想了想又补充说，"算你在医院里入的股。"

5

　　一波三折，二〇〇三年年底，医院大楼终于建成了。经过半年的装修和购买、安装设备，到了二〇〇四年夏天，一家具有一定规模的眼科专科医院就在县城南边通往国道的丁字路口向世人亮相了，杨柳给医院起了个响亮的名字——光明医院。

　　光明医院是一个独栋"L"型四层高的楼，楼上是病房、院办和生活区，可展开一百多张床，楼下是门诊和验光配镜区。杨柳在自己的医院的外化形式和内在运行管理上，都充分体现了她那浪漫、充满理想主义的精神气质。她让人在大厅正对大门的墙上用鲜红的立体字，写上了被删节了的希波格拉底誓言：

　　……为了病人本人的利益，我将采取一切必要的诊断和治疗措施，同时，我一定要避免两种不正当的倾向，即过度治疗或无作用的治疗。我将牢记尽管医学是一门严谨的科学，但是医生本人对病人的爱心、同情心及理解有时比外科的手术刀和药物还重要……

　　她在一楼大厅的东侧，建了一个很大的阳光房，里面装有假山、流水和很多绿色植物。被绿色环绕的地方，放有沙发、茶几，来看病的人可以坐在那里等待、聊天。她说："我要让普通老百姓享受上大城市、大医院的就医环境和医疗技术。"

她贷款买的眼科手术设备,都是国内甚至全球最先进的设备。她聘请了军医大的眼科教授来指导手术。很快,医院的病人就人满为患了。

这期间,她曾与我通过几封信,打过几个电话,每次在信和电话里她说的最多的都是如何使医院从起步就一切规范。我曾打趣说她:"你这哪里是在建医院?你分明是在建自己的精神桃花源呀!"

她却严肃地说:"这你算说对了——我虽办的是民营医院,但我一定要办出公立医院的样子来……挣钱不是我的主要目的,成就一番事业,服务一方百姓,才是我办院的真正意图。"

说实话,我被她的话感动了。无论如何,我也不能把这样一个富有激情、热血奔涌的人,与那个经历了社会种种不公对待的人联系起来。

那天放下电话,我的脑子里闪过一句话:"生命是用来燃烧的,不是用来苟活的。"

私立医院当时还是个新生事物,当地政府管理混乱,经常有人到光明医院检查这个、检查那个,常常是这拨人刚走,那拨人就来,动不动就要杨柳关门停业。他们以各种名义向杨柳收费,而且根本没有收费标准。

早在办眼科诊所时,杨柳就聘请了一个护士长,叫杨晓红,她曾在县医院的手术室当过护士长,有一定的护理和管理经验。杨晓红聪明能干,办事周到得体,善于变通,在办诊所时,曾帮助杨柳解决了很多棘手问题,很得杨柳喜欢。医院建成后,杨柳便聘她做了医院的总护士长，刘英伟则做了负责后勤工作的副院长。

杨晓红给杨柳支招："这些人说是来检查工作，实则是为了要点钱，咱们不如就投其所好，给点钱或送些礼打发。"

可杨柳不愿意，说："我不惯他们这毛病！来个人咱就给钱，咱们得挣多少钱给他们。"

"那也比关门停业损失小呀！"杨晓红说。

"咱们把每件事都做好，让他们查不出问题来，我就不信他们还会让咱们关门停业？"

杨晓红见说不动杨柳，只好作罢。

可后来的事实是，只要他们来查，总能查出问题。从一般小问题到医院建制等大问题，比如医院的高级职称占比不够，一些不该他们这类医院做的手术他们做了，等等，不一而足。无奈之下，杨柳只好听从了杨晓红的建议，只要有人来查，就送个信封，里面装上几百块钱，再请他们吃顿饭，走时再带些礼品。

这一招的确很灵，不再有人轻易威胁让他们关门停业了。可他们却成了被检查最多的医院。不仅县里组织检查时，那些人会把检查组的人带到光明医院来查，就是市里、省里的工作组到县里来查民营医院，那些人也会带着他们来光明医院查，倒不是为了要点好处，而是因为他们心里清楚，只有光明医院经得起检查，不会给他们丢脸。

坏事变好事，为了不让他们有话可说，杨柳就在这一次次的检查中，不断完善医院的各项工作，使光明医院在建院不久就成了市领导和省领导心目中的典范医院。

6

人怕出名猪怕壮。这天,一个街头小报记者拿着一篇题为《光明医院不光明》的文章来找杨柳。当时,杨柳正在手术室做手术,副院长刘英伟接待了他。

那记者对刘英伟说:"……你们交些钱,赞助一下我们报社,我就让社里把这篇稿子撤下来……"

"你等等,等等……咱先不说钱的事,咱先说这篇稿子……我们医院怎么就不光明了?"刘英伟问。

"你自己看!"记者把那张报纸的小样放到刘英伟面前。

刘英伟拿起报纸小样看。原来是说光明医院有点名气后就收费没有标准,任意收费,欺诈老百姓。一个老大娘交不起高额医疗费,只好把家里的东西拿来顶替,逼得没有活路可走。文后还附有作者的评论,说大家因为信任光明医院是省、市、县三级政府树立的典范,信任光明医院院长是一名退役军人才来光明医院看病,可万万没有想到,这家医院竟是徒有虚名……

看完稿子,刘英伟差点笑出了声。他忍住笑对那记者说:"你们误会了,我们医院有严格的收费标准,这些标准都是根据县医院的收费标准定的……你说的这个老大娘,她患白内障已经很多年了,因为没有钱治不起病，已经发展成青光眼了，不光看不见，眼睛还疼得厉害……她听说我们杨院长当过兵，经常救济那些交不起医药费的人，就慕名从外县来找杨院长看病，她当时一分钱都拿不出来。我们杨院长一看这情况，二话没说就亲自给她免费做了手术，还努力给她保留了一部分视力。手术的第二天，老太太就能看到视力表的第六行了，要知道，老太太当时根本就没抱能看见的希望，她只希望杨院长能让她的眼睛不疼就行。手术后老太太发现自己的眼睛不光不疼了，还能看见东西，当时就感激地给杨院长跪到地上，说杨院长是活菩萨……她心里过意不去，回去后就拿了些农副产品来答谢医院和杨院长……我倒觉得，你应该重新写这篇稿子，好好表扬表扬我们杨院长，宣传宣传我们光明医院才对。"

"这是你的一面之词，我们了解到的情况恰恰相反。"记者狡辩道。

"这好办，咱把那老大娘找来，三面对质不就弄明白了！"

"你以为我们天天闲得没事干，会为你这点事去浪费时间？"记者有些急了。

说来说去，见刘英伟根本没有出钱的意思，那记者就开始上纲上线，说："你知道你这行为叫什么吗？"

"叫什么？"

"叫不接受媒体的监督！"

"你这也叫监督？我看你这叫敲诈！"刘英伟的声音越来越大，手指把桌子敲得咚咚咚直响。

"好心当驴肝肺了……那就随你们便吧！"记者气鼓鼓地拿起桌上

的那张报纸小样转身往出走。

这时,杨晓红却走了进来。她在门口拦住记者,说:"别急,别急呀,坐下来,咱们再谈谈!"

刘英伟与那记者刚才所说的一切,全都从开着的门传到坐在隔壁办公室的杨晓红的耳朵里。

就坡下驴,那记者忙转身坐回他刚才坐过的椅子里。

"刘副院长,你出来一下!"杨晓红把刘英伟叫到隔壁自己的办公室。

"为一点钱不值得,这事说小小,说大也大,如果这篇文章真被他们登出去了,老百姓还敢来咱们医院看病吗?老百姓又不知道真实情况是怎么回事。"杨晓红关了自己办公室的门压低声对刘英伟说。

"那就任由这些三流记者也来敲诈咱们?"刘英伟瞪眼气愤地问。

"那咋办?医院起步不久,咱不能出问题呀。"

刘英伟不吭声了。

"你在我办公室坐着,我来跟他谈。"

杨晓红重新进到刘英伟的办公室,坐到记者的对面,问:"你说,多少钱可以把这篇文章撤下来?"

"一万元。"记者见杨晓红谈钱了,语气马上缓和下来。

"啥?一万元!"杨晓红惊诧地瞪圆了眼睛,变了声。

"一万元怎么了?病人不减少的话,你们几天就挣出来了。"记者理直气壮地反驳。

"你咋不说把整个医院都给你哩?!"杨晓红从椅子上站起来,撕破脸皮说。

"既然这样，那就等着明天看报纸吧！"记者起身走了。

第二天，医院门口就有很多患者手里拿着登有那篇题为《光明医院不光明》文章的报纸。不识字的老人，把报纸叠起来装进随身的布包包里接着挂号看病，识字的人就跑到医院的收费窗口问："你们医院有收费标准吗？报纸上说你们乱收费哩，是不是？"

一时间，收费窗口挤满了人，各种声音都有，有些还骂骂咧咧，让整个大厅都显得乱哄哄的。有些人犹豫片刻后，便转身去县医院看病了。

这件事一直在发酵，来光明医院看病的人越来越少。有些看过病的人竟跑来让医院给他们退钱，说他们当初交多了。

无奈之下，杨柳只好放下工作，与刘英伟一起去了那位家在外县的老大娘家，说明原委后，把老大娘接到光明医院，让她给那些前来闹事的人解释到底是怎么回事。

这天早上，老大娘正坐在门诊大厅给那些前来要求退费的人解释事情的原委，县政府办公室的陈主任带爱人来光明医院看病。出于好奇，陈主任走过去看究竟。当他了解了事情的原委后，当即就给县电视台打了个电话，叫来一个经常给县委写报道文章的记者，让那记者把此事前因后果进行调查、核实，然后在县电视台进行报道。

不出半天，县电视台的记者就调查完毕，给光明医院、老大娘和那份报纸录了像。第二天晚上的电视新闻后面，就出现了关于这一事件的专题报道。

县政府办公室陈主任还亲自到那家报社，勒令其负责人对报社进行整顿，对相关人员进行处理。

这一报道，不仅为光明医院和杨柳正了名，还对光明医院和杨柳起到了很好的宣传效果。光明医院因此而变得更加红火了。

7

杨柳的光明医院越来越红火，自然就招来了同行的嫉妒。

有天上午，杨柳正在出门诊，杨晓红拿着一张传单走了进来。见里面有病人，杨晓红就伏在杨柳的耳边说了句话，然后把那张传单拿给杨柳看。杨柳简单扫了一眼，把传单递回杨晓红，说："我先看病人，下班后咱们开个会。"

下班后，杨柳把院里的几个领导召集到院会议室，就传单问题进行讨论，研究对策。

原来，那家曾想方设法阻止杨柳办医院的私立眼科医院，见光明医院门口的病人出出进进，络绎不绝，就想出了一个恶意竞争的对策——他们印了很多传单来光明医院门口发给这里排队看病的病人，声称他们是从部队医院分出来的，收费比县医院和光明医院都低。他们在传单上列出了一些收费项目，的确比光明医院低。

老百姓尤其是农村的老百姓，兜里没几个钱，一看那家医院的收费低，就纷纷跑去了那家医院看病。

"咱们今天的门诊量还不到往常的三分之一。"杨晓红说。

"咱也降低价格,看谁耗得过谁。"刘英伟建议到。

"要不,咱找县委,让县电视台再给咱医院做一次宣传报道。"办公室主任说。

杨柳却说:"你们的意见我都不赞同……冤冤相报何时了……与其与他们这么恶性竞争,还不如提高咱们的软实力——开展新业务,做一些他们做不了的手术,看一些他们看不了的病。"

一语点醒梦中人。大家对杨柳的主意都表示赞同。

杨柳停下工作,出去到全国各地有名的眼科参观学习,买回了新设备,开展了新业务,让医院很快就摆脱了困境。

别的医院见此情形,纷纷效仿。

杨柳又不得不开展别的新业务。

后来杨柳自嘲地对我说:"这些年,为了在竞争中取胜,不得不不断地去学新东西,不断地开展高难度手术,结果,竟在不知不觉间刺激促进了全地区眼科技术的进步,最终获益的是周边老百姓,他们再不用费心费力地往大城市跑了。"

8

杨柳的医院办得风生水起,杨长生却变得更加落寞消沉。经常有杨长生原来带过的退伍老兵来看杨长生。他们从前线回来后,大多回了老家，境况都不太好。每次他们来，杨长生都会在县城那家最好的饭店里好菜好酒招待。酒过三巡，有些老兵就开始诉苦。告别时，杨长生便会掏出钱夹，把里面的钱全部拿出来，数都不数，整个塞到对方的口袋里。就这样，杨长生的工资经常是还没在口袋里焐热，就被他接济了那些老兵。

这天，一个腿上受过伤的老兵又来了，饭间，又说起自己的艰难，由于喝多了酒，他说得声泪俱下。杨长生口齿不清地呵斥道："别哭了！……一个上过战场的……兵，怎么像……个娘们！"

老兵收住了哭声。

杨长生又在口袋里掏钱夹，边掏边说："你先拿……点钱回去，等我……再……凑些钱……就给你……汇过去。"

杨长生打开钱夹，却发现里面空空如也，他这才想起，前两天刚来过一个自己的兵。他讪笑着对那老兵说："你等会儿……我出去……一趟……"

杨长生摇晃着醉酒的身子，找到饭店的电话，打到光明医院，找到刘英伟，说："借你……点钱，马上……给我……送到丽都饭店……来……"

"要多少？"

"把你身上的……先……全都……给我……"

刘英伟赶到饭店一楼的散客区找到杨长生，把钱包掏出来递给杨长生，杨长生当即颤着手把里面的钱全掏出来，留了结账的钱，剩余的就全塞给了那个老兵。

老兵走后,杨长生对刘英伟说:"下个月工资……发下来……立马……还你!"

"兴你接济战友,就不兴我接济?不用还!"刘英伟说。他随杨长生反身回来,坐到一片狼藉的餐桌前。

杨长生颤着手从桌上的纸烟盒里抽出两支烟,扔给刘英伟一支,另一支准备自己抽,可还没等噙到嘴里就掉到了地上。他索性不抽了,趴在餐桌上,闭起眼睛喘粗气,酒精让他昏昏沉沉,有些抬不起头。

"不过,你总这么接济也不是个事呀!你的这些兵知道杨柳办医院,你又见不得他们可怜总会接济他们,有人就经常来……像今天这个,好像已经来过好几次了!"刘英伟边抽烟边看着趴在桌子上的杨长生说。

"你别这么说……他们要是日子过得好……谁还会觍着脸来要钱?"杨长生口齿不清地说,依然趴在桌上闭着眼睛,"你也别给我……提杨柳……她是她……我是我……"

"可你的那些兵不这么看,他们觉得杨柳的钱就是你的钱。"刘英伟低声嘟囔着,"……就你那点工资,哪里招架得住?"

"能接济几个……是几个……谁让我……带过他们呢?"

刘英伟不再说什么了。他抽完烟,在烟灰缸里捻灭烟头,把杨长生拉起来,灌了些茶水,然后替杨长生结了账,架着杨长生打了一辆出租,把杨长生送回了家。

离开杨长生家前,刘英伟想了想,还是把憋在心里已经很久了的那句话说了出来,他对杨长生说:"我看,你不如从那个半死不活的单位停薪留职出来算了……和我一起帮着杨柳打理医院——医院现在的确缺人手！"

"打住……我说了……她是她……我是我……"杨长生摆着手，半睁着眼睛，口齿不清地说。在他心里，杨柳已经变得很陌生了，他与她已经越来越远。

第二天，刘英伟把这件事告诉了杨柳，说："他那人要面子，你亲自劝劝，或许他能答应。"

"他是啥样的人，你比我更清楚，"杨柳说，"这些年，他始终活在自己的世界里——我觉得他从来就没从那片战场上走下来过——他自己迈不过那道坎，谁说也没有用！"

杨柳没有去劝杨长生停薪留职，但却做了个决定，请杨长生把他的那些需要救济的兵招来，安排他们在光明医院里工作。她当然不能对杨长生说是自己救济他们，而是说："医院要提高竞争力，必须做好配套服务工作，比方病人及陪护的餐饮、住宿，还有去长途汽车站和火车站接送病人等，这些都需人手——你的那些兵，人品好，素质高，是最好的人选。"

杨柳的话，杨长生没有拒绝——尽管他心里明白杨柳这是为了帮他的那些兵。但他不这样又能怎样？

很快，杨长生的那些生活困窘的兵就被杨长生一声令下，召回到了光明医院。

光明医院旁边盖起了一栋三层的小楼，一楼经营餐饮，二楼、三楼做宾馆住人。杨柳让刘英伟买了两辆面包车，让杨长生的两个兵每日往返于汽车站、火车站与光明医院之间，接送病人。

杨长生每天下班后，都会来医院看他的那些兵，生怕他们受了什么委屈。他说："杨柳要给你们脸色看，你们就给我说，我跟她算账。"

那些兵起初见杨长生来，都会停下手中的活，围过来，与他闲聊。后来，院里的事情多了，他们都忙得不亦乐乎，不到晚上，哪有闲工夫与他闲聊。杨长生见他们每个人都兴冲冲地忙着医院的事，甚至没时间和他说话，脸上的愁云也就渐渐消散了。

杨柳完全沉浸在她的叙述中，声音一会儿高一会儿低，我和红梅被她讲的这一切吸引着，心情就像坐过山车一样起起落落。当听到医院运行良好，杨长生的脸上终于有了笑容时，我和红梅都不觉舒了口气。

9

那次在红梅家见过杨柳后，我们又是许多年没能见面，关于她的事，我要么是在与她少得可怜的通电话中得知个一二，要么是红梅来北京开会时支离破碎地告诉我一些——红梅与杨柳离得近，见面的机会比我多。

我们都太忙了。杨柳忙着给病人做手术、建设发展医院，我和红梅整天奔波于医院和各种学术活动间，脑子里除了病人的事便是晋升职称、写医学文章，几乎没有了生活。

红梅曾被学生们嘲笑。她的一个研究生的同期同学对她的那个研究生说："你们老师，一点也不注意形象，每天早上去食堂吃饭，拎根油条就匆匆忙忙往科里走——像拎条死老鼠，还边走边吃。"

"这算什么，上周末我老师陪我们几个师姐妹做实验，实验结果出来，她比较满意，一高兴就叫我们几个学生去她家做饭吃，犒劳我们。我的一个师姐忙忙说'咱包饺子吃吧！'我们几个一听包饺子，顿时都高兴得大叫起来。可你猜我们老师怎么说？"

"怎么说？"

"她说，'你们怎么都这么舍得浪费时间？'"

"啥？吃饺子是浪费时间？"

"我老师从不浪费时间，她认为包饺子的过程就是浪费时间——听说她就从没包过饺子。"

红梅的确没包过饺子，这些年她也几乎没看过电影。她对人说："自打工作后，我总共看过两场半电影。"

"为什么是两场半？"别人不解地问。

"那半场是因为看到一半时突然接到科里电话，说有个急诊手术当班医生拿不下来，必须我去救台。我只好立即跑出电影院打了个车赶往医院，当时的电影正播放到紧要处，可我不得不走，心里那个遗憾，别提有多强烈了。"红梅说，"自那以后，我就再也不看电影了，免得看到中途又被叫走……就是不被叫走，坐在电影院里心里也不踏实。"

红梅的话我有同感，我经常给人说，我只有睡在医院办公室的床上，才能睡得踏实，因为无论是病人还是科里有什么事，自己都能随时赶到。

二〇一〇年，杨柳见医院长期处于人满为患的状态，就决定扩建医院，可光明医院旧址已被许多单位包围，根本没有多余空间。她只好带着刘英伟重新选址、买地皮，准备建一个更大的医院。

就在新医院的建设刚启动不久，杨柳却因为股骨头缺血性坏死倒下了。长期的劳累使她的身体越来越差。杨长生见状，不得不给单位打报告提前退休，回来帮杨柳。杨长生的单位本来就人满为患，单位领导当即就批准了杨长生的报告。

说是帮杨柳，杨柳却在院办公会上宣布："即日起，杨长生出任光明医院董事长。"她还说，"为了给新医院融资，医院里的全体员工都可以参股建院。"

10

对于担任光明医院董事长一职，杨长生没有反对。杨柳的身体和刚起步的新院建设让他无法推辞这一职务。

杨长生上任后的第一周就做了五件大事。第一，与县卫生局党委沟通后，成立了光明医院党支部。第二，在医院会议室主席台位置的墙上挂上了党旗,在会议室的一面墙上挂上了马恩列斯毛的巨幅画像。在另一面墙上开辟出一个学习交流园地,张贴一些员工写的诗或散文。第三,把医院的工作进行了详细分工,医疗由院长杨柳负责,新院建设由刘英伟负责,后勤保障工作由他的一个兵负责,外联工作由杨晓红负责。这些负责人的工作,他们所能支配使用的人,以及哪些事必须各部门负责人亲力亲为,哪些事可以分配给手下做,杨长生都给予了明确规定。第四,每天早上六点半,由他吹着哨子把所有住在医院的非值班员工叫起来,列队在县城的街道上跑步,锻炼身体。第五,让刘英伟组织起大家在每周的全院大会前,像在部队时一样进行拉歌。《打靶归来》《我是一个兵》《解放军进行曲》等军营歌曲就进了光明医院。

杨长生对光明医院的整改起初除了他的那些兵并没有多少人赞同,尤其那些睡不够觉的小护士,她们私底下抱怨说:"董事长这哪是管理医院呀?这分明是在管理部队!"她们找到总护士长杨晓红,说:"照这么弄下去,估计咱们就得停业专门去踢正步、练习射击打靶了。"

"院长把医院交给董事长这么个外行管理,也不怕把医院管黄了。"

每天清晨在县城的街道上喊着口号跑,很多护士扭扭捏捏,不好意思。街上的人也对她们指指点点,评头论足。这些小护士中就有人说:"人家都把咱当猴看了。"

杨晓红心里对杨长生的做法也持质疑态度,但她必须维护杨长生的形象,只好对那些护士说:"这么弄怎么了?你们每天还不是在做护士、干着护理的活？！"

那些护士只好闭嘴不吭声了。

刚上任时杨长生的话很少，他只一件事一件事往前推进。"新政"推行了两周后，杨长生才在全院大会上有了个简短的解释，他说："我们虽然是私营医院，但我们是党领导下的私营医院，做任何事情都不能脱离了党的领导和监督……金钱是好东西，但人活一世不能只看金钱，我们还要有丰富的精神世界，医院要给大家营造出一个精神家园……医疗工作很忙，如果不注意锻炼身体，你们的身体很快就会像你们的杨院长一样垮下来……"

杨长生的这番不太长的讲话，一洗大家对他"新政"的质疑，全院员工的士气顿时高涨起来，他们感到了一股力量，一种活力。

光明医院医护每天清晨在县城街道上整齐划一跑步时的身影以及他们在杨长生的带领下所喊出的那些"一、二、三、四"铿锵有力的口号，迅速成了普县县城里的一道风景。

医院里的工作最难分得清楚，经常需要互相帮助，互相顶替。可有个别人，就是爱斤斤计较。在杨长生这种管理的氛围中，这些人便没有了市场。杨晓红发现，院里顿时变得风清气正，原来那些爱说三道四的人都变得很有"觉悟"，原来那些爱斤斤计较的人也都变得乐于助人了。

杨柳在床上躺过一段时间病情稍有改善后便每天坐着轮椅去医院给病人看病，处理医院里与医疗有关的事。她努力让自己不去插手医疗以外的事，由着杨长生去做主决定。她要给杨长生提供一个新的战场，让他在这片战场上摸爬滚打，一展身手。她相信杨长生的能力，更希望杨长生在走上这片战场后，能从二十多年前的那片战场上慢慢走下来。

现在看来，她的目的达到了。杨长生的话越来越多，脸上的笑容也越来越多。他每天早出晚归，在医院的各个部门、各个角落巡查，发现问题，解决问题。杨柳身体恢复后，他也会陪着杨柳出去参加全国各地的各种学术会议，也会去一些大医院参观取经。

11

杨长生出任光明医院董事长后的第二年，香港一位慈善家来到省残联，请求为本省部分贫困地区的老百姓免费做白内障手术。所有病人的筛查、检测费以及晶体、耗材，都由慈善基金会出，只是需要省残联帮助协调医院，医院无偿为这项慈善行动提供手术室、检查室等场地，还要无偿为这些病人做手术和护理。

这是天大的好事。省残联领导当即应允。

任务到了地区残联那里，地区残联的工作人员马上联系医院，可令他们没有想到的是，所联系的几家医院都不愿意承接此事。因为在为这些病人免费做手术的时候，医院的病人和工作就会受到很大影响。

就在地区残联领导为此事一筹莫展的时候，有人提到了杨长生，提到了光明医院。地区残联领导心想，光明医院的技术和服务没问题，但他们是私营医院，自负盈亏，做这件慈善事情对他们医院的收入将会造成很大影响，他们能接受吗？他心里虽这么想，嘴上却没说出来，抱着试试看的态度，吩咐下面的办事员赶紧去联系杨长生。

接到地区残联工作人员的电话时，杨长生正在送女儿安安去军校上学的路上。他当即朗声说道："这是天大的好事啊！能给咱们省多少名额？全部放到光明医院来做！"

电话那头的人一听杨长生这话竟愣住了。他没想到杨长生会这么爽快地答应此事，更没想到他会要求把全省的手术都放到光明医院来做。

短暂的愣怔后，这位地区残联的工作人员说："全省共五百个名额，你们做得过来吗？"

"我们把医院的全部工作都停了，集中精力打歼灭战——不对不对——集中人力、物力来做这件事，不会把战线拉得太长，请领导放心！"杨长生像以前在部队领受任务时一样回答得果断坚定。

"你可要想好了，这件事可不只是完全无偿，对你们医院原本的工作还会造成很大影响——收入会降很多。"地区残联的工作人员说，显然，他被杨长生感动了。

"人家香港的老先生为咱这边的百姓都能伸出慈善之手，咱怎么就不能为自己的乡党做点善事！这事我应了，肯定不会反悔！"杨长生有些动情，"再说了，我们这些军人，在战场上为了老百姓的安宁都能舍弃生命，现在舍弃一点利益又有啥犹豫的。"

其实，在杨长生接管医院的这一年里，他无数次看见过病人因为没钱而做不了手术，换不了晶体。他和杨柳曾接济过一些病人，但他不能接济太多的人，因为医院还要发展，建新医院还需要很多资金，每月还有那么多员工的工资要发。他那时就在想，如果能有一项慈善基金资助这些病人就好了。他曾向朋友们打听，看哪里有这样的慈善基金，但却没有打听到。现在这项慈善基金送到了门上，他怎可能犹豫，怎可能不去配合残联把这件好事办好！

杨长生挂断电话后就掉头往回走。他给安安拦了个车，让安安一个人去军校报到。

接下来的十多天里，光明医院全员动员，完全进入了一种类似作战的状态。杨长生亲自部署、督战。他下达了一系列指令——让院办在医院大门口挂出临时停诊的牌子；护理部把住院的病人集中在一起管理，剩余的护士和全部医生都分散到一楼和手术室；形成流水线，从接待病人、进行登记、检查，到手术、观察、护理、出院带药和注意事项交代等，进行一条龙服务。

五百例患者在短短的十天里就全部顺利做完，无一例出现并发症。当最后一个病人做完时，杨柳的腰已经直不起来了，连日没黑没明的显微镜下手术操作，使她的眼前不断有飞萤一样的东西飘过。她用一只手揉着眼睛，一只手撑着腰，一步一步挪到楼上自己的办公室，躺倒在沙发上闭着眼睛休息。

不知过了多久，楼下传来了吵闹声，杨柳以为哪个病人出现了问题，忙起身出去看。当她快走到楼梯口时就听到了如下的对话。

"……你们来晚了,这个慈善项目总共给了我们五百个免费名额,都已经全部做完了。"这是光明医院负责接待患者的那个工作人员的声音。

"我大的手术早该做了,就是因为没钱才没做成……我们家离得远,听到这消息后我就赶紧把我大用架子车拉着往这赶……你给通融通融,给那个香港慈善家说说,把我大加上,给我大把这手术做了……"这是一个中年男人的声音,操着一口县北山里农民的乡音。

"还有我妈,把我妈也加上吧!我妈跟他大的情况一样……"另一个山里的男人说。

"人家已经走了,你们要能早来半小时就好了……说不定人家就能给你们加上了。"工作人员说。

"把你们的父母领进来吧!"杨柳大声朝着那两个人说,她已经走到了楼梯口,"我给他们做!"

"我们没有钱呀!"那两个男人中的一个说。

"没关系,我们医院给你出钱。"杨柳说。那人当即扑腾一声跪在了地上。另一个见状,也跪了下去。

杨柳下到楼下,安排人为那两个人的父母做了术前检查,她亲自为他们免费做了手术。

那次慈善行动,光明医院在十天里总共免费做了五百零二例白内障手术,其中两例的全部费用由光明医院承担。

省电视台对这件事进行了专题报道,光明医院的人在电视里看见了自己的身影却没看见光明医院的任何标识,通篇报道里也没听到光明医院和杨长生、杨柳的任何字眼。刘英伟感到纳闷就找到杨长生问："这是怎么回事？"

"咱这是真心做善事，又不是为了让他们宣传报道！"杨长生说。

杨晓红道："是不是应该给那两个记者包个红包？"

"你想多了，这是慈善行动，咱们全院的人都在无偿做事，他们又怎可能要红包！"杨长生说。

12

二〇一六年春的一个周六的早晨，光明医院举行新院开业典礼。

杨柳邀请我和红梅出席，我们都答应了。

那时鸿雁已从美国的一所高校博士生毕业并在美国的一家公司上了两年班。接到杨柳的邀请时，鸿雁正好回国办理业务，我便把她叫上，一起前往普县参加光明医院新院的开业典礼。

我们在典礼的头一天就坐高铁、打出租赶到了普县。到光明医院时已是下午三点半，杨长生正带着几个工人在医院的楼前布置拱门、拉横幅。红的、黄的彩带、气球以及红地毯，让光明医院呈现出一派节日的喜庆。

杨长生前前后后跑着，指挥着挂横幅的人高了低了的调整高度。春天的阳光暖暖的照在他的身上，使他看上去是那么的生动而富有活力。

我和鸿雁站在十几个看热闹人的身后，远远地看着杨长生和光明医院那气派的大楼，心里悠然升起对杨长生和杨柳的无限钦佩。这哪里是小县城里的一家私立医院？这分明是一家像模像样的大型现代化医院，是杨柳心里那宏伟的蓝图和萦绕了几十年的美丽梦想！如今这梦想终于成真了！在这个梦想里，有杨长生的战场，他正在这片战场上叱咤风云。

调整好横幅的高度后，杨长生转过了身。他看见了我和鸿雁，忙跑了过来。

"这是鸿雁吧？出落得这么漂亮！"他笑着看了鸿雁，又看了看我，一笑就又露出了他那满口洁白的牙齿。

"干爸，您和干妈真了不起！"鸿雁说，竖起了一个大拇指。

"我们已经老了，未来还得靠你们！"杨长生笑着说完，就弯腰拎起我和鸿雁的行李箱，一边引着我们往医院里走，一边大呼小叫着吩咐人赶紧去楼上给杨柳通报，说我们来了。

杨长生给我和鸿雁介绍医院的布局："医院一期先盖了三栋楼，呈'U'字分布。等以后发展了，再在中间盖楼，现在中间的空地弄成了花坛、假山和篮球场。"

他没有马上把我和鸿雁领到楼上去，而是穿过门诊大厅，从一扇后门进到后面的院子。后面院子的假山、花坛和篮球场的周围，有很宽的跑道，随处可见供病人坐下来休息的长椅。

"这下你们再不用在县城的街道上晨跑了吧？这院子就够了。"我笑着说。

"那是！"杨长生笑着回答。

杨柳远远地叫着朝我们跑过来："我说让英伟去火车站接你娘俩，你非不让，说还没确定坐哪趟车，"她比我上次见她时瘦了许多，人一瘦，便显得很有精神，"咋样？费了很大周折吧！"

她上气不接下气地跑到我们跟前，先拥抱了鸿雁，嘴里一个劲地夸鸿雁漂亮，然后，紧紧地拥抱了我。"看见你来，我真高兴！"她把头伏在我的肩上柔声说。

"这下好了，你的梦成真了！"我说。

"我的梦就是你的梦！"她说。

那晚，我和杨柳挤在一张床上，聊了整整一个通宵。

13

第二天一大早，光明医院里的员工就按照杨长生的部署各就各位，开始忙碌起来。

天气格外地好，连续刮了好几天的黄风突然停了。黄风把压在头顶的雾霾也吹走了，空气变得异常清新。打眼望去，蓝天白云，骄阳高照，远处的楼宇看得非常清晰。

原计划典礼仪式在上午十点正式开始，计划仪式结束后参观光明医院新院区，参观完新院区就去丽都饭店吃饭。我和红梅都被杨柳安排了致辞。杨长生还邀请了县里卫生系统的一些朋友和他的老战友们出席此次活动。

红梅所在的城市距离杨柳的医院开车最多两个小时,可眼看着就十点了,其他人已基本到齐,红梅和李俊却迟迟没有到。我和杨柳分别给红梅、李俊的手机和座机打了无数个电话,都没人接。我们急坏了,担心他们开车在路上出了什么事。

杨长生见状,立即让刘英伟派车,迎着红梅他们一路找过去。

司机开车刚走,杨柳的电话却响了,是李俊打来的,他说:"实在抱歉啊,杨柳……出了点事,没顾上接你的电话……让你们着急了!"

"你们没事吧?"杨柳急切地问。

"我们没事!"

"那出什么事了?"

我和杨长生都凑到杨柳耳朵边听李俊的电话,杨柳便把手机调成了外放。

"红梅的一个学生……被病人砍了几刀,正在手术室里抢救……"李俊解释说,声音里还满满的都是紧张,"我们都要出门了,红梅突然接到科里值班护士的电话,说值班医生在医生办公室被一个空鼻症患者砍了……我们一家三口一听就赶紧往医院跑,帮忙救人……走得急,手机都落在家里了……"

"病人为什么要砍那医生?那医生是红梅的学生?"

"这医生是红梅的研究生开门弟子,昨天他值班,今早正在医生办公室下医嘱时,被突然闯入的那个病人从后面在脑袋上砍了一刀,他下意识用手捂脑袋转身看时，又被对方在脸上和前臂上砍了几刀，血都把办公室的桌子、地板染红了……"李俊说，"其实那病人的手术是红梅主刀做的……他要砍的可能是红梅，没想到今天是周末，红梅不在医院，他气急败坏了，就砍了红梅的学生。"

"那这学生现在脱离危险了没有？"杨柳问。

"还在手术室抢救呢，失血太多，休克了……红梅也在手术室里参与抢救。"李俊说。

"那这病人现在控制住了没有？"我着急地插话到。

"我们去的时候，科里的几个实习学生和保安已经把病人控制住了，其中一个学生的胳膊上还挨了一刀，不过伤口比较浅，没生命危险。"

红梅的那个病人是个鼻咽部肿瘤患者，在去红梅他们医院前已经在好几家医院看过，人家都说肿瘤太大无法切，不光手术难度很大，术后还会有许多并发症，不愿意给他做。他来到红梅他们科，恳求红梅给他加了号。红梅看后，也觉得这个手术无法做，建议他找别人看看。那病人扑通一声跪在地上求红梅说："……出现任何不良后果我自己都能接受，只求您能可怜可怜我，给我把手术做了。"

他的头在地上磕得咚咚咚直响，弄得门诊的很多病人都挤到红梅的诊室看热闹。

"这医生也真是冷血，病人都这样求她了，还不答应给人家做手术。"人群里有人说。

"你起来吧,"红梅一边把那病人往起扶一边说,"不是我冷血不给你做手术,实在是这手术成功的几率太小了……即便是手术能切下来,可并发症你也受不了……"

"……出现啥我都认了,只求你把这东西给我拿走……说句不好听的话,就是我死了,我也不愿带着这么个脏东西去见阎王……"

病人说得声泪俱下,红梅只好咬牙把他收入院,迅速安排了手术。

术前,红梅亲自找这病人进行术前谈话,认真给他讲解可能出现的意外和不良后果,还特别详细地讲了空鼻症这一并发症。告诉他空鼻症是怎么回事,会出现什么不良感觉等等。病人认真听完,果断地在知情同意书上签了字,红梅这才给他做了手术。

手术很成功,巨大的肿瘤拿掉了,病人感到十分满意。他千恩万谢了红梅就出院了。可没多久,他就因为鼻子堵、鼻子干燥而来找红梅,问红梅是不是没有把肿瘤切干净。红梅说:"这就是我之前给你说的并发症——空鼻症啊!"为了让病人放心,红梅给他做了全面检查,检查结果出来证实了红梅的判断——没有残留肿瘤,是空鼻症。

红梅给病人开了些护理鼻腔的药,让病人回去了。可没多久,这个病人又来了。就这样反反复复,不断找红梅。每次他来,红梅都要放下手头的全部工作认真给他解释,把原来的检查又做一遍。

起初这病人来时态度还好,只是说自己非常痛苦,祈求红梅帮他解除痛苦。红梅建议他去看心理医生。他不相信这是心理问题,就一直没有去。后来,他再来时,态度就不好了,经常冲着红梅大声嚷嚷。弄得红梅不堪其扰。即便如此,红梅也没有想到,他竟会起了杀人的念头。

"我已让强强打车过去了……不过可能会晚一点到,你们先开始……别等他!"就在我们都还陷在这件"医闹"事件里时,李俊说。

14

典礼仪式只好在红梅夫妇缺席的情况下举行。尽管杨长生和杨柳封锁了这个消息,不让其他嘉宾和院里的同事知道,但由于杨柳接电话时调到了外放,让身边的几个工作人员听见了,这事就不胫而走,很快传得人尽皆知。大家表面上都很喜悦,心里却都被红梅的这件事罩上了一层阴霾。

参观光明医院新院区的时候,一些人的心思就不在参观上了,而是低声议论此事。

在酒店吃饭的时候,大家坐在一张桌子上,又都议论起此时来。县卫生局的一个领导还发感慨说:"这叫什么事呀?医生这个职业怎么就一下子沦落为最危险的职业之一了……动不动就会被那些你救治过的人要了命。"

他的话勾出了大家的话题,纷纷讲自己遇到和听到的"医闹"。

我想起了去年在我科发生的一件事。

去年入冬后不久,北京骤然降温,感冒的病人迅速增多。一个八十岁的老先生被子女用轮椅推着送到我们医院，住进了我科的重症监护室。

老先生抽了一辈子烟，十年前就患上了慢性支气管炎，可他仍不愿意停止抽烟，说抽了一辈子了，戒不掉。几年前他因为呼吸困难住进我科，确诊为慢性阻塞性肺病。这次病情加重住进我科时，肺功能已经一塌糊涂，还出现了好几个脏器的功能衰竭。

他的几个儿女办完住院手续，把老父亲送进我们科的重症监护病房后就都走了。

老先生的病越来越重，科里给他们下了好几次病危通知书，打了好几个电话，他们都说忙，来不了，让我们根据他们父亲的情况看着治疗就是，他们绝对相信医院，相信我们科。

我让管床医生给他们说，一定得有个人来，在病危通知书上签字，结果，他们就都不接电话了。无奈，我们只好这么接着救治。

老先生咽气后，管床医生给他们打电话，他们依然不接。无奈，医生只好发短信说他们的父亲去世了，让他们赶紧来医院料理后事。这下，几个子女都来了。原本彼此都不怎么说话的他们，突然变得异常团结。他们围着管床医生质问，他父亲怎么就死了？医院得给他们一个说法。

医院最怕碰上这些医闹，搅得正常工作难以进行。曾有医生说，那咱就关门，专门陪着他们闹、打官司。可这怎么可能，还有那么多无辜的病人在后面等着抢救、诊疗。

我把这事上报给了医院，医院专门派人接待了病人的这几个子女，听取他们的意见,还把我和管床医生叫去,让我们给那几个子女解释他们提出的问题。管床医生把她手机里打给他们的电话和发给他们的微信调出来,让他们挨个看。他们却说:"你们医院的那些知情同意书都写的是极端情况,我父亲只是有些重,根本不可能走……"

我简直无语了。

他们见实在闹不到什么油水,就开始恶心我们。第二天上班时,我就看见这几个子女披麻戴孝,在医院门诊楼门口的空地上给他父亲烧纸钱。他们跪在地上,边哭边数说。他们还拉了条横幅,说我们科害死了他父亲,让我们偿命。

来医院看病的人不知就里,里三层外三层围着看热闹,一时间不光堵塞了门诊楼,还堵塞了医院的大门口,使大门口那条街上的交通都出现了瘫痪。

那天是光明医院喜庆的日子,怕影响杨柳和杨长生的心境,我没有将自己遇到的这个"医闹"事件说给杨柳听,但杨柳却给我讲了她曾遇到的一件事。

有个老太太眼睛几乎看不见了,找杨柳做手术,术后老太太的眼睛和视力都恢复得很好,老太太高兴得不得了,出院那天,她抓着杨柳的手一个劲说谢谢,说:"要不是你给我做了手术,我就真成了睁眼瞎子了……成了儿女的累赘,还不如死了呢。"

可谁知,就是这么个病人,回到家没几天,就有六七个男人拿着木棍闹到了光明医院。

门卫是杨长生的一个兵,他把他们挡在门口,说:"有什么事就在门口说。"他怕这些人进去后会砸设备，那些设备可都是花了大价钱买来的高档设备。对方哪听他的，领头的男人上来就用手推门卫。令他没想到的是，他不但没把门卫推开，门卫的胸脯一挺还把他弹得后退了几步。

杨长生得到护士的通报立时从楼上跑下来。他走到那伙人面前，笑着问刚才那个挑事的人道："有啥事能好好说吗？"他看了看周围，"就是想打砸我们医院，是不是也让我们先弄个明白，这究竟是为了啥？如果真是我们的问题，那也不一定非得打砸吧？法院的门对你我都敞开着，我随时可以陪你到那里去说呀！"

"你们医院把我一哥们他妈的眼睛治瞎了？难道不该赔付吗？"那个挑头的男人说。

"对，得赔付！"那六七个人里有人举着木棍附和说。

"病人在哪里？让我们先检查一下再说。"杨长生说。

"别废话，要么赔钱，要么砸医院。"还是刚才的那个人说。

"他们也不看看这是啥地方，就来闹……人家杨董事长当年可是个神枪手、格斗冠军。"这次，不等杨长生开口，旁边看热闹的一个人先开了口，这人是光明医院旁边一个小卖部的老板。

"你们说，咱是坐下来慢慢说呢？还是先打一架再说？"刚才那个门卫对着那几个闹事的人一挑头说。

这时，刘英伟和几个在隔壁饭馆、旅馆上班的战友都闻讯赶了过来。他们站到杨长生周围，怒目瞪视着眼前这几个人。有个还挽着袖子对杨长生说："连长，你上楼去，就这几个毛贼，还用得着你！"

那几个准备闹事的人一看这阵势，早已没了底气。他们你看看我，我看看你，一时乱了分寸，不知该怎么收场。

杨长生见状忙说："会不会是一场误会？"他问那个领头的，"还是先把你那哥们的娘请来，让我们好好检查一下再说，行吗？"

对方就坡下驴，立即说："误会，误会！你们一看就不是糊弄事的人……我们也是替人办事……"说罢，手一挥，带着那几个拎着棍子的人走了。

后来杨长生他们才打听到，那老太太的儿子就是村里一霸，经常聚众打架，唯恐天下不乱。他母亲手术后，那个男人巴结他给他出主意，说："现在只要去医院闹，医院怕影响不好，都会给病人赔钱。"还说，"公立医院可能会打官司，走司法程序，私立医院就不会了，他们根本就打不起官司，一般都会给钱私了。"

"可我妈的手术做得很成功，没理由让人家陪呀？"那儿子虽然混蛋，但这点道理还懂。

"嗨，这事你就别管了……你也不用出面，我带着几个哥们去，准能弄到钱，只不过是钱多钱少的事了。"

"如果真能弄到钱，我只要三分之一，给你三分之一，其他几个弟兄分剩下的那三分之一。"病人的儿子慷慨地说，"等你们弄到钱回来，我还会在咱镇上的饭馆给你们摆酒席庆贺。"

那天，那帮人走后，杨长生对刘英伟和他的那几个兵说："咱们在军校和部队上学的，是用来对付敌人的，不能随便用在对付老百姓上，即便是有些人不讲理，欺负到了咱门上，咱也不要轻易用拳头说话……"

咱要学会用法律保护自己……"

"呦呵，不一样了！"刘英伟打趣说，对着杨长生竖起了大拇指。

"滚！"杨长生抬脚，佯装要踢刘英伟，那种几十年前的自信、快乐的表情又回到了他的脸上。

15

强强是在我们举行完典礼仪式，在饭店里快吃完饭的时候赶到的。

自那次红梅与李俊结婚见过强强一面后，我就再没见过强强。眼前的强强已长成了一米八二的身高，不胖不瘦。无论是形体还是皮肤、五官，都更像了他的父亲贾小兵，活脱脱又一个大帅哥。他一出现在饭店里，就吸引了无数双眼睛，光明医院的那些护士还不由自主地发出了嘘声。

强强长着一米八二的大个子，人却很腼腆。杨柳怕那些护士开强强玩笑让强强下不了台，就把强强安排在鸿雁旁边坐下。鸿雁比强强大一岁，又经常在外面闯荡，性格相对开朗，自然以姐姐自居。她反客为主，吩咐服务员给强强加了几道菜，还不断地给强强往盘子里夹菜，一句一个"强强"地叫，好像不知道强强的大名似的，好像强强是她一手带大的亲弟弟似的。

强强吃了几口饭后，鸿雁便带着他走出饭店，去参观光明医院新院区。他们把"U"字形分布的三栋楼都转完后,来到院子里的假山旁,在一条长椅上坐下。

鸿雁转过头,看着强强,若有所思地问:"强强,参观完干妈的新医院,有啥想法?"

为了表示比"阿姨"亲,我、杨柳和红梅就让几个孩子互称对方的母亲为干妈。

"看来,你已经有想法了?"强强反问鸿雁道,他并不急着回鸿雁话。

"想不想加盟干妈的医院?"鸿雁看着强强的眼睛问,"这个省是肝炎大省,肝癌病人很多……想不想在咱干妈的医院里弄一个肝癌治疗中心,把最先进的诊疗技术从医学院带到这里来,然后以这里为基地,把肝癌与咱干妈的眼科病诊疗技术辐射到其他县——在其他县办连锁医院……"鸿雁一口气说了这么多。

"这主意好呀!"强强大声说,"国际型人才就是不一样——眼光远,视野大!"

"别挖苦我了,先说说,你愿不愿意加盟干妈的医院?"鸿雁打断强强的话说。

"可是资金呢?"强强想了想,说,从椅子上站了起来。

"有我呀——我给你们融资!"鸿雁说,她也站了起来。

"新技术、新理念层出不穷,干妈的新医院如果能注入这些新的元素,一定会发展得很快,让更多底层百姓受益。"强强说。

"那你是决定加盟干妈的医院了?"鸿雁紧追不舍。

"不是不想,只是我刚毕业不久,羽翼还没丰满……还是过几年再说吧。"强强说,他离开长椅,往假山上走,"不过,咱们这么做,干妈和干爸会同意吗?安安会同意吗?"

"安安?安安才不会回来接手这些呢……听我妈说,安安的志向是国防信息化建设……"鸿雁说,她跟在强强身后往假山上走,"不过,干妈和干爸肯定会同意。"

假山上有一个小凉亭,周围是毛茸茸冒出地皮的绿草,间或能看见一株两株的小野花。白的、蓝的、红的野花,在春天午后的阳光下,显得娇小迷人。

"那好,咱们就一言为定……五年,不,三年,三年后,咱们在这儿见——庆祝光明医院肝胆外科成立……"强强转过身,望着正沐浴在春日阳光里的鸿雁说,"到时,我拉上我的导师和师兄,让他们助阵!"

鸿雁微笑着看着强强,听他说完,用手将拂到脸上的一缕头发拢到脑后,然后十分认真地点了点头。

他们在假山上转了一圈后,就往门诊楼走,快走到通往门诊楼的后门口时,强强突然站住脚问鸿雁:"光明医院新院区开业典礼这么大的事,安安怎么没有回来?"没等鸿雁回答,他又说,"真想看她穿上军装后是什么样子。"后面这句倒像是自言自语。

"啊?你不会是喜欢上安安妹妹了吧?"鸿雁打趣道。她其实就是随便一说,却发现强强的脸顿时红到了脖子根。

杨柳与红梅离得近,前些年,他们两家只要一有机会就会在一起聚，强强和安安也就有了更多的见面机会。强强的性格腼腆，而安安的性格开朗活泼，他们见面，总是安安在说话，总是安安想出各种活动拉着强强远离大人的视线去玩。安安说话时手舞足蹈，表情十分丰富，经常逗得强强不停地笑。

"昨天我听干妈说，安安已被保送读了通讯专业研究生，最近正忙她的课题呢，估计不愿为这事请假回来吧？"鸿雁说。

"部队纪律严，军校就更严了……恐怕她想回来，也请不下假。"强强为安安辩解。

"哈哈哈，已经开始护着安安了！"鸿雁大声叫着取笑强强。

"谁说我的坏话呢？"一个女孩的声音，尖利地从门诊楼里传来。

鸿雁与强强对视了一眼，然后不约而同地大叫道："安……安！"

2018 年 11 月，三亚，完成第一稿
2021 年 4 月，北京，完成第二稿
2021 年 8 月，北京，完成第三稿